나를 채우는 한끼

99가지 음식 처방전

나를 채우는 한끼

99가지 음식 처방전

초판 1쇄 발행 2023년 1월 30일
지은이 임성용

펴낸이 신호정
편집 전유림
마케팅 백혜연
디자인 이지숙
일러스트 김지은

펴낸곳 책장속북스
신고번호 제 2020-000111호
주소 서울시 송파구 양재대로 71길 16-28 원당빌딩 4층
대표번호 02)2088-2887
팩스 02)6008-9050
인스타그램 @chaegjang_books
이메일 chaeg_jang@naver.com

ISBN 979-11-91836-18-9 (03510)

나를 채우는 한끼

99가지 음식 처방전

글 임성용 그림 김지은

책장속 BOOKS

추천사

약식동원(藥食同源)이라 했다. 약이나 음식이나 그 근원은 하나라는 소리다. 실제로 우리가 병에 걸렸을 때 처방받는 약의 성분은 대부분 우리가 평소에 먹는 음식에도 들어 있다.

《나를 채우는 한 끼》가 전하고 싶은 얘기도 이것이다. 2년여 동안 레이디경향에 〈임성용의 보약밥상〉으로 연재되면서 이미 많은 독자에게 신뢰를 얻은 얘기들에다 금쪽같은 먹거리 정보를 더해 내용이 더욱 깊어지고 알차졌다.

이 책을 읽고 저마다의 체질과 몸의 증세를 감안해 준비하는 식단은 그 자체로 보약밥상이 될 만하다.

경향신문 부국장,
엄민용

마음이 허기지고 몸이 지친 나에게 주는 선물

'우리가 흔히 먹고 있지만 그 가치를 잘 몰랐던' 식재료에 대한 이야기를 레이디경향에 〈임성용의 보약밥상〉으로 연재한 지도 어느덧 2년이 됐습니다. 매주 어떤 식재료를 소개할지 고민했던 시간이 모여, 쌓인 연재 글로《나를 채우는 한 끼》를 출간할 수 있게 되어 감사한 마음입니다. 그간 연재하며 단순히 음식의 효능뿐 아니라 이 식재료가 우리나라에 언제 어떻게 소개됐는지, 선조들은 이것으로 어떤 요리를 했는지 등 인류와 함께해 온 그것의 역사와 우리가 잘못 알고 있는 음식 상식을 소개하고자 했습니다. 이렇게 여러 시대와 나라를 거쳐 지금 우리 밥상에 오른 식재료 이야기에 정성을 쏟았던 것은, 한의사로서 '먹는 것'이 얼마나 중요한지 환자를 진료하는 매 순간 깨달았기 때문입니다.

오래전, 동네 한의원을 하고 있을 때의 일입니다. 한 어머니가 금방이라도 울음을 터뜨릴 듯한 표정으로 아이를 업고 진료실에 들어왔습니다. 울다 지친 듯 잠들어 있던 아이의 몸은 무척이나 뜨거웠고, 온몸이 발진으로 울긋불긋했습니다. 이 병원 저 병원을 헤매며 권유하는 검사란 검사는 다 받은 데다가 일반적으로 잘 진행하지 않던 미네랄 검사까지 받았지만, 모든 수치는 정상으로 나왔으며 그 원인을 도저히 알 수 없었다고 했습니다. 그렇게 마지막 지푸라기라도 잡는 심정으로 동네 한의원을 찾았던 것이었습니다. 실제로 아이의 미네랄 검사 결과지를 살펴보니, 모든 수치가 정상 범주에 속해 있었습니다. 하지만 특정 항목이 편중되어 있었으므로 아이의 식습관에 문제가 있음을 미루어 짐작할 수 있었지요. 그리고 문진을 통해 저는 확신했습니다.

어머니는 아이에게 '좋은' 음식만 먹이기 위해 음식의 껍질, 뿌리, 잎의 끝부분 등을 모조리 제거하고 요리해 주었다고 했습니다. 게다가 입이 짧은 아이에게 단 한 숟가락이라도 더 먹여 보려고 바로 삼킬 수 있을 정도로 재료를 다져 부드러운 음식만 준 것이 곧 '의외의 원인'이 되었던 것이었지요. 결과적으로 요리 과정에서 많은 영양분과 미네랄이 제거되었고, 잘게 자른 음식은 아이가 저작 활동 없이 음식을 삼키게 했습니다. 그 결과 아이의 소화 능력이 발달되지 못해 먹은 음식을 다 흡수할 수 없게 되었던 것입니다. 해결책은 간단했습니다. 재료를 덜 다듬고, 아이가 스스로 충분히 씹어 먹을 수 있게 하는 것이었습니다. 다행히 한두 달이 지나 다시 내원한 아이는 잘 먹고 잘 노는 아이가 되어 있었습니다.

우리는 흔히 매일 먹는 식재료의 가치를 간과하곤 합니다. 밥상에 늘 올라오는, 그저 그런 음식이라고 여길 뿐이죠. 하지만 내 몸과 마음을 보살피는 것은 '언제, 무엇을, 어떻게 먹느냐'에 달려 있습니다. 음식의 가치를 알고 '바르게' 먹었다면, 아이가 어머니 등 뒤에 업혀 진료실에 들어올 일도 없었을 것입니다. 그러나 바쁜 현대인들에게 '잘 먹는 것'이 말처럼 쉬운 일은 아닙니다. 손가락만 까딱하면 언제든 시켜 먹을 수 있는 배달 음식 문화도 식재료를 하나하나 알아 가며 직접 요리하는 것을 더욱 어렵게 하지요. 그럼에도 불구하고 2년간 연재한 〈임성용의 보약밥상〉

을 정말 많은 분들이 읽어 주셨습니다. '음식' 이야기는 대다수의 공동 관심사이며, 이는 '내 몸에 좋은 먹거리를 먹고 건강하게 살고 싶다'는 바람의 방증이라고 생각합니다.

이 책은 〈임성용의 보약밥상〉을 재구성한 책입니다. 우리가 흔히 마주하는 '어떤' 날에 먹으면 몸과 맘을 채우기에 그만인 식재료들을 추천해 드리고 싶었습니다. 칼바람이 부는 날, 총총걸음으로 퇴근하는 길에 따뜻한 국물 한 그릇이면 하루의 노곤이 다 풀릴 것 같다는 생각을 해 보신 적 있을 겁니다. 그러한 마음으로 우리가 한 번쯤 느꼈을 법한 상황에 딱 맞는 음식들을 담았습니다. 음식의 효능을 넘어 인류와 함께한 그것의 역사까지 알고 나면, '한 끼'가 내게 주는 선물은 단순한 음식 그 이상이 될 것입니다. 이 책을 읽고 각자의 날에 맞는 음식을 찾아보고, 정갈한 한 끼로 허기진 자신을 채우신다면 저자로서 더할 나위 없이 기쁠 것입니다.

다만, 상황에 따른 식재료 추천은 그것의 여러 효능 중 한 가지를 부각해 소제목으로 뽑은 것으로, 식재료를 더욱 친근하게 소개하려는 의도임을 말씀드립니다. 그런 이유로 '꾸벅꾸벅 졸음이 쏟아지는 날'에 '냉이'를 드실 것을 추천했다고 하여 '약'의 개념으로 접근하지는 않으시길 바랍니다. 음식에 약과 같이 즉각적인 효과를 기대할 수는 없습니다. 하지만 '내가 먹는 음식이 나를 만든다'는 말이 있듯, 매일 먹는 음식은 결국 우리의 건강을 좌우합니다. 오래전 드라마 〈허준〉의 한 장면이 기억납니다. 어의 시험을 포기하고 지방에 머물며 환자를 치료하던 허준이 집 근처에서 나는 풀, 그 지방의 식재료 등을 알려 주며 그것을 환자에게 먹게 하는 장면이었지요. 비싼 약을 쓸 수 없었던 이유도 있었겠지만, 가벼운 질환은 적절한 음식을 균형 있게 규칙적으로 먹는 것만으로도 좋아질 수 있다는 것을 보여 준 예라 할 수 있습니다.

진료를 하다 보면, 환자들에게 음식에 대한 질문을 많이 받게 됩니다. 이때 "어떤 것을 먹지 말아야 하나요?"보다는 "뭘 먹어야 좋나요?"를 더 자주 듣습니다. 심지어 식사량을 제한해야 하는 다이어트 환자도 "뭘 먹어야 살이 빠지나요?"를 물어보십니다. 그 외에도 혈당이 떨어지는 음식, 덜 취하는 음식, 위궤양에 좋은 음식, 불면증에 좋은 음식 등 대부분은 '나쁜 것을 먹지 않는다'보다는 '좋은 것을 먹는다'를 선택하고, 그때 좋은 먹거리를 궁금해하곤 합니다. 저는 이 책이 그 해답이 될 수 있으리라 생각합니다.

마음이 허기지고 몸이 지친 날, 나를 보듬어 줄 음식을 나에게 선물할 수 있기를 바랍니다.

진료실에서,

임성용

목 차

한껏 날이 서 있는 나를 위한

셋. '**예민함**'을 토닥이는 한 끼

넷. '**긴장감**'을 다루는 한 끼

변화에 맞닥뜨린 나를 위한

다섯. '**차가움**' 속 따뜻한 한 끼

여섯. '**불편함**'을 줄여 주는 한 끼

한층 더 나아지려는 나를 위한

일곱. '아름다움'을 이끄는 한 끼

여덟. '무거움'을 덜어 주는 한 끼

몸에 적신호가 온 나를 위한

아홉. '갑갑함'을 해소하는 한 끼

열. '아픔'을 어루만지는 한 끼

함께 건강하고 싶은 우리를 위한

열하나. '나'의 사소함도 채우는 한 끼

열둘. '특별한 당신'을 위하는 한 끼

바쁜 일상에 지친 나를 위한

하나.

'무기력함'으로부터 벗어나는 한 끼

01

꾸벅꾸벅 졸음이 쏟아지는 날

냉이

즐겨 먹지 않는 이들에게도 그 특유의 향이 떠오르는 '냉이'. 냉이는 '봄' 하면 생각나는 봄의 전령사다. 봄이 되면 산과 들에서 채취한 냉이의 쌉쌀, 향긋함을 곳곳의 식탁에서 느낄 수 있다. 요즘은 기술의 발달로 인해 하우스에서도 재배하다 보니, 봄뿐 아니라 사시사철 먹을 수 있는 식재료가 되었지만 말이다. 유독 봄날에는 따뜻하게 내려오는 햇살에 괜스레 나른해지는 때가 많다. 꾸벅꾸벅 졸음이 쏟아지는 날, 이런 날엔 '냉이'가 딱이다.

중생을 보호하는 그 이름, '호생초'

냉이는 한문으로 '제체(薺菜)'라고 하는데, '제(薺)'라는 것은 냉이의 이름이지만 많고 풍성하게 자란다는 뜻이기도 하다. 불교에서는 '호생초(護生草)'라 하여 중생을 보호하는 이름으로 불릴 만큼, 냉이는 긴 겨울을 지나 봄철에 부족하기 쉬운 영양분을 공급하여 몸에 큰 도움이 되는 식재료로 여겨졌다.

동의보감 속 냉이, "이른 봄의 푸른 잎"

《동의보감》에서는 냉이를 '나이'라고 하는데, 이는 '푸르다'는 뜻이다. 냉이는 전년도 가을에 싹을 틔웠다가 그 상태로 겨울을 나서 이른 봄에 가장 먼저 푸른색 잎을 드러낸다. 그렇기에 그 이름조차 푸르다는 뜻으로 '나이'인 것이다. 그 외에도 냉이를 부르는 이름은 수십 가지로, 그만큼 좋은 효과가 있고 우리 삶에서 떨어뜨려 놓기 어려운 식재료라고 할 수 있겠다.

춘곤증, 무력감, 피로감을 몰아내는 풍부한 비타민

냉이의 가장 큰 효능은 '비타민'의 풍부한 공급이다. 냉이에는 비타민 A, B1, B2, B6, C, E뿐 아니라 단백질과 칼슘도 많이 들어 있다. 냉이의 풍부한 비타민은 봄철의 춘곤증과 무력증, 피로감을 이기는 데 효과적이다. 또한, 겨울철 추위로 허약해진 몸의 면역력 보강에도 도움을 준다. 특히 눈 건강에 좋은 비타민 A가 풍부하여 시력을 보호하고 눈을 밝게 하는 효능이 있다. 《동의보감》에도 "피(血)를 이끌고 간으로 들어가 명목

(明目)한다."라고 하여 이에 관련된 내용을 밝혀 놓기도 했다.

간 기능 회복, 숙취 해소, 각종 출혈성 질환 치료까지

냉이의 효능은 여기서 끝이 아니다. 냉이는 간 기능 회복에도 좋고, 피의 열을 내리고 맑게 해 주어 숙취 해소에도 효과적이다. 자궁출혈, 코피, 각혈, 치질 등으로 인한 출혈 등 각종 출혈성 질환을 치료하는 데에도 도움이 되고 말이다. 게다가 풍부한 섬유질로 고혈압 등의 성인병 질환을 예방하는 데에도 효능이 있다.

'냉이'로 200% 채우기

① 냉이는 30초 이내로 가볍게 데쳐 먹을 것!

냉이를 요리할 때 주의할 점은 바로 풍부한 비타민을 파괴하지 않는 것이다. 비타민을 그대로 섭취하려면 익히지 않는 게 좋지만, 냉이를 날것으로 먹기에는 향이 강할뿐더러 쓴맛도 만만치 않다. 그러므로 조리 시 30초 이내로 살짝 데치는 것이 좋다. 된장국 등에 넣을 때도 조리가 거의 완료된 뒤 불 끄기 3분 전에 냉이를 넣어 요리를 마무리하면 특유의 향도 살릴 수 있어 좋다.

② "넌 어디서 왔니?" 냉이의 채취 환경을 확인하자

냉이는 산과 들 어디에서나 구할 수 있는 식재료다. 그렇다는 말인즉슨 오염된 도로 주변에서도 쉽게 구할 수 있으므로 중금속 오염으로부터 안전한지 장담할 수 없다. 그러므로 채취 환경을 꼭 확인하여 오염된 냉이를 섭취하지 않도록 하자.

③ 냉이 섭취를 피해야 할 사람이 있다?

냉이는 칼슘은 많이 함유하고 있으므로 결석 질환이 있는 사람들은 피해야 한다. 또한, 냉이는 차가운 성질이 있으므로 몸이 차가운 사람도 많이 먹지 않는 것이 좋겠다.

02

에너지가 0%에 머무르는 날

낙지

한국의 '낙지' 하면 해외에서는 엽기적이고 혐오스러운 음식으로 통하기도 한다. 다른 나라에서는 그저 '작은 문어' 쯤으로 여기고 먹지도 않았기에 우리나라만큼 낙지 요리법이 발달한 나라도 없을 것이다. 하지만 해외에서의 이런 불명예를 뒤로하고, 우리나라에서 낙지는 '펄 속의 산삼'으로 불린다. '낙지 한 마리가 인삼 한 근과 맞먹는다'라는 말이 있을 정도로 유명한 스태미나 음식 중 하나인 낙지! 에너지가 0%에 머무르는 날, 이런 날에는 특히 '낙지'가 딱이다.

드링크 제품의 주성분인 '타우린'

낙지 스태미나의 근원은 무엇보다 풍부한 단백질에서 기인한다. 대부분의 두족류가 그렇지만, 낙지는 100g당 무려 16g의 풍부한 단백질을 가지고 있다. 그중에서도 자양강장제, 피로회복제 등 드링크 제품의 주성분으로 알려진 '타우린' 성분이 많다. 타우린은 피로 회복, 혈압의 안정화, 심장 기능 강화, 저밀도 콜레스테롤 생성 억제 및 분해를 하며, 몸에 좋은 고밀도 콜레스테롤 생성량은 증가시켜 혈관계 질환 예방에 도움을 준다고 알려져 있다.

옛 문헌 속 낙지, "사람의 원기를 돋우다"

옛 문헌에도 낙지의 스태미나, 강장 등에 대한 효능이 기록되어 있다. 중국 의서인 《천주본초》에서는 "낙지는 익기양혈(益氣養血), 즉 기를 더해 주고 피를 함양해 주기 때문에 온몸에 힘이 없고 숨이 찰 때 효능이 있다."라고 했다. 또한 조선의 어류 백과사전 격인 정약전의 《자산어보》에도 '낙지는 사람의 원기를 돋운다', '야윈 소에게 낙지 네댓 마리를 먹이면 금방 기력을 회복한다' 등의 기록이 있다.

낙지로 손상된 지방간을 구하자

낙지의 단백질 중에서 또 다른 중요한 성분은 바로 '베타인'이다. 베타인은 사람의 필수 아미노산인 메티오닌 합성을 촉진하는데, 이 과정에서 간 해독을 하며 더불어 혈압 강하, 항혈당 작용, 시력 회복, 해독 작용, 세포 복제 기능 등을 한다. 특히 췌장의 랑게르한스섬을 자극하여 인슐린 분비를 촉진하며, 알코올로 인해 손상된 지방간을 치료하는 항지간 작용 외에도 카르니틴을 생성하여 신장을 보호하는 역할도 한다.

낙지 국물이 감칠맛 나는 이유

낙지 속 베타인 성분은 소위 말하는 '감칠맛'을 내는 감미료로도 사용된다. 시원하고 맛있는 국물 맛을 내는 재료 중에서도 유독 낙지를 첨가하면 맛이 더 깊어지지 않는가. 이 외에도 낙지는 칼슘, 인, 철분, 마그네슘 등의 각종 무기질이 풍부한 데다가 비타민 B2도 함유하고 있어 그야말로 맛도 영양도 좋은 슈퍼 식재료로서의 자격이 충분하다.

'낙지'로 200% 채우기

① 세발낙지는 발이 세 개인 낙지?

힘이 무척 좋은 제철 낙지를 잡는 과정에서 낙지의 발이 많이 떨어져 나가는 바람에 세 개만 남았다고 하여 '세 발' 낙지라고 많이들 알고 있다. 하지만 이는 잘못된 정보다. 사실 세발낙지의 '세'는 '가늘 세(細)' 자다. 다른 품종이 있는 것은 아니고, 완전히 자라지 못한 상태로 갯벌에 서식하는 경우가 많아 그렇다. 참고로 목포 등 남해안 쪽의 세발낙지가 유명하다.

② 긴급 상황! 산낙지 때문에 목구멍이 막혔을 때?

산낙지를 먹을 때는 그 누구보다 조심해야 한다. 낙지의 빨판이 기도를 막아 호흡곤란을 유발할 수 있기 때문이다. 싱싱하고 힘 좋은 낙지라면 목에 딱 달라붙어 위험한 상황을 초래할 수 있다. 이때, 응급 처치법으로서 소금과 기름을 목에 넣는 것을 권한다. 소금 성분이 닿으면 낙지가 움츠러들고 기름기로 미끄러진다. 산낙지를 참기름장에 찍어 먹는 이유는 이처럼 맛을 더할 뿐 아니라 위험을 예방하기 위함이기도 한 것이다.

03

모든 게 맛없어, 입맛이 통 없는 날

씀바귀

소수의 몇몇을 제외하고는 거의 먹지 않는 봄나물이 있으니, 바로 '씀바귀'다. 이는 이름 그대로 맛이 아주 쓰기 때문인데, 먹어 보면 약으로 오인될 만큼이다. 그 때문에 파는 곳이 드물어 구매하기가 쉽지 않다. 하지만 씀바귀는 혹한 겨울도 견뎌낼 만큼 질긴 생명력을 가진 봄꽃인 만큼, 국화처럼 생긴 모양새로 산과 들에서 흔히 볼 수 있다. 특유의 쓴맛 때문에 기피하게 되는 이 씀바귀는 과연 어떨 때 먹으면 좋을까? 아이러니하게도 아무것도 먹고 싶지 않은 날에 이 '씀바귀'를 딱 추천한다.

식욕을 돋우는 씀바귀 쓴맛

씀바귀의 한약재 명은 '고채(苦菜)'로, 이는 '쓴 채소'라는 뜻이다. 쓴맛은 식욕을 북돋게 한다. 위에서 '그렐린'이라고 하는 식욕 증진 호르몬의 분비를 촉진해 음식 섭취를 더욱 용이하게 하는 것이다. 이는 에피타이저로 나오는 음식에 쌉쌀한 맛이 많은 이유이기도 하다. 봄이 오면 계절 변화나 겨울철 대사량 감소 등으로 식욕이 저하되곤 하는데, 대부분의 봄나물은 쌉싸름한 맛으로 이를 이겨낼 수 있게 해 주며 씀바귀는 그 중 쓴맛의 대표 주자라 할 수 있다.

동의보감 속 씀바귀, "해열·해독을 넘어 신경 안정까지"

한의학적으로 쓴맛은 보통 열을 내리고 비정상적 수분대사와 폭주하는 기의 흐름을 정상화하는 기능이 있다. 《동의보감》에서도 씀바귀에 대해 "성질이 차고 맛이 쓰며 독이 없다(독이 약간 있다고도 한다). 5장의 사기(邪氣)와 속의 열기를 없애고 마음과 정신을 안정시키며 숙면하게 하고 악창을 낫게 한다."라고 기록했는데, 현대적으로 보면 해열·해독·항염증·항알레르기·신경 안정 등을 의미하는 것으로 볼 수 있다. 그리고 이런 역할을 하는 대표적인 성분은 '트리페노이드라'이다.

씀바귀로 피부장벽도 튼튼하게

씀바귀 속 '트리페노이드라' 성분은 고등식물이 물리적인 상처나 미생물 감염 등에서 자신을 보호하기 위해 생성하는 분비물로, 홍삼·도라지·영지버섯 등 보양제나 병풀·로즈마리·라벤더 등 화장품 성분에 광범위하게 포함되어 있다. 화장품 성분으로 자주 쓰이는 이유는 외부 침입을 막아 주고 몸을 보호해 줄 뿐 아니라 흉터를 예방하고 콜라겐을 생성하여 피부장벽을 튼튼하게 하는 기능이 있기 때문이다. 또한, 씀바귀에는 항암 작용을 하는 '알리파틱'과 노화 억제 및 항산화 기능이 있는 '시나로사이드' 성분이 풍부해 암 환자에게도 추천할 만한 음식이라 할 수 있다.

'씀바귀'로 200% 채우기

① 씀바귀즙을 바르면 사마귀가 떨어진다?

《동의보감》에 '씀바귀의 하얀 즙을 바르면 사마귀를 떨어지게 한다'는 구절이 있어, 사마귀로 고생하시는 분들은 혹할 수도 있겠지만, 결론적으로 말하자면 이에 대한 효과는 기대할 수 없다. 이는 그 시대의 바람을 기록한 것에 가깝거나 아주 소수의 완치된 경험을 적어 놓은 것에 불과한 것으로 판단된다. 일종의 바이러스 질환인 사마귀가 외용으로서 조금 바른 정도로 좋아지기는 매우 어렵기 때문이다. 또한, 씀바귀 외 '검은 닭의 담즙, 소의 침, 살구씨를 태운 것 등을 바르면 사마귀가 떨어진다'는 등의 말이 전해지는데, 이 또한 독성이 약간 있거나 어느 정도 효능이 있어 보이는 것들이 과장된 경우라고 볼 수 있다.

② 씀바귀는 아무 데서나 채취해도 문제없다?

'생명력이 강하고 길가에서도 흔하게 볼 수 있다'는 기록은 현대적으로 해석하면 '아무 곳에서나 채취해 먹지 말라'는 의미와도 같다. 그 나물들은 중금속과 공해 물질을 흡수해도 살아갈 수 있지만, 그걸 섭취한다는 것은 곧 공해 물질을 꾸준히 인체에 축적하는 것과 같다. 그러므로 나물은 '직접 채취' 말고, 사 먹는 것이 안전하겠다.

04

채식 중 기력을 보충하고 싶은 날

김

'한국 사람 중 김을 싫어하는 사람이 있을까?' 싶은 생각이 들 정도로 '김'은 그야말로 우리나라 국민 반찬이다. 갓 구운 김에 흰 쌀밥, 거기에 김치를 싹 곁들여 먹는다면 아마 없던 입맛도 돌아오지 않을까. 사실, 이렇게 맛있는 김을 거의 세계 최초로 식용하기 시작한 것도 한민족이다. 자랑스러운 한국의 김! 대다수 국민이 우리 밥상의 김을 사랑하겠지만 특히나 김을 추천해 주고 싶은 집단이 있으니, 바로 '채식주의자'들이다. 채식에 힘쓰고 있는데 고기를 먹지 않아 기운이 없다고 느껴지는 날이 있다면, '김'을 곁에 두고 먹을 것을 딱 추천한다.

세계 최고의 역사와 품질을 자랑하는 한국의 김!

고려 충렬왕 때 일연 스님이 편찬한 《삼국유사》에 의하면 신라 시대부터 김을 먹었다고 전해지는데, 이는 다른 나라보다 훨씬 빠른 것이다. 그래서 김을 이용한 음식 문화도 발달했을뿐더러 바다 역시 양식에 적합한 곳이 많아 현재도 우리 김은 중국, 일본은 물론 미국, 유럽까지 수출되고 있다. 그야말로 한국의 숨은 대표 수출 상품인 것이다. 언젠가 한국의 해안을 위성 사진으로 찍었을 때, 바다에 이상한 무늬가 보인다는 이유로 해외에서 미스테리가 된 적이 있었는데, 알고 보니 김 양식장이었다고 한다. 김은 대부분 양식을 하는데, 김 양식의 기원은 1424년 집필된《경상도지리지》에서 최초로 드러난다. 하동군 지역의 전래에 의하면, "약 260년 전 한 할머니가 섬진강 하구에서 패류를 채취하던 중 김이 많이 착생한 나무토막이 떠내려오는 것을 발견하고 거기에 붙어 있는 김을 뜯어 먹어 본즉 매우 맛이 좋아서 그 후 대나무를 수중에 세워 인공적으로 김을 착생시킨 데서 비롯되었다."라는 것이다. 이렇게 역사가 오래된 만큼 품질이 좋아 압도적인 김 생산량 1위를 자랑하는 중국조차 오히려 한국 김을 수입하고 있을 정도다.

옛 문헌 속 김, "구토·설사·답답한 속을 치료"

김은 옛 문헌에 '짐(朕)'이라 쓰인 바 있다. 《경세유표》에는 "태(苔)라는 것은 해태(海苔)인데 혹 감곽(甘藿), 감태(甘苔)라 일컫기도 한다. 태는 또 종류가 많아서 자태(紫苔), 청태(靑苔)가 있어 대동소이한 것이 5~6종이나 있다."라고 기록되어 있는데, 여기서 '자태'가 '김'을, '청태'가 요즘 유행하는 식재료인 '감태'를 의미하는 것으로 보인다. 이런 김에 대해 《동의보감》에서는 "성질이 차고 맛이 짜다. 치질을 치료하는데 벌레를 죽인다. 곽란으로 토하고 설사하는 것, 속이 답답한 것도 치료한다." 정도로 기록하고 있는데, 과거에는 해조류를 더 세분하지 않았고 효능도 일관되지 않았기에 큰 의미는 없어 보인다.

결핍되기 쉬운 비타민 B 복합체, 김에 가득!

김은 아이오딘, 미네랄, 식이섬유 등이 풍부하게 있어 좋은 식품이기도 하지만, 가장 중요한 부분은 식물성 식품 중 유일하게 적혈구 합성에 관여하는 '시아노코발아민(비타민 B12)'이 많이 있다는 것이다. 참고로 비타민 B 복합체는 열이나 약간의 산과 염기에도 쉽게 파괴되어 섭취 방법이 육식을 빼고는 거의 없는데, 그중에서도 시아노코발아민은 더욱 찾기가 어려웠다. 제한적이나마 일부 식물성 식품과 콩류 전통 발효식품을 통해 시아노코발아민의 섭취가 가능하다고 밝혀진 요즘에도, 영양학자들마저 제한적 육식이나 영양제를 통해 섭취할 것을 권할 정도로 이는 결핍되기 쉬운 영양소다. 게다가 김 5장(큰 것)에 달걀 1개 정도의 단백질이 있다고 하니 성장기 어린아이나 채식주의자라면 꼭 김을 옆에 두고 자주 먹을 것을 권한다.

'김'으로 200% 채우기

① 김 양식의 흑역사?

일회용 포장으로 많이 판매해 익숙해진 '파래김'과 달리, 원래 김의 고급품은 순수하게 김만 들어 있는 것이다. 그런데 김을 양식할 때 김이 달라붙는 틀에 파래나 매생이와 같은 해조류들이 함께 자랄 때가 있다. 그래서 양식 어민들은 이 파래와 매생이를 제거하기 위해 식품에 사용할 수 있도록 허가받은 유기산을 희석한 뒤 뿌려 해조류를 제거한다. 그런데 이 유기산의 가격이 만만치 않을뿐더러 효과도 좀 떨어지기에 일부 어민이 바다에 값싼 염산을 뿌리다가 적발되어 김 소비가 주춤한 적이 있었다. 염산을 뿌린다고 하여 최종 생산된 김에 염산이나 그로 인해 생성된 유독물질이 남아 있는 것은 아니지만, 바다가 오염될 뿐만 아니라 다른 해양 생태계에 영향을 미칠 수 있기에 문제가 된 것이다. 이후 마케팅 전략으로 오히려 파래가 섞인 김을 조미김으로 판매하기 시작하여 이제는 문제가 덜 발생한다고 한다.

② 김의 감칠맛은 MSG 때문이다?

다시마와 비슷하게 김에도 MSG 성분이 많이 들어 있다. 김을 불에 살짝 구워 간장이나 참기름, 소금만 첨가해도 훌륭한 밥반찬이 되는데, 이 역시 MSG 성분 때문으로 볶음밥이나 수제비, 떡국 등 한국 음식에도 김을 잘게 찢어 넣으면 음식의 풍미가 한층 좋아지는 것을 느낄 수 있다. 특히 생김보다 김자반이 맛있는 이유는 김의 MSG 성분과 설탕의 열 반응으로 인해 감칠맛이 더 좋아지기 때문이다.

05

며칠 내내 집콕한 날

표고버섯

재배가 쉽고 향미가 풍부한 '표고버섯'은 전 세계에서 재배된다. 야생에서는 서어나무나 그 주변에서 자생하지만, 우리나라에서는 참나무나 밤나무를 이용하여 재배하고 있다. 일본과 중국에서는 겨울철 갓이 완전히 열리기 전 수확한 것을 으뜸으로 여긴다. 물론 우리나라에서도 3~4월경 갓이 열리지 않은 것을 최고로 친다. 색깔과 광택에 따라 '백화고' 또는 '흑화고'로 달리 부르기도 하는 표고버섯. 이 표고버섯은 과연 어떨 때 먹는 게 가장 좋을까? 며칠 내내 방 안에만 있어 햇볕을 쬐지 못한 날, 이런 날 '표고버섯'으로 요리를 해 먹으면 딱이다.

좋은 향으로 나쁜 체액을 몰아내다

좋은 표고버섯일수록 향이 좋고 강해, '향고(香菇, 향이 나는 버섯)'라고 부르기도 한다. 한의학에서 향이 강한 음식은 주로 방향화습(芳香化濕) 작용을 하는데, 여기서 '방향'은 향이 좋다는 의미이고, '화습'은 우리 몸 안의 비정상 체액을 의미하는 습사(濕邪)를 제거한다는 뜻이다. 즉 소화기의 기능을 개선하고 혈액 상태와 혈관 흐름을 원활하게 한다는 것을 의미한다.

정신을 기쁘게 하는 버섯?

《동의보감》에서는 표고를 '마고(蔴菰)'라고 표현했는데, "성질이 평(平)하고 맛이 달며 독이 없다. 정신을 기쁘게 하고 음식을 잘 먹게 하며 구토와 설사를 멎게 한다. 아주 향기롭고 맛이 있다."라고 하여 소화기의 기능을 호전시키는 내용을 중점으로 기록되어 있다. 내용 중 '정신을 기쁘게 하고'라는 부분이 좀 특이한데, 기쁘다는 내용은 잘 돌아가는 것을 의미하는 것으로 혈관 흐름이 개선되면 두뇌 활동도 개선된다는 것을 함축하여 기록한 것으로 보인다.

외부 활동 적을 때엔 표고버섯을!

약리학적으로 표고버섯은 혈액 속 콜레스테롤 축적을 억제하는 '에리타데닌'이 함유되어 있어 고혈압 예방에 좋은 음식이다. 또한 표고버섯에는 비타민 D가 많이 포함되어 있기에 외부 활동이 적은 현대인, 특히 요즘처럼 코로나로 인해 외부 활동이 더 줄어든 상황에서 비타민 D의 공급처가 될 수 있다. 그 외 표고버섯에는 렌티난, 렌티오닌 등의 성분이 포함되어 있어 면역력 강화 및 항암식품으로도 손꼽힌다.

'표고버섯'으로 200% 채우기

① 말린 표고버섯은 물에 오래 불리면 안 된다?

말린 표고버섯에는 아미노산의 일종인 '구아닐산나트륨'이 생성되는데, 이는 버섯의 향미를 더욱 진하게 한다. 그래서 천연 조미료를 만들 때 천연버섯은 거의 빠지지 않고 들어가곤 하는데, 문제는 감칠맛과 함께 '에리타데닌' 성분이 물에 쉽게 용출되어 빠져나간다는 점이다. 그러므로 건표고로 요리할 때는 불리거나 삶는 시간을 최소한으로 줄여야 한다.

② 고기 먹을 땐 표고버섯을 같이 먹자

표고버섯 특유의 향은 고기의 누린내를 없애 주는 역할을 하고, 섬유질이 풍부해 육식하는 경우에 음식을 더욱 조화롭게 만들어 줄 수 있다. 더불어 표고버섯 속 에리타데닌이 혈액 중 콜레스테롤 수치를 낮춰 균형 잡힌 식사를 할 수 있게 하기도 한다.

③ 장기간 소화 장애가 있다면 표고버섯 섭취에 주의할 것!

《동의보감》에서는 '비위한습기체(脾胃寒濕氣滯)자는 향고를 피하라'고 했다. 표고버섯은 소화에 도움을 주는 음식이지만, 비위한습자(장기간 소화 장애가 지속된 자, 속이 냉하면서 소화 장애가 온 자, 허약자의 일상적인 식체 등)에게는 풍부한 섬유질이 오히려 부담이 될 수 있으므로 섭취에 주의하라는 뜻으로 해석할 수 있겠다.

06

불끈 솟는 힘이 필요한 날

장어

'장어' 하면 '힘'이 아니겠는가. 그 이름을 되뇌면 강하게 팔딱팔딱 뛰는 모습이 절로 떠오른다. 뱀장어, 먹장어, 붕장어, 갯장어… 장어는 게다가 종류도 많다. 이 중 뱀장어는 장어류 가운데 유일하게 바다에서 태어나 강으로 올라가 생활하는 회류성 어류다. 식용으로 소비하는 뱀장어는 주로 강을 거슬러 올라오는 실뱀장어를 그물로 잡아 양식한 것이다. 그러나 그 수가 적어 비싸기에 고급 스태미나 음식으로 알려져 있다. 말 그대로 불끈 솟는 힘이 필요한 날, 이런 날엔 '장어'가 딱이다.

근육질의 강한 생선!

장어는 근육이 많아 강한 활동력을 보이는데, 실제 장어의 단백질 함량도 20~25% 정도로 달걀과 콩보다 높아 같은 양을 섭취해도 더 많은 단백질을 얻을 수 있다. 또한 불포화지방산의 함량은 높지만, 칼로리는 상대적으로 낮아 훌륭한 다이어트 음식이기도 하다.

동의보감 속 장어, "양을 일으킨다? 명백한 스태미나 음식!"

한의학에서는 장어를 '만려어(鰻鱺魚)'라고 부르는데, 여기서 '만(鰻)'이라는 한자가 바로 '뱀장어 만' 자다. 한의서에는 뱀장어를 두고 '허로를 보하고 치질, 궤양 등 상처 회복에 효과가 있으며 폐결핵 같은 만성 소모성 질환을 치료하는 효과가 있다'고 기록하고 있다. 특히 《동의보감》 전음(前陰, 생식기) 편에는 "양을 일으키고(起陽) 양념을 해서 먹으면 몸을 잘 보한다."라고 하여 장어가 스태미나 음식임을 명시해 놓았다.

눈·뇌 건강, 노화 방지에도 효과적

장어는 비타민 A, 비타민 B군, 칼슘, 인, 철분 등 다양한 영양소를 풍부하게 함유하고 있다. 특히 비타민 A가 많아 스태미나와 눈 건강에 좋은 식품으로 알려졌다. 또한, 장어는 DHA도 풍부해 기억력과 학습 능력을 향상하는 등 뇌 기능 개선에도 도움이 된다. 게다가 장어에 들어있는 비타민 E는 불포화지방산의 산화를 억제하므로 노화 방지에 있어서도 효과적이다.

'장어'로 200% 채우기

① 장어를 먹을 땐 부추와 함께!

부추에 들어 있는 '알리신'은 소화가 잘되게 하며 살균 작용을 통해 면역력을 높인다. 따라서 장어와 함께 먹으면 소화에 도움이 된다. 또한 알리신은 비타민 B1의 흡수를 도와 피로해소 효과를 가지는데, 장어에도 비타민 B1이 들어있어 흡수율을 높일 수 있다. 또한 장어는 단백질이 많아 퍽퍽할 수 있는데, 이때 식이섬유가 풍부한 채소를 같이 섭취하면 훨씬 좋은 식감으로 장어를 즐길 수 있다.

② 장어 먹은 후 디저트는 유제품으로!

장어 특유의 비린내를 없애기 위해 보통 생강이나 마늘 등을 함께 먹는다. 이는 단백질 분해 효소가 있어 소화를 돕는 작용도 하지만, 강한 향신료인 만큼 장어 냄새와 어우러져 더욱 강한 향이 입과 몸에 밸 수 있는데, 이때 우유와 요거트 등을 디저트로 섭취하면 냄새를 줄일 수 있다.

③ 장어 먹을 때 복숭아는 피하라?

'장어를 먹을 때 복숭아는 피하는 것이 좋다'는 말은 거의 일반 상식으로 알려졌는데, 이는 장어와 복숭아의 관계보다는 복숭아 자체의 성분 때문이라 할 수 있다. 복숭아에 함유된 유기산은 십이지장을 거쳐 소장까지 그대로 도달한다. 십이지장과 소장은 위와는 달리 알칼리성이므로, 새콤한 유기산은 장에 지장을 주며 지방이 소화되기 위해 작게 유화되는 것을 방해해 자칫 설사를 유발할 수 있다. 따라서 '지방이 풍부한 음식을 먹으면 복숭아를 디저트로 먹지 않는 것이 좋다'가 올바른 상식이다.

07

배탈 나서 기운이 쪽 빠져 있는 날

달래

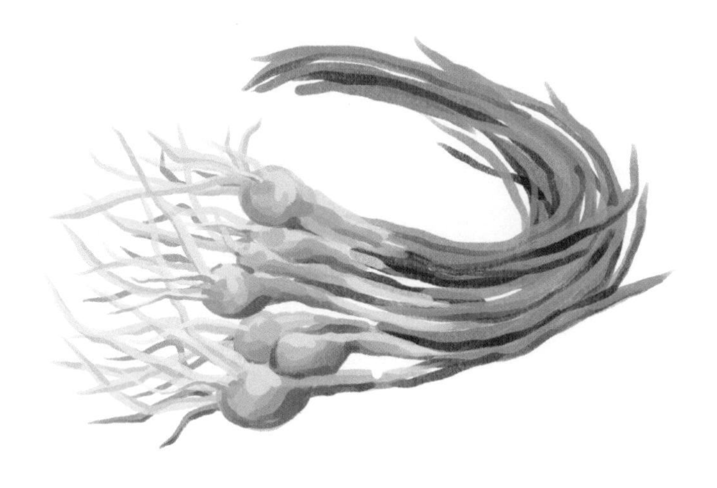

입춘이 지났지만, 아직은 추운 시기. 이맘때 밥상 위에 오른 달래를 보면 봄이 오고 있음을 느낄 수 있다. 입맛을 돌게 하고, 이른 봄 나타나기 쉬운 각종 비타민 부족 현상을 이겨 내게 하는 고마운 나물인 '달래'. 한 번은 배탈이 나서 종일 화장실을 들락날락하게 되었던 때가 있었다. 가장 힘든 것은 화장실에 여러 번 가는 행위 자체가 아니다. 모든 것을 배출한 상태로, 기운이 쪽 빠져 더 이상 아무것도 하지 못하게 됐을 때다. 이때 딱 먹으면 좋을 식재료가 있으니, 바로 '달래'다. 달래가 식탁에 봄 기운을 가져다주듯, 배탈로 잠시 잃었던 생기 또한 가져다줄 게 분명하다.

산과 들에서 나는 마늘?

나물로서 전체를 다 먹기는 하지만, 달래는 마늘의 일종이라고 할 수 있다. 한자로는 '산산(山蒜, 산에서 나는 마늘)' '야산(野蒜, 들마늘)'이라고 한다. 한의학에서 약재로 사용하는 부분은 줄기 부분인데, '소산(小蒜)'이라는 이름으로 사용한다.

동의보감 속 달래, "고독을 치료하다"

《동의보감》에서는 달래에 대해 "성질이 따뜻하고 맛이 매우며 독이 약간 있는데, 이 약 기운은 비장과 신장으로 들어간다. 속을 덥히고 음식이 소화되게 하며 곽란으로 토하고 설사하는 것을 멎게 하고 고독을 치료한다."라고 기술하고 있다.

축 늘어진 사람을 일으켜 세운다고?

소화 기능을 담당하는 비장과 우리 몸의 정기를 담당하는 신장의 양기가 부족하다는 것은 한마디로 '체력이 저하된다'는 것인데, 이는 즉 설사병과 같은 질환에 걸린 후 축 늘어져 있는 형태라고 보면 된다. 이때, 달래가 양기를 복돋아 주며 기운을 올려 주는 역할을 한다. 음식에 가까운 달래가 탈진해서 누운 사람을 일으켜 세울 수는 없지만, 겨울철 비타민을 섭취하기가 어려웠던 과거에는 어느 정도 도움이 되었을 것이다. 봄이 될 무렵이면 대부분 비타민 부족으로 몸의 신진대사가 저하되어 소화 기능과 면역력도 떨어지기 쉬웠을 것이기에 달래 같은 봄나물이 비타민과 무기질을 공급해 이런 증상을 줄여 줬을 것이다.

불균형한 영양 섭취, 달래로 바로잡기!

현대 영양학적으로 달래는 영양가는 낮지만 비타민 A, B1, B2, C 등 다양한 비타민 성분을 풍부하게 함유하고 있으며 칼슘과 칼륨 등의 무기질도 다량 함유하고 있다. 생달래 100g에는 하루 필요량의 6배 정도에 해당하는 철분이 함유되어 있어 맛이 약간 비릿하다. 이러한 영양소들이 부족한 경우, 혹은 불균형한 영양 섭취를 하고 있는 경우 달래로 만든 음식을 챙겨 먹는 것을 추천한다.

'달래'로 200% 채우기

① 달래는 자연산이 더 좋다?

'자연산이 더 좋을 것'이라는 선입견 때문에 당연히 마트에서도 자연산 달래를 찾게 된다. 아무래도 밀집해서 자라지 않은 자연산 달래가 향과 풍미가 더 좋을 수 있다. 하지만 자생 달래와 재배 달래가 정확히 구분되는 것은 아니다. 과거에도 산과 들에 자라는 달래의 비늘줄기를 캐다가 집 주위에 심어 보관 및 재배했고, 지금도 크게 보면 비슷한 방식으로 재배하고 있기에 자생 달래와 재배 달래를 굳이 나눌 필요는 없을 것 같다.

② 달래는 숨겨진 스태미나 음식?

불교에서 스님들은 절대 먹지 않는 채소라 하여 유명해진 '오신채(五辛菜)'라는 것이 있다. 혈액순환을 촉진하고 성적 에너지를 강화하는 효능이 있어 마음을 다스리기 힘들어진다는 것이 그 이유다. 그리고 달래는 이 오신채 중에 하나다. 불교 경전인 《능엄경》에 따르면 "중생들이 선의 삼매를 구하려면 세간의 다섯 가지 산채를 끊어야 하나니, 이 오신채를 익혀 먹으면 음심을 일으키고 생으로 먹으면 분노를 더하느니라."라고 했다. 이런 이유로 일반인들에게 오신채란 스테미나에 도움이 되는 음식으로 인식되고 있다. 하지만 오신채는 스태미나를 잘 유지하게 하는 것이지, 특별히 더해 주는 것은 아니다. 오신채에 포함된 달래도 마찬가지다.

08

더위 먹어 온몸이 축 처진 날

수박

주변이 온통 습한 공기로 가득하고, 하늘에선 뜨거운 뙤약볕이 내리쬐는 한여름. 땀이 삐질삐질 흐르는 듯한 무더위에 내 의지와는 다르게 온몸이 축 처지는 날이 있다. 이때, 더위를 물리치기 위해 얼음물 한 컵을 벌컥벌컥 들이키는 것보다 더 효과적인 방법이 있으니, 바로 냉장고에 시원하게 보관해 둔 수박 한 통을 먹기 좋게 잘라 먹는 것이다. 그 어떤 과일보다 빠르게 갈증을 해소해 주는 '수박', 더위 먹어 온몸이 축 처진 날 먹으면 딱 좋다.

조선 시대 '귀족의 과일', 수박

수박은 '여름' 하면 떠오르는 대표 과일로서 누구나 즐겨 먹지만, 조선 시대에는 귀족의 과일이었다고 한다. 일단 기후가 맞지 않아 생산량이 적은 것은 물론, 그 당시에 단맛이 나면서 물이 많은 과일 자체가 별로 없었기에 매우 비쌌기 때문이다. 기록에 따르면 세종 때는 수박 한 통 가격이 무려 쌀 다섯 말(40kg)에 해당했다고 한다.

옛 수박과 오늘날 수박의 차이

수박은 한자로는 서쪽에서 유래된 박과의 과일이라는 뜻으로 '서과(西瓜)'라고 한다. 여기서 서쪽은 중국의 서쪽을 의미한다. 우리가 부르는 '수박'은 순우리말이다. 《동의보감》에 수박은 "성질이 차고 맛은 달면서 아주 슴슴하며 독이 없다."라고 하여 그 당시 수박은 맛이 달지만 현대보다는 덜 달고 담백한 맛이었음을 알 수 있다. 지금 우리가 먹는 수박은 품종 개량을 통해 만들어진 것으로 맛이 달고 색도 빨갛다.

동의보감 속 수박, "수분 공급, 이뇨 작용에 탁월"

《동의보감》에 따르면 수박의 효능은 "번갈과 더위 독을 없애고 속을 시원하게 하며 기를 내리고 오줌이 잘 나가게 한다. 혈리(血痢)와 입 안이 헌 것을 치료한다."라는데, 이는 몸에 충분한 수분과 미네랄을 잘 공급한다는 뜻이며 비뇨기계의 순환을 원활하게 한다는 것이다. 수박은 대부분의 오이과와 같이 수분이 매우 풍부한 것이 특징이며, 수박에는 이뇨 작용을 돕는 '시트룰린' 성분이 많이 함유되어 있다.

시각 기능부터 생식 능력 개선까지, 수박의 다양한 효능

수박의 효능 한 가지를 더 추가하자면 베타카로틴을 비롯한 카로티노이드 계열 성분들이 비교적 많다는 것이다. 이들은 인체 내에서 레티놀과 같은 활성형 비타민 A로 전환되어 시각 기능, 세포 분화, 항산화, 생식 능력 등에 도움을 준다.

'수박'으로 200% 채우기

① 수박을 먹으면 배가 아픈 사람들이 있다?

수박을 먹으면 배가 아프거나 설사를 해서 잘 먹지 못하는 사람들도 있다. 이는 체질론적 관점에서 음인(陰人)들에 해당하는 문제다. 음인들이 차가운 성질을 가진 수박을 먹으면 갑자기 많은 수분과 전해질을 섭취하게 되는데, 이를 몸에서 빠르게 처리하지 못해 오히려 탈이 나는 것이다. 반대로 양인(陽人), 특히 소양인은 소화기가 빠르게 처리를 하고 처리한 영양소가 상대적으로 약한 신장 기능을 도와주기에 몸에 도움이 될 수 있다.

② 당뇨인들은 수박을 피하라?

수박은 당의 흡수 속도를 보는 GI(당지수)가 72로 높은 편인 데다가 칼륨 성분까지 있어 신장 기능이 떨어져 있는 당뇨환자들은 기피하는 음식이다. 그러나 앞서 언급한 것처럼 수박의 흡수 속도는 빠르지만 대부분 수분이기에 당지수와 함께 탄수화물의 함량을 계산하는 GL(당부하지수)은 낮은 편이므로 일상 간식 정도의 양을 먹는다면 큰 문제는 없다.

09

감기 몸살로 몸져누운 날
감

'금의옥액(錦衣玉液)'이라는 말이 있다. '비단옷을 입고 있는 귀한 액체'라는 뜻으로, 이는 감을 표현한 시의 한 구절이다. 그다음 구절에서는 '이시위선(以柿爲仙)'이라 하여 '감을 먹으면 신선이 된다'고도 표현하고 있다. 이처럼 달콤한 감은 우리에게 있어 최고의 간식거리다. 한 입 딱 베어 물면, 그 달달함에 절로 기분이 좋아지곤 한다. 살다 보면 피로 혹은 감기 몸살로 몸이 축 처질 때가 있는데, 이런 날이야말로 달달한 '감' 한 입이 그 어떤 약보다 딱이다.

감은 자연산 포도당 수액?

감은 과당도 많거니와 칼로리도 과일 중에서도 매우 높은 편에 속한다. 그래서 감기 몸살 등으로 인해 체력이 빨리 소모되어 에너지가 많이 필요할 때 먹으면 도움이 된다. 또한, 폐나 기관지와 같이 호흡기가 건조할 때 에너지로 빨리 전환되는 과장을 공급함으로써 해당 증상을 줄여주는 역할을 한다. 마치 '포도당 수액'을 맞는 효과와 비슷하다고 볼 수 있다.

동의보감 속 감, "열을 내리는 과일"

《동의보감》에서 말하길, 감은 "성질은 차고 달며 독이 없다. 심폐(心肺)를 촉촉하게 해 갈증을 멈추고 폐위(肺痿)와 심열을 치료한다. 또 음식 맛을 나게 하고 술독과 열독을 풀어 주며 위의 열을 내리고 입이 마르는 것을 낫게 하며 토혈을 멎게 한다."라고 기록되어 있다. 현대적으로 풀어보자면 차가운 성질이 있고 열로 인해 발생하는 증상을 완화한다고 해석할 수 있는데, 이는 차가운 성질보다는 과당이 많이 들어 있는 감의 특성에 기인한다.

유독 성분을 배출하는 감 속 '탄닌'

감의 대표 성분으로서 떫은맛의 주범인 '탄닌'은 중금속과 같은 유독 성분을 배출하는 효능이 있다. 탄닌은 병원균이 있다면 균체에 침투해 병원균을 죽게 하고, 출혈 부위나 염증 부위에도 작용하여 지혈과 소염 작용을 한다. 감을 섭취하는 것만으로 치료 효과를 기대할 수는 없지만,

병의원이 없고 겨울철 이동이 어려웠던 과거에는 감의 해독, 살균, 소염 작용을 통해 응급 상황에 대처하는 방안이 될 수 있었을 것이다.

'감'으로 200% 채우기

① 감을 먹으면 변비에 걸린다?

대표적 부작용인 '변비' 때문에 감을 먹지 않는 사람들이 꽤 있다. 바로 감에 들어 있는 탄닌 성분 때문인데, 이는 수렴 작용이 강해 이를 이용한 지혈제, 지사제 등이 있을 정도다. 다행히 수용성 상태, 즉 떫은맛이 많이 느껴지는 상태에서 숙성이라는 과정을 지나면 불용성으로 변하여 그 작용이 약해진다. 때문에 잘 익은 감은 비교적 부작용이 약해 보통의 소화 기능을 가진 사람이 감 2~3개를 먹는다고 하여 문제가 될 일은 없다. 다만, 불가피하게 많이 섭취하거나 평소 변비가 있는 사람이라면 감을 일정량 이상 먹었을 때 그만큼의 수분을 섭취하여 탄닌의 작용을 줄여 주는 것이 좋다. 반면, 평소 변이 무르거나 설사기가 있는 사람이라면 감을 섭취하는 것이 도리어 도움이 될 수 있다.

② 최악의 궁합? 감과 게!

감과 동시에 먹지 말아야 할 음식으로는 '게'가 손꼽힌다. 심지어《조선왕조실록》에 영조가 형인 경종에게 감과 게를 동시에 먹여 죽였다는, 일종의 독살설이 제기되었을 정도로 서로 간의 궁합이 좋지 않다고 보았다. 이렇게 궁합이 좋지 않은 이유 또한 탄닌의 수렴 작용 때문이다. 즉, 독소를 내뿜는 식중독균과 같은 병원체를 체외로 배출하지 못하게 해 문제가 발생할 가능성이 높다. 그러나 감의 어떤 성분과 게의 어떤 성분이 합해져 유해한 성분을 만드는 것은 아니므로, 위생적으로 문제없다면 두 음식을 같이 먹었더라도 크게 걱정할 필요는 없다.

둘.

'피곤함'을 덜어 주는 한 끼

10

느닷없이 코피가 줄줄 흐른 날
민어

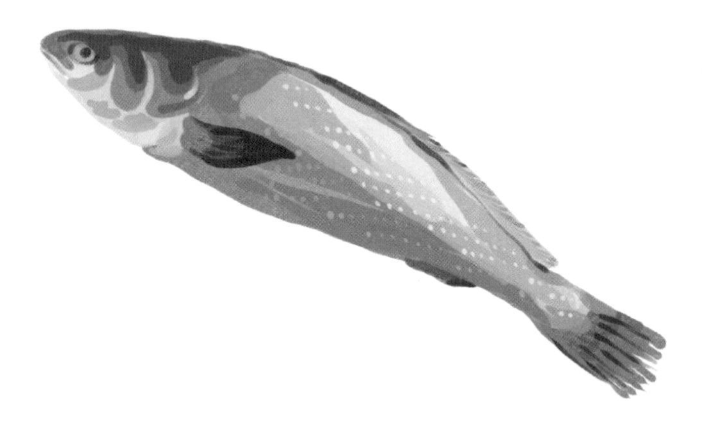

'복날' 하면 삼계탕을 필두로 한 여러 가지 보양식들이 떠오른다. 그중에서도 아주 귀한 음식이 있으니, 바로 '민어'다. 원래 서울에서는 '복더위에 민어찜은 일품, 도미찜은 이품, 보신탕은 삼품'이라 하여 민어찜을 즐겼다. 물론 '민어(民魚)'라는 이름은 백성들이 즐겨 먹던 음식 같지만, 산지에서도 어느 정도 부유해야 회나 탕으로 먹을 수 있었다. 잡자마자 죽어 버리는 민어를 한여름에 서울까지 운송해서 먹어야 했으니 서울에서는 매우 귀한 음식이 아닐 수 없었다. 그럼 이 귀하디귀한 음식은 언제 먹는 것이 가장 좋을까? 뜻하게 않게 피를 보게 된 날이 있다면, 이런 날 '민어'를 딱 추천한다.

다양하게 불렸던 우리 물고기, '민어'

민어는 지금의 전라도 쪽, 특히 신안군을 중심으로 많이 잡혀 현지에서는 민어 축제도 열리곤 한다. 조선조의 《세종실록지리지》, 《신동국여지승람》 같은 여러 기록을 보면 전라도, 충청도, 황해도 및 평안도와 같이 우리나라 서남해안 쪽에서 민어가 전체적으로 잡힌 것을 알 수 있다. 그만큼 이명도 많아 홍치, 부둥거리, 보굴치, 가리, 어스래기, 상민어, 민초, 개우치 등 지역에 따라 그리고 크기에 따라 달리 불렸다. 예전에는 석수어(石首魚), 면어(鮸魚), 강어(江魚)라고도 했다.

민어는 버릴 게 없는 생선?

민어는 회로만 먹지 않는다. 민어의 질겅질겅 씹히는 독특한 식감의 부레와 살짝 데친 껍질도 참 맛이 좋다. 게다가 민어의 알은 어란으로, 쓸개는 술을 담가 먹으니 '민어에서 버릴 것은 가시와 지느러미밖에 없다'는 말이 있을 정도다.

옛 문헌 속 민어, "민어 부레의 높은 가치"

《동의보감》에서의 민어는 단순히 '맛이 좋고 독이 없다'고 서술하고 있어 음식으로의 가치만 인정하고 있지만, 별도로 부레 부위를 '강표(江鰾)', '어표(魚鰾)'라고 기록했을 정도로 민어 부레의 가치를 인정했다. 동물의 가죽을 오래 끓여 고아 만든 약재를 '아교(阿膠)'라 하고 생선의 부레로 만든 것을 '어교(魚膠)'라 하는데, 《본초강목》에서는 "모든 생선의 부레로 어교를 만들 수 있지만 바닷가에 사는 사람들은 민어로 어교를 만든다."라고도 했다.

지혈, 그리고 영양 보충에도 좋은 민어

민어 부레로 만든 어교는 지혈 작용이 있어 치질이나 외상성 출혈, 코피, 자궁출혈 등에 효과가 있고, 특히 음의 기운을 보하면서도 기운을 끌어올리는 효과가 있어 위하수, 자궁하수에 도움이 된다. 물론 현재는 약재로서의 활용은 어려운 상황이다. 그러나 이런 특수 부위가 아니더라도 민어는 영양 보충에 탁월한 효과가 있다. 민어의 지방질 함량은 0.8%에 불과하고 흡수가 빠른 형태이기에 여름철 지친 몸을 달래 줄 뿐 아니라 환자의 회복기 및 노년기의 영양 보충, 소아의 성장 촉진에도 도움이 된다.

피부 탄력, 골다공증이 걱정된다면, 민어를!

민어는 게다가 맛도 담백하고 칼슘, 불포화지방산, 트레오닌 등의 영양도 풍부하다. 특히 젤라틴과 콘드로이틴 성분이 함유되어 있어 노화를 예방하고 피부에 탄력을 주며, 허약과 피로를 치유하기도 한다. 또한, 몸이 이유 없이 여위는 것을 보하고 잦은 기침과 코에 피가 나는 증상을 다룬다고도 알려져 있다. 민어의 껍질을 함께 먹는다면 풍부한 콜라겐과 관절의 구성 성분인 콘드로이틴을 많이 흡수할 수 있어 피부 탄력과 더불어 골다공증 등의 관절 건강에도 도움이 될 것이다.

'민어'로 200% 채우기

설렁탕처럼 진하게 우러나는 민어 뼈?

민어처럼 큰 생선의 뼈는 크기만큼 다량의 무기질이 함유되어 있어 오래 끓이면 맑은 느낌이 아닌 설렁탕 느낌의 국물이 우러나고 몸에도 좋다. 더불어 글루탐산과 같은 천연 조미료 성분이 함유되어 있어 맛도 아주 좋고 말이다. 민어를 먹을 때는 기름장에 찍어 먹는 부레, 껍질은 물론 뼈를 이용한 탕도 꼭 즐겨 볼 것을 추천한다.

11

고된 일상에 입술이 다 터 버린 날

꿀

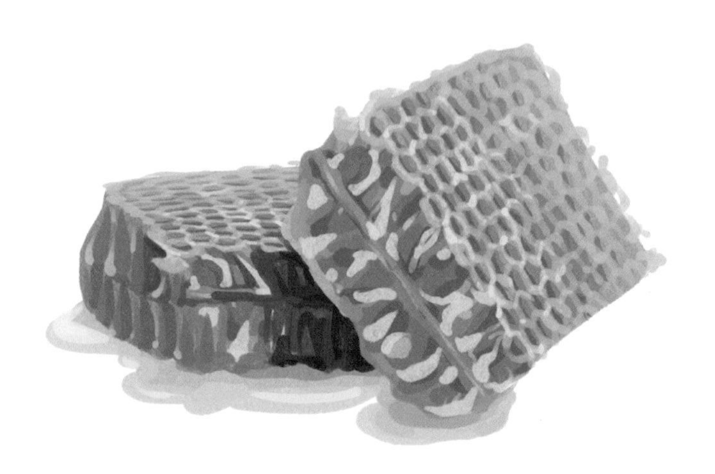

수많은 관용구와 속담에서 알 수 있듯, '꿀'은 단맛의 대명사였다. 기록상으로는 8천 년 전의 동굴벽화에서 꿀을 채집하는 모습이 드러났지만, 벌이 1억 년 전부터 꿀을 이용하는 형태로 진화했다고 하니 아마 인간의 역사와 꿀을 먹은 시기는 비슷할 것이다. 그렇다 보니 꿀은 동서양을 막론하고 수많은 음식 레시피에 들어가며 약재로서도 많이 활용되어 왔다. 아마 한의사에게 '꿀 타서 먹어도 되나요?'라는 질문을 하는 것은 단순히 식품으로만 보지 않는 우리들의 무의식의 발로일 것이다. 그렇다면 앞선 질문에 덧붙여 보겠다. '꿀을 언제 타 먹는 게 좋을까요?' 이 질문의 답으로 해 주고 싶은 말이 있다. "소화 안 될 때, 피로할 때, 기운 없을 때 다요!" 하지만 예상치 못한 답변을 원한다면, "입술이 텄을 때, 꿀을 발라보세요."라고도 말하겠다.

꿀맛은 사치스러운 맛이었다?

지금에야 양봉도 하고 수많은 대체재가 있어 가격이 낮아졌기에 누구나 맛볼 수 있는 식품이 되었지만, 원래 꿀은 사치품에 가까운 음식으로서 부유층이 되어야만 '꿀맛'을 알 수 있었다. 꿀맛은 사실 설탕보다 더 단맛이라고 볼 수 있다. 이는 꽃의 밀선에서 분비되는 자당을 꿀벌이 먹었다가 꿀벌의 소화 효소에 의해 과당과 포도당으로 분해된 것이므로 우리 몸이 더욱 빨리 흡수하여 단맛을 느끼게 되기 때문이다.

옛 문헌 속 꿀, "온갖 약을 조화시키며 소화기의 기운을 보해"

꿀은 벌, 꽃, 서식지의 종류 등에 따라 다양하게 나뉘어 색, 향, 맛 등에서 차이를 보인다. 하지만 공통되는 부분은 소화되기 쉬운 좋은 당분으로 인한 효과가 약효에서 가장 큰 비중을 차지한다는 것이다. 《동의보감》에서는 "성질이 평(平)하고 맛이 달며 독이 없다. 5장을 편안하게 하고 기를 도우며 비위를 보하고 아픈 것을 멎게 하며 독을 푼다. 여러 가지 병을 낫게 하고 온갖 약을 조화시키며 비기(脾氣)를 보한다. 또한 이질을 멎게 하고 입이 헌 것을 치료하며 귀와 눈을 밝게 한다."라고 하여 꿀의 여러 가지 좋은 효과를 기록했다. 역시 '소화기의 기운을 보한다'라는 부분이 가장 크며 해독, 진통과 같은 다른 효과도 여기서 나온다고 볼 수 있다.

급속도로 에너지가 필요할 때는 꿀! 단, '적당히'

현대적으로 감기 예방, 숙취 완화, 피로 회복, 면역력 증진 등을 꿀의 효과로 많이 소개하는데, 이는 꿀의 어떤 특정 성분보다는 마치 수액을 맞는 것처럼 급속도로 에너지를 전달할 수 있기 때문으로 보는 것이 맞다. 다만, 꿀은 기본적으로 당분이므로 굳이 많이 섭취하는 것은 좋지 않다는 점 기억하시길.

우리 주변에 흔한 외상 치료제, 꿀?

한편 꿀은 외용제로도 많이 사용됐다. 꽃의 자당에 함유된 수종의 부패 방지, 항세균 효소가 꿀에 들어 있어 항염증, 항세균, 보습 등의 기능을 할 수 있기 때문이다. 그래서 구내염이나 입술이 튼 데에 꿀을 바르는 민간요법이 유명해진 것이었다. 게다가 고대 이집트에선 꿀과 기름을 1:2로 섞은 외상 치료제 레시피가 있기도 했고, 또 충치 치료제로도 쓰였다고 한다. 그 외 벌집에서 추출한 프로폴리스도 뛰어난 항균 효과로 인해 화장품, 건강식품, 치약 등 다양한 항균 생활용품으로 활용되고 있다.

'꿀'로 200% 채우기

① '벌 독'을 이용한 치료가 있다?

현대 한의학에서 가장 많이 사용하는 벌과 관련된 부분은 벌의 독침을 정제해서 경혈에 주입하는 '봉약침 요법'이다. 이는 소염진통 작용, 면역 조절, 혈액순환 촉진, 항균, 조직 재생, 신경 활성화 등의 작용으로 질환을 치료하기에 관절 질환, 피부 질환 등은 물론 일부 면역 질환 등에도 이용한다. 사실 벌 독을 이용한 치료는 아주 오래됐다. '그리스의 의학자 히포크라테스가 꿀벌을 태운 후 재를 기름과 혼합하여 질병을 치료했다'는 기록이 있고, 프랑스의 샤를마뉴 황제도 뻣뻣해진 관절을 치료하는 데 봉침 치료를 받았다고 전해진다. 다만, 벌 독에는 알레르기 반응이 있어 심하면 사망에 이를 수 있기에 의료기관에서 반드시 알레르기 반응을 확인한 후 치료해야 한다. 또한 심혈관질환, 신장질환, 천식 같은 호흡기 질환이 있는 사람은 더욱 주의해야 한다.

② 꿀은 썩지 않는다?

실제 꿀은 잘 썩지 않는다. 이는 앞서 말한 부패 방지 효소와 높은 당도로 인한 삼투현상 때문인데, 세균이 묻어도 꿀이 세균의 수분을 빼앗아 사멸시켜 버리기 때문이다. 실제 피라미드 안에서 발견된 꿀을 녹여 먹었다는 이야기가 있을 정도다. 다만, 꿀에 실수로 침이나 수분을 첨가하면 효모가 번식해서 꿀이 변질되므로 곰팡이가 피거나 발효(벌꿀 술)가 되어 버릴 수 있다.

12

12시간 자도 피곤함이 안 풀리는 날

주꾸미

'봄 주꾸미', '가을 낙지'라는 말이 있듯, 봄이 되면 낚시꾼들은 통통하게 알을 밴 주꾸미를 잡으러 서해안으로 몰린다. 문어, 낙지와는 친척 관계이기에 주꾸미는 모양도, 사는 곳도, 심지어 효능까지 그들과 비슷하다. 일을 하다 보면 쏟아지는 업무에 정신을 못 차리겠는 시기가 있다. 이때는 자도 자도 도무지 피곤함이 풀리지 않음을 느낀다. 이럴 때 추천하는 것이 바로 '주꾸미'다. 매콤하게 잘 볶아진 주꾸미 볶음 한 입에 괜스레 기운이 북돋아지는 것만 같기도 하다. 자도 자도 피곤함이 풀리지 않는 날, 이런 날엔 '주꾸미'가 딱이다.

최근 들어 관심받기 시작한 '쭈삼' 속 주꾸미!

과거 주꾸미는 크게 관심받지 못했다. 개체수가 많고 번식력도 뛰어나 많이 잡혔지만, 문어나 낙지에 비해 크기가 작아 내륙으로 수송해도 별 이득이 없었기 때문이다. 게다가 건어물로 만들기도 힘들어 해당 지역에 사는 서민들만 먹었다. 그러나 다양한 요리법이 소개되면서 값싸고 흔한 주꾸미가 관심을 받기 시작했는데, 냉동 삼겹살에 식감 좋은 주꾸미를 강한 양념으로 버무려 만든 '쭈삼'도 주꾸미를 알리는 데 한몫했다.

옛 문헌 속 주꾸미의 오류?

《동의보감》에 문어는 '팔초어(八稍魚)'로, 낙지는 '소팔초어(小八稍魚)' 혹은 '락제(絡蹄)'로 기록하고 있는 반면에 주꾸미는 기록이 없다. 그러므로 주꾸미를 소개할 때 《동의보감》을 인용한 것은 잘못된 정보이며, 추후 《자산어보》에 주꾸미를 '소초(小稍)', '죽금어(竹今魚)'로 기록했는데, 여기서 죽금어가 변형되어 주꾸미가 됐다는 게 정설이다.

강장을 원한다면 낙지·문어보다 주꾸미!

기록이 없다고 주꾸미의 효능이 떨어지는 것은 아니다. 기본적으로 주꾸미는 '문어과'로서 문어, 낙지의 효능을 가지고 있다. 저지방, 저칼로리, 고단백이면서 필수 아미노산, 철분 등의 미네랄 등이 풍부해 남녀노소 모두에게 좋다. 게다가 뇌 발달에 도움이 되는 DHA 불포화지방산이 많고, 주꾸미 속 타우린이 치매의 원인 물질을 제거하고 뇌의 인지 세포의 활성을 돕기 때문에 노인성 뇌질환인 알츠하이머병이나 치매 예방에도 좋은 음식으로 꼽힌다. 특히 주목할 점은 피로 회복, 강장의 대명사인 타우린이 100g당 1300mg 정도로 낙지의 2배, 문어의 4배만큼이나 아주 많다는 것이다. 그렇기에 '강장'만을 원한다면 낙지나 문어보다 주꾸미를 더욱 추천한다.

'주꾸미'로 200% 채우기

① '봄 주꾸미'의 진실

친척 관계인데 왜 낙지는 가을이고 주꾸미는 봄일까? 사실 영양적인 측면에서는 가을이나 봄이나 큰 차이가 없다. 둘 다 1년생이고 봄에 산란하므로 오히려 가을에 제일 탱탱하고 쫄깃한 맛을 느낄 수 있다. 그런데도 주꾸미의 제철을 봄으로 꼽는 이유는 '알' 때문이다. 주꾸미 알은 고소하고 감칠맛이 나며 지질, 글리코겐 등 영양 성분이 풍부하다. 물론 낙지도 봄에 산란하지만, 주꾸미만큼 개체수가 많지 않다 보니 산란 시기에 알까지 먹는 것이 흔치 않은 반면, 주꾸미는 알까지 먹는다는 게 당연시되어 봄 주꾸미가 유명해진 것이다. 그러나 이제는 소비량이 많아졌고, 환경 오염 이슈까지 더해져 주꾸미도 점차 부족해지고 있는 게 사실이다. 이러다간 '봄 주꾸미'가 사라질 수도 있겠다.

② 주꾸미 먹물, 버리지 말자!

오징어, 문어, 주꾸미의 먹물에는 '뮤코 다당류'라는 것이 들어 있어 웬만하면 버리지 않고 식용하는 것이 좋다. 뮤코 다당류란 건강식품 광고에서 수없이 들어 왔던 히알루론산과 글루코사민이 복합적으로 연결되어 있는 것으로, 실제 관절 건강에도 도움이 된다. 소위 말하는 연골주사의 주성분이 '히알루론산'이다. 여기에 어떤 아미노산이나 미네랄이 결합되어 있는가에 따라 종류가 달라지는데, 먹물에 들어 있는 '일렉신'이라는 뮤코 다당류는 암세포 증식 억제, 면역력 향상 등 항암 작용을 해 암환자에게도 추천할 만한 음식이다.

13

온몸이 찌뿌둥하고 순환이 안 되는 날

강황

'샛노란 생강'을 뜻하는 강황은 우리나라에서 오래전부터 재배됐지만, 대중들에게 익숙한 식재료는 아니다. 강황 첨가를 강조하는 카레 제품 광고 덕에 '강황'을 들어는 봤겠지만, 요리할 때 사용하는 경우는 흔치 않기 때문이다. 하지만 남아시아에서 강황은 우리나라의 마늘처럼 요리에 흔히 쓰일 뿐 아니라 음료나 유제품, 비스킷 등에도 들어간다. 물론 남아시아가 아닌 곳에서도 음식에 많이 활용하는 편인데, 주로 색을 내는 용도로 쓰인다. 그렇다면 이 샛노란 강황은 어떨 때 먹으면 좋을까? 온몸이 찌뿌둥한 날, 왠지 모르게 혈액 순환이 되지 않는 것 같은 날에 카레와 같은 음식으로 '강황'을 섭취하기를 딱 추천한다.

고추와는 또 다른 매운맛

매운맛에 익숙해진 현대인들은 갸우뚱할 수 있지만, 고추가 도입되기 전인 조선 초기까지만 해도 한반도 자생식물 중 매운맛을 가진 것은 많지 않았다. 대부분 마늘 정도의 매운맛이었는데, 그것보다 더 강렬한 향과 맛을 가진 강황은 약재로서도 충분한 가치가 있다고 판단했을 것이다. 《동의보감》도 강황을 그와 유사한 울금과 구분하여 '강황이 울금보다 효과가 더 세다'고 기록하기도 했다.

동의보감 속 강황, "나쁜 기운을 풀어 주는 성질"

우리나라에서도 아주 오래전부터 강황을 염료나 약재로 이용해 왔다. 《동의보감》에도 "강황은 성질은 열하며 맛은 맵고 쓰며 독이 없다. 징가(癥瘕)와 혈괴(血塊), 옹종(癰腫)을 낫게 하며 월경을 잘하게 한다. 다쳐서 어혈이 진 것을 삭게 한다. 냉기를 헤치고 풍을 없애며 기창(氣脹)을 삭아지게 한다."라고 기록되어 있다. 맵고 쓴맛이 있는 강황이 나쁜 기운이 뭉쳐서 병이 된 것, 순환이 저해돼 병이 된 것, 차가워서 병이 된 것 등을 풀어헤치고 흐름을 원활하게 해 준다는 뜻이다. 한의학에서 매운맛은 발산하고 풀어헤치는 성질이 강하다는 것에 기반한 설명으로, 우리가 아주 매운 음식을 먹으면 얼굴이 빨개지고 열이 나며 저절로 땀이 흐르는 것을 생각해 보면 된다.

혈액순환을 원활하게, 부인과 질환에도 효과적

현대적으로 밝혀진 강황의 주성분인 '커큐민'이나 '터마신' 등을 보면,

《동의보감》에 기록된 효능이 충분히 보일 수 있다. 해당 성분은 혈전을 예방하고 혈액순환을 원활하게 하는 효능을 가지는데, 혈액순환이 원활해지며 사이토카인과 같은 염증 물질을 빠르게 제거해 염증으로 인한 여러 가지 질환에 도움이 된다. 또한 자궁수축, 담낭수축 등의 기능이 있어 과거 어혈(瘀血)로 인한 것이라 보았던 부인과 질환에도 도움이 될 수 있다. 효과도 센 편으로 혈전과 관련된 질환으로 약을 복용하는 환자나 임산부는 강황 섭취 시 주의를 기울여야 할 정도다.

'간 건강' 강황이 책임진다!

최근 강황의 '커큐민' 성분이 주목되는 부분은 바로 '간 보호'인데, 실제 간 독성에 노출된 동물에게 커큐민을 주사했을 때 간의 글루타티온 성분이 증가했다는 실험이 보고됐다. 글루타티온은 생체의 항산화물질로서 약물중독이나 알코올중독, 간염치료 보조제로 이용되는데, 이를 증가시켰다는 것은 간세포가 빠르게 재생되고 알코올 해독 능력이 상승하는 것을 의미한다. 그 외에도 항산화효과, 항암효과가 있어, 몸이 어딘가 찌뿌둥하고 순환이 잘 안 되는 느낌이 든다면 강황(현실적으로는 카레)의 매운 맛을 즐겨 보는 것도 좋겠다.

'강황'으로 200% 채우기

강황의 노오란 색을 조심 또 조심

강황은 특유의 색이 있어 남아시아에서는 전통 염료로 많이 이용됐다. 물론 천연 염료의 특성상 오래가지는 않지만, 문제는 이런 음식을 담은 식기에도 색이 물들 수 있고 옷에 흘리면 잘 지워지지 않는다는 것이다.

14

진정한 휴식이 필요한 날

포도

폭염 때문에 혹은 정신없이 일하며 몸을 움직인 탓에 온몸에 땀이 줄줄 흐를 때가 있다. 땀을 많이 흘려 체력이 떨어지면 우리 몸은 자연스럽게 염분과 당분을 원한다. 더운 곳에서 일하는 노동자나 땀을 많이 흘리며 운동하는 사람들이 식염포도당을 따로 섭취하는 이유이기도 하다. 여기서 당분을 의미하는 포도당의 '포도'는 우리가 알고 있는 과일 포도에서 유래했다. 포도가 당 성분이 많기 때문에 그대로 가져온 것이다. 그렇다면 달달한 포도는 어떨 때 먹으면 좋을까? 바로 정신없이 달린 나에게 '쉼'을 선사하고픈 날이다. 그런 날, '포도' 한 송이로 지친 몸을 달래면 딱이다.

인류의 역사와 함께한 포도

포도는 기원전 8천 년 전의 유적지에서 그 씨앗이 발견될 정도로 오래전부터 인류가 즐겨 먹었던 과일이었다. 참고로 포도의 원산지는 중서아시아로 추정하고 있다. 포도는 청색, 적색, 보라색 등 색을 기준으로 나뉘지만, 세부 종류로 들어가면 일일이 열거할 수 없을 만큼 많은 종류가 있다. 《동의보감》에도 "포도알은 자주색인 것과 흰 것이 있다. 자주색인 것은 마유(馬乳)라고 하고 흰 것은 수정(水晶)이라고 한다. 동그란 것도 있고 씨가 없는 것도 있다."라는 기록이 있을 정도다. 이를 통해 추정해 보면 아마 포도는 과거에도 여러 종류가 있었으며, 씨 없는 포도도 있었다는 것을 알 수 있다.

동의보감 속 포도, "마치 영양수액을 맞는 듯한 효과"

역사가 오래된 만큼 의학서에도 기록이 많은데, 《동의보감》에는 "습비(濕痺)와 임병을 치료하고 오줌이 잘 나가게 하며, 기를 돕고 의지를 강하게 하며 살찌게 하고 건강하게 한다."라고 종합되어 있다. '습비'란 관절이 무겁게 붓고 아프면서 감각이 떨어지고 저린 듯한 관절통이다. '임병'이란 비뇨기계의 질환을 의미하는데, 포도가 이러한 질환의 직접적인 치료제란 의미가 아니고 포도의 풍부한 당분과 미네랄, 비타민이 신진대사를 활성화하며 이뇨작용을 도와준다는 의미가 크다. 즉, 전체적으로 몸을 튼튼하게 만들어 준다는 의미로서 현대의 식염포도당 수액을 링거로 맞는 효과와 비슷하다고 볼 수 있겠다.

지방 축적도 막는 강력한 항산화물질, 포도 속 '레스베라트롤'

주목해 볼만한 점은 바로 포도 속 '레스베라트롤'이다. 이는 폴리페놀계의 강력한 항산화물질로, 고혈당을 감소시켜 세포 내 미토콘드리아 손상으로 시작되는 심장이나 망막 및 신장 합병증을 막아 주며 뇌와 신경계도 보호하는 효과가 있다. 더불어 포도는 당분이 많고 칼로리가 다른 과일보다 높기에 다른 과일보다 살이 더 찔 것 같지만, '레스베라트롤' 성분이 당분의 지방 전환을 방해하며, 이미 체내에 쌓여 있는 지방까지도 제거한다. 참고로 이 성분은 포도의 씨, 껍질, 나무줄기에도 많이 함유되어 있다. 그렇기에 포도를 통째로 먹으라고 하는 것인데, 결코 쉬운 일은 아니다. 과거 이제마도 포도의 나무줄기를 태양인에게 맞는 약재로 사용했는데, 나무줄기에는 다른 부분보다 이 성분이 17배 이상 많이 함유되어 있다고 한다.

'포도'로 200% 채우기

반려견은 포도 절대 금지!
개의 경우 포도를 먹으면 식욕부진, 설사, 구토, 기면, 심하면 급성신부전증으로 죽음에까지 이를 수 있기에 개에게는 포도를 절대 먹여서는 안 된다. 건포도 등의 가공된 제품도 마찬가지다. 아직 포도의 어떤 성분이 이런 현상을 유발하는지에 대해서는 명확히 밝혀진 바는 없지만, 과육보다는 껍질이 이러한 증상을 더 많이 유발하는 것으로 보아 포도에 함유된 일부 폴리페놀이 개에게 있어 그런 현상을 일으키는 것으로 보인다.

15

계속되는 회식으로 지친 날

문어

바다 곳곳 연안과 해저 깊은 곳에서 두루 발견되는 '문어'는 지능과 기억력이 뛰어나다. 개체에 따라 성격이 있기도 해 영국에서는 지능이 있는 동물로 분류하고, 잔인한 요리법과 취급을 금하자는 주장이 있어 화제가 되기도 했다. 서양 문화권에서 문어는 '악마의 물고기'라고 해서 괴물로 묘사되기도 했고 말이다. 이런 이유로 대다수의 미국인들과 북유럽에서는 문어를 식재료로 취급하지 않았지만, 지금은 지중해 음식으로 뉴욕을 포함한 각지에서 문어 전문 요리점을 볼 수 있다. 특히 우리나라에서는 장어, 주꾸미 등과 같이 강한 기운을 얻고 싶을 때 문어를 찾기도 한다. 요즘 같은 날, 끝나지 않는 업무와 잦은 회식으로 지친 분들이 있다면 이러한 '문어'를 딱 추천한다.

동의보감 속 문어, "뛰어난 영양학적 가치"

문어는 예로부터 피로 회복, 병후 회복 음식으로 많이 이용된 만큼 영양학적 가치가 매우 뛰어나다. 《동의보감》에서 문어는 "성질이 평(平)하고 맛이 달고 독이 없으며 먹어도 특별한 공(功)이 없다."라고 되어 있는데, 이는 문어의 성질이 너무 균형이 잡혀 있고 독성도 없어 약으로 쓰기에 별로 실효가 없다는 의미이다. 그렇다고 해서 문어가 무용한 것은 아니며 그 자체의 영양만으로도 양혈통유(養血通乳, 혈을 기르고 젖을 통하게 한다), 해독(解毒), 생기(生肌, 피부를 자라나게 한다) 등의 효능을 가진다.

최고의 산후조리 음식, 문어!

문어의 효능 중 주목할 만한 점은 바로 '통유(通乳)'다. 산후 회복과 모유 양 증가를 위해 필요한 단백질을 내륙에서는 가물치와 잉어로, 해안가에서는 문어로 많이 섭취해 왔다는 것이다. 특히 가물치, 잉어와 비교해 볼 때 문어는 비린 맛이 없고 성질도 매우 평이해 손꼽히는 산후조리 음식 재료라 할 수 있다.

드링크 제품의 주성분, 문어 속 '타우린'

현대에 들어 문어가 다시금 주목받는 것은 문어 속 '타우린' 때문인데, 타우린은 아미노산의 일종으로 자양강장제나 피로회복제 등 드링크 제품의 주성분으로 잘 알려져 있다. 식물에는 거의 없으나 동물에는 널리 분포되어 있으며, 특히 사람과 포유동물의 인체 내에서는 주요 장기인 심장, 뇌, 간 등에 다량 함유되어 있다.

애주가라면 문어를 먹어라?

'타우린'의 주요 생리 기능은 바로 피로 회복과 콜레스테롤 관련인데, 이는 몸에 좋지 않은 저밀도 콜레스테롤 생성을 억제하고 분해하며 몸에 좋은 고밀도 콜레스테롤은 그 생성량을 증가시켜 혈관계 질환 예방에 효과가 있다. 그리고 간 기능을 강화하는 데 있어 담즙산의 분비를 촉진시키고 간세포의 생성을 촉진하며 세포막의 기능도 안정시키는 효능을 가지고 있다. 이로 인해 알코올의 분해를 촉진하고 술로 인해 손상한 간 재생을 도와주므로 애주가라면 문어를 먹는 것이 도움이 될 것이다.

'문어'로 200% 채우기

① 문어가 안 맞는 체질이 있다?

문어는 성질이 평이하고 독이 없지만 찬 성질과 질기고 단단한 조직을 가지고 있어 소화시간이 긴 음식에 속한다. 그렇기에 소화력이 약하거나 설사를 자주 하는 사람은 죽이나 탕 등 소화가 편한 음식으로 조리해서 먹는 것이 좋다.

② 한약재로서의 문어는?

사상의학에서는 문어를 태양의 약재로 분류하고, 대팔초탕(大八稍湯)의 구성약물로 처방하고 있다. 《동의수세보원 보편》에 대팔초탕은 고기 먹고 체한 것을 치료하고, 피를 보충해서 임신하게 한다는 기록이 있다. 대팔초탕은 태양인 계열의 처방이기에 체질의학에서는 문어가 태음인에게는 맞지 않다고 하는데, 사실 음식으로서는 굳이 따질 필요는 없다.

16

술 마시고 숙취 심한 날

콩나물

담백한 맛에 가격 또한 저렴해 식탁에서 자주 볼 수 있는 '콩나물'. 콩나물이 우리나라에서만 먹는 식재료인 것을 알고 있는가? 기록에 따르면 935년 고려 태조가 나라를 세울 때 전쟁에서 식량 부족으로 허덕이던 군사들에게 콩을 냇물에 담가 콩나물로 만들어 배불리 먹였다고 한다. 그 외 각종 기록에도 콩나물에 대한 언급이 있는데, 이를 통해 추측하자면 실질적인 콩나물의 재배는 그 이전이라고 봐도 무방할 것 같다. 비슷한 느낌이지만 중국이나 일본 등 다른 아시아권 국가에서는 녹두를 키워 만든 숙주나물을 이용한다는 사실. 그렇다면 이러한 콩나물은 과연 언제 먹는 게 가장 좋을까? 고춧가루를 팍팍 뿌려 얼큰하게 끓인 콩나물국 한 숟가락이면 꽉 막혔던 속까지 모조리 뚫리는 기분이다. 모두가 예상했듯, 술 마시고 숙취 심한 날! 이런 날 '콩나물'이 딱이다.

동의보감 속 콩나물, "위의 열을 없애는 효능"

한의학에서는 '대두황권(大豆黃卷)'이라 하여 다 자란 콩나물이 아닌 싹을 틔운 정도에서 말린 것을 약재로 이용하는데, "성질은 평(平)하고 맛은 달며 독이 없다. 힘줄이 당기고 무릎 아픈 것을 치료하며 오장과 위 속에 맺힌 것과 열을 없앤다."라고 되어 있다. 이는 콩의 보하는 성질과 더불어 새싹의 막힌 것을 뚫어 주는 효능이 합해진 것과 같다. 《동의보감》에 직접적으로 숙취 해소에 좋다는 언급은 없지만, 문장을 해석해 보면 '위의 열을 없앤다'라는 것은 술로 인해 생긴 습열(濕熱)을 내려 주는 것으로서 숙취에도 효과가 있음을 알 수 있다.

콩나물이 숙취 해소에 제격인 이유

콩나물의 대표적인 성분은 아미노산의 일종인 '아스파라긴산'이다. 이는 숙취 해소 효능이 탁월한 물질이며 염증 유발 효소를 억제한다. 이 때문에 숙취 해소 뿐 아니라 감기에 걸렸을 때 고춧가루를 넣고 콩나물국을 끓여 먹는 것도 실제 효과가 있다. 한 가지 재미있는 점은 시판 중인 소주의 대부분이 아스파라긴산을 감미료로 사용하고 있다는 것이다(소주마다 함량이 조금씩 다르다). 물론 그 이유는 알려져 있지 않지만 말이다.

콩나물은 콩과는 달라!

콩나물은 단순히 콩의 싹을 틔운 것이지만, 콩과는 엄연히 영양소의 함량이 다르다. 콩나물은 콩에 비해 지방 함량이 적고 섬유소 함량이 높다. 또한 콩에는 비타민 C가 거의 없지만, 콩나물로 자라는 대사 과정을 통해 비타민 C가 생성되어 콩나물에는 비타민 C가 풍부하다. 이로 인해 숙취 해소, 감기 회복은 물론 피로 회복에도 많은 도움이 된다.

'콩나물'로 200% 채우기

① 콩나물은 반드시 깨끗이 씻어 익혀 먹자

콩나물은 버섯과 마찬가지로 어둡고 습한 재배 환경과 신선도가 중요한 유통과정 때문에 구입한 시점부터 포장 여부에 무관하게 대장균을 필두로 하는 세균들이 1g당 100만~1,000만 개체에 달한다. 이런 이유로 조리 시 무조건 흐르는 물에 잘 씻어서 익혀 먹는 것이 좋다. 물론 날것 그대로 먹으려고 해도 콩의 단백질 냄새가 강한 데다가 매우 질겨서 생으로 먹으려는 생각조차 들지 않겠지만 말이다.

② 콩나물 꼬리, 아깝게 버리지 말기!

주부가 식탁 앞에 앉아 콩나물의 꼬리를 떼는 모습은 드라마 속에서 많이 나오는 익숙한 장면이다. 이처럼 콩나물은 왠지 다듬어야 정성이 들어간 요리처럼 생각되는데, 사실 영양학적으로는 꼬리까지 다 먹는 것이 좋다. 영양분, 특히 아스파라긴산은 꼬리 쪽에 더 많다는 연구 결과가 있고, 과거와 달리 신선 유통 시스템이 갖춰진 현대에서는 시든 꼬리라는 것은 찾아보기 어렵기 때문이다.

17

입에서 술 냄새 폴폴 풍기는 날

유자

한국의 전통차로 빠지지 않는 '유자차'. 어느 계절에나 마실 수 있지만, 그래도 겨울에 마시는 유자차가 제맛이다. 유자는 가을에서 겨울이 수확 시기인데, 유자에는 무려 레몬의 3배, 바나나의 10배, 키위의 3배에 달하는 비타민 C가 들어 있어 초기 감기를 다스리거나 예방하는 데 아주 효과적이다. 그런데 이런 유자가 숙취 해소에도 도움이 된다는 사실은 많은 이들이 모르고 있을 것이다. 특히나 과한 음주로 인해 다음 날 아침에도 입에서 술 냄새가 폴폴 풍긴다면, 이때야말로 잘 우려낸 '유자차'를 한 잔 마셔주어야 할 때다.

신라 문성왕 때 전래된 유자

유자는 역사가 오래된 한국의 전통차이지만, 유자의 원산지는 중국이며 일본에서도 많이 음용하고 있다. 유자가 우리나라에 처음 전래된 것은 대략 신라 문성왕 때로 알려져 있다. 《세종실록》 31권에 "1426년(세종 8년) 2월 전라도와 경상도 연변에 유자와 감자를 심게 했다."라는 기록이 있는 것으로 미루어 보아 《세종실록》에 기록된 시기보다 훨씬 오래 전으로 추정된다.

생으로 먹기 버거운 이유, 넘치는 비타민 C 때문?

유자는 주로 껍질 채 사용하고 생으로 먹지 않는다. 이는 껍질에 유용한 성분이 많아서이기도 하지만, 과육도 비타민 C가 너무 많아 신맛을 넘어 쓴맛이 느껴질 정도로 먹기 어렵기 때문이다. 유자에 많은 유기산 중 하나인 '구연산'도 신맛을 내고 있어, 유자청을 만들 때 유자의 양만큼 설탕을 넣어야만 향긋한 유자차가 될 수 있다.

동의보감 속 유자, "술로 인한 입냄새, 이젠 안녕!"

《동의보감》에서도 유자의 과육을 먹는 것에 대한 언급은 없고, "유자의 껍질은 두껍고 맛이 달며 독이 없다. 위 속의 나쁜 기를 없애고 술독을 풀며 술을 마시는 사람의 입에서 나는 냄새를 없앤다."라고 하여 껍질에 대한 언급만 있다. 여기에 언급된 효능들은 곧 '구연산'의 효과라고 볼 수 있는데, 이는 체내의 젖산 축적을 막고 위액과 파로틴 호르몬 분비를 촉진시켜 식욕 증진의 효과가 있다. 또한, 체내 신진대사의 기본이라고 할 수 있는 TCA사이클 합성이 원활하게 이루어져 피로 회복에도 좋다. 게다가 알코올 분해를 촉진해 숙취에 도움이 된다. 소화 기능도 좋아지고 알코올 분해도 촉진하기에 결과적으로 술로 인한 입 냄새도 줄어드는 것이다.

'유자'로 200% 채우기

① 현대인들에게는 '신맛'이 필요하다?

한의학에서 신맛이라는 것은 '수렴'의 성질을 의미한다. 수렴이란 우리 몸에서 필요한 물질들이 배출되는 것을 막아 주는 것으로, 무엇보다 현대인들에게 꼭 필요한 부분이다. 옛날에 비해 심한 육체노동은 현격히 줄어들었지만, 상대적으로 수면 시간은 줄고 지속적으로 무언가에 집중해야 하는 새로운 의미의 과로가 현대인들에게 있어 일상이 되어 버렸기 때문이다. 여기서 '과로'란 기운을 배출하는 것이고, '수렴'은 이를 막는 역할을 하므로 몸과 마음이 지쳤다면 유자차 한 잔으로 잠시 여유를 가져 보는 것을 추천한다.

② 유자의 영어 표기, Yuja or Yuzu?

일본의 경우 기후가 맞는 남쪽의 시코쿠현에서는 우리나라보다 유자를 더 많이 생산하고 있다. 다만, 우리나라 유자보다 크기도 작고 더 시어서 일제 강점기에 한국의 유자를 많이 가져갔다고 한다. 2011년, 제 43차 국제식품규격위원회 농약잔류분과위원회에서 한국의 제안으로 유자의 영문 공식 명칭 Yuzu에 한국어 독음 Yuja가 추가 등록됐다. 하지만 여전히 많은 업체가 Citron 또는 일본어명인 Yuzu로 유자를 표기하고 있다.

한껏 날이 서 있는 나를 위한

셋.

'예민함'을 토닥이는 한 끼

18

날뛰는 기분 가라앉히고 싶은 날

깻잎

세계적으로 한국에서만 주로 먹는 채소 '깻잎'. 깻잎은 특유의 향과 식감으로 한국인들 사이에서도 확연히 호불호가 갈린다. 좋아하는 사람은 깻잎장아찌 하나만으로 밥 한 그릇 뚝딱 할 수 있을 정도지만, 싫어하는 사람은 국물 요리에 조금 들어가는 것마저도 빼 달라고 할 정도니 말이다. 아마 처음 접하는 외국인들에게는 한국의 고수 정도로 여겨지지 않을까 싶다. 이렇게도 독특한 깻잎은 과연 언제 먹어야 좋을까? 하루 날 잡고 놀러가 숯불에 삼겹살을 구워 먹으며 기분이라도 낼 때? 아니다. 반대로 마음 한구석이 불안한 날, 기분이 이리저리 날뛰는 날에 '깻잎'을 딱 추천한다.

깻잎이 들깨 잎이라고?

우리가 접하는 깻잎은 대부분 들깨 잎이다. 약재로 사용하는 자소엽(차조기)은 향이 너무 강해 식용으로 잘 사용하지 않는다. 또한, 식용으로 먹는 깻잎은 따로 잎만 많이 먹을 수 있도록 종자를 개량한 것으로서 들깨를 채취하는 품종과는 또 다르다.

동의보감 속 깻잎, "담을 내리는 자줏빛 잎"

한약재로 사용하는 깻잎은 자주빛을 띄어 '자소엽(紫蘇葉)'이라고 한다. 《동의보감》에는 "성질이 따뜻하고 맛이 매우며 독이 없다. 명치 밑이 불러 오르고 그득한 것과 곽란, 각기 등을 치료하는데 대소변이 잘 나오게 한다. 일체 냉기를 없애고 풍한 때 표사(表邪)를 헤친다. 또한 가슴에 있는 담과 기운을 내려가게 한다."라고 기록되어 있으며, 이는 현대 한의학에서도 자주 사용하는 약재다.

이유 없이 답답하고 불안할 때엔 깻잎을!

깻잎은 꿀풀과의 허브들처럼 발산하는 성질이 강한 향채로, 막힌 것을 순환하고 외부의 나쁜 기운을 밖으로 몰아내어 소화나 배변에 장애가 생겼을 때 혹은 감기 등의 질환에 걸렸을 때 주로 사용한다. 특이한 점은 '가슴에 있는 담과 기운을 내려가게 한다'는 측면인데, 이는 일종의 정신 안정을 시켜 준다는 뜻으로 이유 모를 답답함이나 불안감을 해소해 준다는 것이다. 로즈마리, 라벤더와 같은 다른 꿀풀과의 아로마를 이용해 정서적 치료를 하는 것과 유사점이 있다.

감기 증상 완화, 뇌 활동 개선에도 효과적인 깻잎

꼭 약재로 사용하는 자소엽이 아니더라도 깻잎은 현대 영양학적으로도 유사한 효능을 볼 수 있다. 깻잎의 주요 성분 중 하나인 '루테올린'은 몸의 염증을 완화시키고 항알레르기 효능도 있어 미세먼지나 감기로 인한 증상을 완화시키는 데 좋은 효과가 있다. 또한, 깻잎의 정유 성분 중 '로즈마린산'은 항염증 작용 이외에도 뇌신경을 보호하는 효과가 있다. 더불어 신경 억제성 전달 물질(GABA)이 뇌 혈류와 산소 공급을 도와 뇌 세포 대사 기능을 촉진하기에 흥분된 신경을 안정시키는 것은 물론, 뇌 기능의 활성도 도와준다. 이 외에도 깻잎은 칼로리가 낮은 데다가 다양한 미네랄과 비타민을 함유하고 있어 남녀노소 누구에게나 좋은 음식이다.

'깻잎'으로 200% 채우기

① 깻잎의 부작용? 당근과 상극이라고?

깻잎은 다량의 칼륨을 함유하고 있어 칼륨 배출 능력이 떨어지는 만성 신장질환자는 다량으로 섭취하지 않는 게 좋다. 또한 깻잎이 당근과 상극이라고 하지만, 사실 당근에 함유되어 있는 비타민 C 분해 효소가 깻잎의 비타민을 조금 줄일 뿐 상극이라고 할 정도는 아니다.

② 다른 나라에서의 깻잎은?

깻잎의 분포지는 대부분 아시아지만, 아시아 국가에서조차 깻잎을 잘 먹지 않는다. 일본은 그나마 일종의 향신료나 차로 먹는데, 사실 깻잎보다 향이 강한 자소엽(차조기)을 많이 이용한다. 일본의 대표 장아찌인 '우메보시'를 만들 때 역시 자소엽을 함께 사용하는 것이 필수라고 한다.

19

괜스레 누군가가 미워지는 날

죽순

독특한 식감으로 요리의 맛을 살려 주는 '죽순'은 영양도 풍부해 예부터 귀한 식재료로 이용됐다. 우리나라는 남부지방을 빼고는 수확 기간도 짧고 재배 환경도 까다로운 탓에 과거에도 궁중 요리에만 사용하곤 했다. 그러나 지금은 재배 농가도 늘고 수입산도 많아 어렵지 않게 죽순을 만날 수 있다. 이런 죽순은 언제 먹는 것이 가장 좋을까? 바로 '스트레스를 받을 때'다. 신경이 날카로워져 괜스레 다른 사람의 사소한 행동까지 거슬리는 날이 있다면, 그 날이 딱 '죽순'을 먹어야 하는 날이다.

사람의 열을 내리는 대나무

대나무는 이파리(죽엽), 대나무 진액(죽력) 등이 주로 약재로 쓰이며, 이들은 열을 내리고 해독하는 효능이 있다. 죽순의 효능도 이와 비슷한데, 《동의보감》에 "성질이 차고 맛이 달며 독이 없다. 소갈을 멎게 하고 오줌을 잘 나가게 하며 번열(煩熱)을 없애고 기의 순환을 돕는다."라고 기록되어 있다. 이는 해열제처럼 단순히 열을 내리는 것이 아니라, 몸의 수분대사를 원활하게 함으로써 신진대사를 안정시켜 열을 떨어뜨리는 것을 의미한다.

스트레스 받을 때 죽순 요리를 먹어야 하는 이유

《동의보감》에서 언급됐던 '번열(煩, 번잡할 번)'이란 몸에 열이 나지만 배출되지 못해서 생기는 증상이다. 감기에 걸렸을 때 떨어지지 않는 열도 이에 해당되고, 정서적 영향으로 생기는 갑갑함과 변비로 인한 불편감 또한 이에 속한다. 실제 죽순에 들어 있는 비타민 B1과 티로신은 날카로워진 신경을 진정시키고 편안하게 하는 데 도움이 되고, 비타민 B5(판토텐산)는 항스트레스 작용을 한다. 특히 티로신은 집중력 향상에도 좋다.

당뇨·동맥경화 등 각종 성인병 예방에 효과

'소갈'이란 일종의 당뇨병 증상을 의미하는데, 《한국본초도감》에 따르면 죽순에 함유된 펩타이드 성분이 혈압을 진정시키고, 칼륨 성분이 나트륨 배출을 도와 체내의 염분량을 조절해 혈압을 안정시킨다고 한다. 혈류 개선을 돕기 때문에 고혈압이나 심근경색과 같은 심혈관질환 예방에도 좋으며, 혈중 콜레스테롤 수치를 낮춰 당뇨나 동맥경화와 같은 각종 성인병 예방에 효과가 뛰어나다. 또한, 죽순에는 식이섬유도 풍부해서 육류와 함께 섭취 시 콜레스테롤 배출에도 도움이 될 수 있다. 이는 기름진 중국 음식에 죽순이 자주 사용되는 이유일 것이다.

'죽순'으로 200% 채우기

① 죽순을 회로도 먹는다고?

죽순은 그 자체로는 별맛이 없지만 회처럼 잘게 잘라 양념장에 찍거나 무쳐 먹기도 한다. 다만, 이때는 꼭 충분히 삶아야 한다. 날것의 죽순에는 다량의 청산배당체(사이아노젠)가 함유되어 있기 때문이다. 물론 죽순 한두 개 먹는다고 죽을 정도까진 아니지만, 이는 엄연한 독성 물질이므로 피해야 한다. 다행히 청산배당체는 열에 약해 익히면 사라진다. 또한 죽순을 반으로 가르면 액체와 함께 알갱이들이 보이는데, 여기에는 아린 맛을 내고 결석을 유발하는 옥살산이 있으니 반드시 잘 씻어내고 조리하길 바란다.

② 몸이 찬 사람은 죽순을 피하라?

죽순의 부작용과 관련해 《동의보감》에 "참대순은 종류가 매우 많은데 맛이 좋고 먹으면 시원하므로 사람들이 먹기를 좋아한다. 그러나 성질이 차서 소화가 잘 안 되고 비위에 좋지 못하기 때문에 적게 먹는 것이 좋다."라고 기록되어 있다. 때문에 수족냉증이나 하복부가 차가운 사람, 설사를 자주 하는 사람, 입술에 푸른빛이 감도는 사람은 과도한 섭취를 하지 않는 것이 좋다. 실제 죽순의 식이섬유는 다른 채소에 비해서도 질긴 편이기에 소화기가 약한 사람이나 어린아이는 잘 삼키지 못하는 경우가 종종 있기도 하다.

20

추웠다가 더웠다가 종잡을 수 없는 날

가지

매끈한 껍질, 그리고 폭신하게 씹히는 속살의 '가지'. 이 독특한 식감 때문에 가지를 찾는 이도, 가지를 피하는 이도 있다. 이렇듯 식성에 따라 호불호가 분명한 '가지'는 현재 전 세계에서 재배되고 있다. 흔히 '가지' 하면 보라색 채소라고 알고 있지만, 사실 가지의 색은 여러 가지다. 흰색·노란색·자주색·초록색·줄무늬 등의 다양한 색으로 존재하며, 고추 역시 이 '가짓과'에 속한다. 그렇다면 이런 가지는 어떨 때 먹는 게 좋을까? 살다 보면 오한이 드는 느낌에 몸이 덜덜 떨리다가도, 갑작스레 얼굴빛이 붉으락푸르락해지며 화가 솟구치는 그런 순간들이 있다. 그게 나일 수도, 나의 가족일 수도 있고 말이다. 이처럼 내 몸과 마음 상태를 종잡을 수 없는 날, 이런 날 '가지'를 딱 추천한다.

가지는 과거 천대받던 채소?

과거 가지는 '가자(茄子)', '낙소(落蘇)'라고 불리었으며, 약재로는 '황가(黃架)'로 썼다. 그런데 가지가 과거 어떠한 취급을 받았는지 살핀다면 놀라지 않을 이가 없을 것이다. 가지를 약효를 설명하고 식재료로 이용한 기록도 있지만, 한의학 약초 백과사전격인《본초강목》에 나오는 한 학자의 글에는 "밭에서 나는 채소 중에 가지만은 무익(無益)하다."라는 기록이 있다. 게다가 정말로 독이 있는 잡초로 여긴 학자도 있을 정도였다.

노화 억제부터 시력 개선까지! '안토시아닌'의 효과

가지에는 식물의 색을 결정하는 '안토시아닌'이라는 성분이 매우 풍부한데, 이는 항산화 작용과 항암 작용을 하는 물질로서 노화를 억제하고 심장병이나 고혈압 및 혈관질환을 예방한다. 또 안구혈관에도 작용하여 안토시아닌을 장복하면 시력 개선의 효과도 볼 수 있다.

가지의 껍질에 있는 '비타민 P'

가지에는 콜라겐을 합성하는 비타민 C를 보강하여 모세혈관을 튼튼하게 하고 항균 작용도 하는 '비타민 P'가 많다. 비타민 P는 보통 감귤류의 껍질에 많지만, 대부분은 껍질을 먹지 않기에 비타민 P의 섭취량은 미미하다. 반면 가지는 껍질째 먹기에 비타민 P 섭취가 용이하다.

갱년기 여성에게 특히 추천

한의학적으로 대부분 식재료가 그러하듯, 가지는 성질이 평이해 약재로서는 그다지 주목받지 못했다. 하지만 본초 목록에서는 가지를 설사를 멎게 하는 지사약(止瀉藥)으로 분류하고 있다. 허로(虛勞, 과로와 허약)를 보하고 한열(寒熱)을 치료하는 효능이 있다는 기록도 있고 말이다. 여기서 '한열'이란 한열왕래(寒熱往來), 즉 더웠다 추웠다 하는 갱년기 여성들이 자주 겪는 증상을 의미하는 것으로 체력이 부족한 갱년기 여성이라면 가지를 자주 먹을 것을 추천한다.

'가지'로 200% 채우기

① 가지를 먹을 땐 마늘, 후추, 생강, 겨자 등과 함께

가지는 차가운 성질을 가지고 있는 음식으로 평소 몸이 냉하거나 기침을 자주 하는 사람은 피하는 것이 좋다고 알려져 있다. 음식으로 섭취하는 정도라면 별 문제가 없지만, 만약 걱정된다면 마늘, 후추, 생강, 겨자 등 매운맛과 뜨거운 성질을 가진 재료와 함께 요리하는 것이 좋다. 가지의 단맛과 매운맛의 조화도 요리의 맛을 올려 줄 것이다.

② 한국에서는 '들기름'과, 서양에서는 '올리브유'와!

가지의 푹신한 속살은 몸에 좋은 식물성 기름을 섭취하는 데 유용한 수단이 된다. 들기름에 풍부한 불포화지방산, 오메가3, 비타민 A, C, E, F 등을 충분히 섭취하게 도와줄 수 있으며 가지 자체의 안토시아닌과 상승 작용을 통해 항암 작용을 높일 수 있다. 우리나라에 들기름이 있다면 서양에는 올리브유가 있지 않나. '가지조림'이나 '라따뚜이'처럼 올리브유와 가지도 매우 좋은 조합이다.

③ 가지와 궁합 좋은 음식?

가지와 잘 어울리는 다른 음식으로는 돼지고기, 토마토가 있다. 푹신한 가지의 섬유조직이 돼지고기의 유분을 흡수해 기름진 맛을 줄여 주는 대신, 감칠맛과 식감을 더한다. 또한, 토마토에 많은 리코펜 성분은 가지의 색소인 나스딘과의 궁합이 좋아 항산화 효과를 높인다.

21

온갖 스트레스에 가슴이 꽉 막힌 듯한 날

상추

우리 음식 문화에서 독특한 것 중 하나가 각종 채소 잎에 밥과 음식을 싸 먹는 '쌈'이다. 조선시대 〈농가월령가〉의 '유월령'에 "아기 어멈 방아 찧어 들바라지 점심하소. 보리밥 파찬국에 고추장 상추쌈을 식구 헤아리되 넉넉히 능을 두소."라고 읊은 대목이 있듯, 땀 흘리며 밭일하다가 들밥으로 상추쌈을 먹는 광경은 쉽게 그려 볼 수 있다. 그렇다면 오늘날에는 어떨까? 밭일 대신 컴퓨터 앞에 앉아 타자기를 두들기며 머리를 쓴 날, 인간관계에서 오는 각종 스트레스로 가슴이 꽉 막힌 듯한 날들이 있지 않나. 이런 날, '상추' 한번 딱 먹어 보자.

상추는 언제, 어디에서 왔을까?

상추의 원산지는 서아시아(인도)이며 조선 후기 역사서인 《해동역사》에 당시 수나라 사람들이 고구려산 상추가 품질이 좋다며 비싼 값을 주고 수입하기도 했다는 기록이 있는 것으로 보아, 우리 민족은 고구려 때부터 상추를 먹었을 것으로 추정된다.

쌈 재료로 상추를 가장 많이 먹는 이유

상추는 생명력이 뛰어나 재배가 쉽고 수확 기간이 길다. 가끔 기후 영향으로 '금추'라고 불리기도 하지만, 대부분의 경우는 텃밭에 기른 상추를 그냥 나눠 줘도 다 못 먹을 만큼 많이 수확된다. 게다가 상추는 무색무취에 가까워 호불호도 거의 갈리지 않기에 많이 수확되는 만큼 쌈 재료로도 가장 많이 먹는다.

동의보감 속 상추, "흔하지만 유용한 채소"

흔하다고 해서 상추가 그냥 그런 채소는 결코 아니다. 실제 약제로 쓰이는 경우는 없지만, 《동의보감》에 상추는 '와거(萵苣)'라고 하여 "성질이 차고 맛이 쓰며 독이 약간 있다. 힘줄과 뼈를 든든하게 하고 5장을 편안하게 하며 가슴에 기가 막힌 것을 통하게 하고 경맥을 통하게 한다. 이빨을 희게 하고 머리를 총명하게 한다."라고 기록되어 있다.

상추는 그야말로 만병통치약?

과거 의서 특유의 과장법으로 만병통치처럼 적어 놓은 점을 감안해도, 상추에는 풍부한 비타민과 철분, 칼슘 등의 미네랄이 풍부해 피로 회복, 신진대사 활성화, 혈액순환 개선, 빈혈 예방 등 우리 몸의 기초대사에 많은 도움이 된다는 점은 분명하다. 또한, 부드럽게 먹을 수 있는 식이섬유와 높은 수분 함량은 변비에 도움이 되고 노폐물 배설, 알코올 해독 같은 해독 작용에도 도움이 된다.

상추를 먹으면 왜 졸리다는 걸까?

상추만의 특이한 영양소라고 하면 절단면에서 볼 수 있는 하얀 즙, 그 안에 있는 '락카투리움, 락투세린, 락투신'이라고 하는 알칼로이드를 들 수 있다. 이 성분은 신경을 안정시켜 '상추를 먹으면 졸린다'는 말이 생겼다. 신경을 안정시켜기에 통증의 민감도를 줄여 주는 역할도 할 수 있으며, 스트레스의 완화에도 효과가 있다고 볼 수 있다. 물론 우리가 섭취하는 양 정도로는 생활에 문제가 있을 정도로 졸음이 쏟아지거나 하지는 않을 것이니 걱정 말고 상추쌈을 즐기도록 하자.

'상추'로 200% 채우기

① 상추가 정력제라고?

조선시대에 상추는 이명으로 '은근초(慇懃草)'라고도 불렸다. 이는 절단면의 하얀 즙이 정액을 연상시켜 상추가 정력을 올려 준다고 알려졌기 때문이었는데, 당시 엄격한 유교 문화권에서는 이러한 성적인 부분을 대놓고 드러낼 수가 없었다. 그 이유로 '은근히 키운다'고 하여 '은근초'라는 이명이 붙은 것이었다.

② 눈칫밥 먹는 주제에 상추쌈까지 먹는다?

'눈칫밥 먹는 주제에 상추쌈까지 먹는다'는 속담이 있다. 이 속담은 눈치가 너무 없는 경우를 의미한다. 쌈은 우리 고유의 문화지만, 조선시대 유교 문화에서는 입을 크게 벌려 손으로 음식을 먹는 것은 예절에 어긋났다. 그래서 숟가락으로 한 입에 들어갈 수 있을 만큼만 쌈을 싸서 먹으라고 한 것이다.

22

늦은 밤 잠이 오지 않아 괴로운 날

대추

음식이 다양해지고 기호도 바뀌면서, 명절 차례상에 꼭 들어가는 음식이지만 처치 곤란한 식재료가 여럿 생겼다. 가장 대표적인 것이 바로 '대추'다. 대추는 단맛이 강해 과거에는 간식으로 종종 먹곤 했지만, 지금은 단 음식이 많을뿐더러 껍질의 식감과 맛에 대한 호불호가 강해 그냥 먹는 경우는 거의 없다. 그럼에도 대추를 꼭 쓰는 이유는 '조율이시(대추, 밤, 배, 감)'라는 차례상 법도 때문이기도 하고, 대추가 다산과 번영을 상징하는 식재료이기도 해서다. 하지만 명절이나 특별한 날이 아닌, 일상에서 대추를 추천하는 때가 있다면 어떨까? 여러 다양한 이유로 늦은 밤이 되어도 잠이 오지 않아 괴로운 분들이 분명 있을 테다. 이런 날에 '대추'를 딱 추천하고 싶다.

동의보감 속 대추, "여러 약을 조화시킨다"

한의학에서도 대추는 중요하다. 《동의보감》 속 대추는 "성질은 평(平)하고 맛은 달며 독이 없다. 속을 편안하게 하고 비(脾)를 영양하며 5장을 보하고 12경맥을 도와주며 진액(津液)을 더해 주고 9규(竅)를 통하게 한다. 의지를 강하게 하고 여러 가지 약을 조화시킨다."라고 기록되어 있다. 이중 여러 가지 약을 조화(調和)시킨다는 것은 즉, 서로 다른 성질의 약물들이 원만하게 상호작용을 하여 약효를 내게 해 주는 효능이 있기 때문이다.

대추의 단맛은 소화기를 강화한다?

대추는 특히 단맛이 강한데, 전통적으로 단맛이 강한 약재들은 소화기를 강화시킨다고 보았다. 대추는 칼로리도 높고 과당이 많아 현대에서는 다이어트에 적이 될 수 있지만, 과거 영양이 부족했던 시절에는 높은 칼로리의 단맛 음식은 영양제를 맞는 것처럼 몸을 전체적으로 보해 주는 효과가 있었다. 이런 이유로 당연히 몸을 보하는 처방에는 자주 들어갈 수밖에 없는데, 실제로도 칼슘, 철분, 인, 등의 각종 무기질과 비타민 A, B, C, E 등 비타민이 풍부하고 식이섬유도 많아 소화기 건강에 도움이 되며 기력 보강과 면역력 강화에도 도움이 된다.

불면증·두뇌 활동에 효과적

기본적인 효능 외에 주목할 점은 두뇌와 신경정신계에 괄목할 만한 효능이 있다는 것이다. 대추는 수면제로도 사용하는 '마그네슘' 성분을 함유하고 있어 멜라토닌 성분의 분비를 촉진함으로써 불면증 개선에 도움을 준다. 또한, '올레오아미드'라는 불포화지방산 성분은 뇌의 신경계 활동을 활발하게 해 두뇌 활동을 강화한다. 이런 효능 때문에 성장기 아이들이나 수험생, 두뇌 활동이 퇴화되기 시작하는 노년층에 두루 좋은 음식이다. 그러므로 명절에 처치 곤란해하며 그냥 두지 말고, 대추 한두 알이라도 가족 모두 나눠 먹는 것이 좋겠다.

'대추'로 200% 채우기

① 신경 안정에 효과적인 '감맥대조탕'?

'감맥대조탕'은 감초, 맥아, 대조로 심플하게 구성된 한약 처방으로서 세 약재 모두 단맛이 나고 정신을 안정시키는 효능이 있다. 이런 효능을 바탕으로 화병, 우울증, 불면증 등의 한방의 신경정신과 영역에서 기본적으로 선택할 수 있는 유명한 처방이다. 특히 아이가 밤에 잘 우는 야제증이나 이유 없이 놀라는 야경증에 일차적으로 사용해 볼 수 있는 처방이다. 과거 이 처방을 첨가한 빵이 개발되어 판매됐을 정도로 안전하니, 아이를 키우는 부모들은 알아 두면 도움이 될 것이다.

② 삼계탕 속 대추는 먹지 말라고?

대추와 관련된 소문에 '삼계탕에 있는 대추나 인삼은 먹지 말라'는 말이 있다. 닭의 나쁜 성분을 대추가 흡수하여 나쁜 성분만 남았다는 것이 그 이유인데, 이는 과학적 근거가 없을 뿐 아니라 오히려 도움이 된다고 할 수도 있으므로 먹을 것을 권한다.

23

스트레스 만땅! 속에서 열불 나는 날

우렁이

'우렁이' 하면 시골 논두렁이 생각난다. 식재료로서는 생소함이 느껴지기도 하지만, 우렁이 특유의 쫄깃한 식감과 고소한 맛으로 외식 메뉴로는 인기가 있는 편이다. 외식 메뉴라 콕 찝어 말하는 이유는, 우렁이를 조리하고 살을 분리하는 과정이 여간 품이 많이 드는 것이 아니라 집에서 요리하기가 쉽지 않기 때문이다. 각설하고 외식이든 집밥이든 '우렁이 요리'를 추천해 주고픈 때가 따로 있다. 365일 마음이 평온한 사람은 없을 것이다. 때로는 일감이 몰려서, 때로는 가족이나 지인과 트러블이 생겨서 등의 이유로 속이 부글부글 끓을 때가 있다면, 그때가 딱 '우렁이'를 먹어야 할 때다.

밭에서 사는 고둥이?

우렁이를 한자로는 '전라(田螺)'라 하며, 이는 '밭에서 사는 고둥이'라는 뜻으로 이름처럼 논이나 작은 연못, 개울가 등에서 서식한다. 한때 과도한 농약 살포로 식용은 고사하고 우렁이를 구경하는 것도 어려울 정도였으나, 유기농법이 생기고 식용으로도 인기를 얻으면서 다행히 다시 볼 수 있게 됐다.

노년기·성장기 관절 건강을 책임져 줄, 미끄덩한 '황산 콘드로이틴'

우렁이 살은 약간 미끄덩하면서도 쫄깃한데, 이런 종류의 식감은 '황산 콘드로이틴'과 관련이 있다. 참고로 이 '황산 콘드로이틴'은 달팽이와 비슷한 종류, 그리고 멍게·가오리·상어와 같은 바다생물이나 육지생물의 관절연골 등에도 있는데, 인체의 관절과 연골, 피부, 혈관벽 등에 존재하는 생리 활성 물질이기도 하다. 이는 연골에 영양을 공급하고 물리적인 충격과 스트레스를 흡수해 주는 역할도 한다. 그렇기에 당연히 노년기 관절 건강에 아주 좋은 음식이며, 성장기에도 도움이 되고, 피부 건강에까지 좋은 효과를 줄 수 있다.

현대인에게 꼭 필요한 진흙 속 미네랄

진흙에 사는 생물들은 대부분 진흙을 먹고 뱉으면서 체내에 많은 '미네랄'을 함유하게 되는데, 이런 작용으로 특유의 흙냄새를 만들어 내고 조리를 어렵게 한다. 그러나 이때 만들어진 미네랄은 인체에 매우 도움이 되며, 정제된 음식을 먹는 현대인에게는 더욱 필요한 영양소가 된다.

우렁이도 다양한 미네랄을 함유하고 있다. 그 중 특히 철분이 많아 빈혈을 예방할 뿐 아니라, 여러 대사 활동을 도와 부종을 줄이며 간기능을 도와 해독 기능 강화에도 도움을 준다.

동의보감 속 우렁이, "열 받은 몸을 정화하다"

《동의보감》에서도 우렁이의 효능을 "열독을 풀고 갈증을 멈추며 간에 열이 있어서 눈에 피가 지고 부으며 아픈 것을 낫게 하고 대소변을 잘 나가게 하며 뱃속에 열이 몰린 것을 없앤다."라고 했다. 과한 음주로 인해 숙취로 고생하는 다음날을 생각하면 어떤 증상에 도움이 되는지 쉽게 알 수 있을 것이다. 앞서 말한 미네랄과 여러 영양 성분이 신진대사 활성화에 도움을 주고, 간의 해독 기능과 배뇨 기능을 원활하게 해 주어 과로, 숙취, 과도한 스트레스에 '열 받은' 몸을 정화해 준다.

'우렁이'로 200% 채우기

① 우렁이는 모두 토종이다?

'우렁이' 하면 웬지 모르게 토속적인 느낌이 들어 모든 우렁이가 토종일 것만 같다. 하지만 사실 토종은 번식하고 자라는 속도가 느려 농업이나 식자재로 쓰는 우렁이는 대부분 남아메리카가 원산지인 '왕우렁이'다. 이는 번식력이 뛰어나 생태계를 위협할 정도로 잘 자라기 때문이다. 토종 우렁이를 먹고 싶다면 청정 지역에서 직접 잡아야 하는데, 오염물질까지도 먹어 치우는 왕우렁이에 비해 식성이 과격하지 않기 때문에 오염 걱정은 덜 해도 된다. 하지만 야생에서 주혈흡충 같은 위험한 기생충들의 중간 숙주 역할도 하기에 최대한 오래 익혀 먹어야 한다는 점은 기억해 두자.

② 어항 안 청소부, 우렁이!

민물 어류를 키울 때, 어항이 금방 지저분해지는 경험을 해 본 적 있을 것이다. 이때, 식성 좋은 우렁이를 어항 안에 넣으면 바닥을 금방 깨끗하게 만들 수 있다. 우렁이가 바닥에 쌓인 유기물을 남김없이 청소해 버리기 때문이다. 우렁이를 이용한 유기농업이 가능한 이유도 바로 우렁이의 이러한 특성 때문이지만, 이는 달리 말해 우렁이를 식용할 경우 오염에 주의해야 한다는 의미기도 하다.

넷.

‘긴장감’을 다뤄 주는 한 끼

24

'나 혹시 성인 ADHD가 아닐까?' 의심 가는 날

쇠비름

'쇠비름'은 우리나라 전역에서 볼 수 있는 잡초로, 가정에서 흔히 먹는 나물은 아니지만 그 효능이 점차 알려지며 먹어 본 사람이 늘어나고 있는 식재료다. 사실 먹어 보지 않았어도 쇠비름이 자라는 모습은 누구나 한 번쯤은 봤을 것이다. 도시의 보도블럭이나 시멘트 옹벽 사이를 뚫고 나올 정도로 생명력이 강하기 때문이다. 오죽하면 꽃말이 '불로장생'이겠는가. 정원을 가꾸거나 농사를 짓는 사람 입장에서는 도무지 죽지 않는 잡초에 불과하겠지만, 알고 보면 좋은 성분이 참 많은 식물이다. 현대 한의학에서도 약재로 사용할 정도로 약효도 좋고 말이다. 이 쇠비름을 추천하고 싶을 때가 있으니, 바로 주의력이 산만하다고 느껴질 때다. '요새 성인 ADHD가 많다던데, 나도 혹시?' 하는 생각이 든다면, '쇠비름'을 한번 섭취해 보자.

동의보감 속 쇠비름, "몸 속 여러 벌레를 죽이다"

쇠비름은 한약재로 말의 이빨을 닮았다고 하여 '마치현(馬齒莧)'이라고 하는데 오행초, 마치채 등의 다른 이름도 있다. 마치현은 열을 내려 주는 청열약에 해당하는 약재로, 《동의보감》에서는 "성질이 차고 맛이 시며 독이 없다. 여러 가지 헌데와 악창을 낫게 하고 대소변을 잘 나가게 하며 징결(癥結)을 헤친다. 쇠붙이에 다쳐서 생긴 헌데와 속에 누공(漏)이 생긴 것을 치료한다. 갈증을 멎게 하며 여러 가지 벌레를 죽인다."라고 기록되어 있어 신체 내외부의 염증성 질환, 종기 질환, 해독 등에 사용한 것을 알 수 있다.

그 유명한 '오메가3'! 쇠비름에도 많아

우리에게는 어류나 조류로 만들어진 '오메가3'가 건강기능식품으로 많이 알려져 있는데, 쇠비름에는 다량의 식물성 오메가3가 들어 있다. 이는 지방산의 일종으로서 체내의 신경세포막, 망막 등에 퍼져 있으며, 세포막에서 전기자극을 전달한다. 이로써 세포 보호 및 구조 유지뿐 아니라 혈액 피막 형성 억제, 뼈 형성 촉진 등의 효과를 얻을 수 있다. 그런데 일부 성분은 포유류 체내에서 합성할 수 없기에 음식을 섭취해서 보충해야 한다.

신체 염증 수치를 낮추는 쇠비름 속 '오메가3'

쇠비름 속 '오메가3'는 주로 혈행 개선, 혈중 중성지질 개선, 기억력 개선 등으로 유명한 성분이지만, 장기간 복용시 좋은 항염증 효과 또한 가진다. 실험 결과 오메가3 지방산의 섭취는 만성 비자가면역질환자, 만성

자가면역질환자에게서 염증지표인 종양괴사인자-알파(TNF-α), 인터루킨-6(IL-6), C-반응성 단백질(CRP)을 감소시킨다는 점이 관찰됐다. 실제 이러한 성분이 풍부한 쇠비름을 자주 먹게 되면 신체의 염증 수치를 낮출 수 있다.

ADHD, 치매, 우울증을 넘어 파킨슨병까지! 쇠비름으로 예방하자

쇠비름에는 '카테콜아민'이라는 신경전달물질도 들어 있는데, 이 카테콜아민에 속해 있는 것이 바로 '도파민'이다. 도파민이 부족해지거나 과해지면 ADHD, 치매, 우울증 등이 유발되기도 하는데, 특히 도파민 부족 증상으로 발생하는 대표적인 병이 파킨슨병이다. 한의학의 많은 청열제가 인체의 과도하거나 부족한 대사로 인해 발생하는 비정상적인 열을 제거함으로써 신진대사를 정상화하고 정서를 안정시키는데, 쇠비름 역시 이러한 효능을 가진다. 물론 쇠비름은 그 외 비타민, 미네랄까지 풍부하여 여러모로 좋은 성분을 가지고 있으니 중노년기에도 좋은 식재료라 할 수 있겠다.

'쇠비름'으로 200% 채우기

쇠비름을 화장품으로도?

쇠비름은 과거에 피부가 헌데나 상처가 난 곳, 뱀에 물린 곳 등에 짓찧어서 붙이는 외용제로 이용되곤 했는데, 뛰어난 항염 효과와 더불어 보습 효과로 인해 현대에는 화장품 성분으로 많이 이용되고 있다. 오메가3의 일종인 '에이코사펜타에난'이라는 성분은 뛰어난 천연 보습제가 되어 줌과 동시에 멜라닌 생성을 억제하며, 해독과 항염에 효과가 있는 '글루타티온'이라는 성분이 피부를 진정시키고 염증을 막는 역할을 해 주기 때문이다. 실제 화장품 성분을 보면, 마치현 또는 쇠비름 추출물을 이용한 제품을 많이 볼 수 있다. 사실 가정에서 쇠비름을 구해 천연 팩으로 활용해도 어느 정도 효과를 볼 수 있다. 물론, 강한 생명력을 가진 식물은 항상 중금속 등의 오염물질에도 잘 견디니 어디서 자란 것인지는 꼭 확인하고 사용해야 할 것이다.

25

갑작스러운 불안감에 가슴이 쿵쾅거리는 날

바나나

달콤하면서도 부드러운 식감으로 한 입 베어 물면 나도 모르게 기분이 좋아지는 '바나나'. 지금이야 흔한 과일이지만, 1990년대 초만 해도 바나나는 매우 비싼 과일에 속했다. 한 송이가 아닌 고작 한 개가 짜장면 한 그릇 값과 맞먹었으니 말이다. 이는 당시 제주도에서 소량 재배한 것, 대만이나 필리핀 등과 구상무역(보따리 장사)해서 들여온 것, 그리고 군납 유출품만 거래됐기 때문이었다. 국내 과일농가 보호가 그 이유였다. 바나나 멸종설과 더불어 예전 바나나가 훨씬 맛있었다고 아쉬워하는 경우가 종종 있는데, 사실 더 쉽고 빠르게 재배 가능한 쪽으로 대기업이 품종을 바꾼 것일 뿐이다. 이러한 사연을 가진 바나나는 과연 어떨 때 먹는 게 좋을까? 요즈음 '공황장애'를 앓는 사람들이 많아졌다. 갑작스러운 불안감에 가슴의 통증이나 두근거림 등의 증상이 느껴지는 날이 있다면, 달콤한 '바나나' 한 입이 그 불안감을 조금이나마 덜어 줄 수 있을 것이다.

몸 안 균형을 맞추는 바나나, 다이어트·근육 관리에 효과적

바나나는 당도가 높고 포도당 비율이 높아 급속하게 에너지 공급이 가능한 과일인데 반해 지방, 나트륨, 콜레스테롤은 없어 다이어트나 근육 관리를 하는 사람들이 끊임없이 먹는 과일이다. 더구나 바나나는 비타민 C, 비타민 B6, 엽산, 비타민 A, 베타-카로틴, 식이섬유질, 마그네슘, 구리, 망간 등을 가지고 있는 데다가 칼륨까지 다량 함유하고 있다. 이들은 체내의 나트륨과 칼륨의 균형을 이루게 해 세포 간 등장성(isotonic)을 유지하게 한다.

운동선수들이 바나나를 애용하게 된 이유?

더위를 잘 타는 사람은 과다하게 땀을 흘리게 되고 소변을 보게 되므로 칼륨이 결핍됐을 확률이 높은데, 이때 바나나를 먹으면 소진된 체내의 칼륨을 보충할 수 있다. 또한, 바나나가 지닌 풍부한 식이섬유질과 펙틴은 소화를 도와 변비와 설사 같은 위장 질환에도 큰 효과를 발휘하며, 위의 자극을 줄이고 편하게 해 준다. 단백질의 소화에는 식이섬유질이 필요하기 때문이다. 이러한 장점들 덕에 위장에 부담을 주지 않으면서도 긴급히 에너지를 보충해야 하는 운동선수들이 바나나를 애용하게 됐다.

우울·불안·공황장애로 고통받을 때 바나나를!

바나나가 현대인에게 좋은 또 다른 이유는 우울증이나 불안장애가 있는 사람들에게 도움이 되기 때문이다. 참고로 우리 몸 안의 '세로토닌'이라는 신경전달물질은 감정을 조절하는 부분에 깊게 관여하는데, 이 물질이 부족할 경우 우울증이나 공황장애, 불안장애 등의 신경성 질환이 발생하게 된다. 이때, 바나나 섭취가 항우울제의 역할을 대신할 수 있다. 바나나 속 트립토판, 비타민이 뇌하수체에서 세로토닌의 분비를 돕기 때문이다.

'바나나'로 200% 채우기

① 이런 사람은 바나나 주의!

바나나는 에너지 공급에도 좋지만 장염처럼 소화기질환이 생겼을 때나 과도한 숙취에도 큰 문제없이 먹을 수 있다. 물론 '바나나 알레르기'라는 것도 있으니, 항상 조심하는 게 좋겠다. 바나나 섭취 시 입안이나 목에 염증이나 부종이 생길 수 있고, 어떤 경우는 마치 탄산을 마신 것처럼 목이 칼칼하거나 따가울 수 있다. 그리고 무엇보다 바나나에는 칼륨이 많으므로 칼륨에 예민한 신장질환 환자는 바나나 섭취를 피해야 한다. 칼륨은 나트륨 배출에 꼭 필요한 영양소지만, 신장 기능이 떨어지면 칼륨을 제대로 배출하지 못해 고칼륨혈증이 발생할 수 있기 때문이다.

② 갈색 반점이 난 바나나는 상한 것이 아니다?

바나나를 실온에서 보관하게 되면 어느 순간 껍질 부분에 갈색 반점이 생기는 것을 발견할 수 있다. 이는 바나나의 당 성분이 캐러멜화되는 것으로, '슈가 포인트(sugar point)라고 부른다. 참고로 이처럼 갈변 현상이 일어나 슈가 포인트가 십여 개 정도까지 생겼을 때, 바나나의 단맛이 가장 강해지고 식감 역시 부드러워졌음을 느낄 수 있다. 하지만 바나나의 품종이나 크기, 공간의 온도, 익은 정도에 따라 그 시기가 다를 수 있다. 게다가 취향에 따라 단단한 식감이 사라짐을 아쉬워하는 사람이 있을 수도 있겠다. 물컹한 식감으로 바뀌어 상했다고 안 먹는 경우가 종종 있는데, 상한 것은 아니니 걱정 마시길.

26

빠릿빠릿한 두뇌 회전이 필요한 날

삼치

삼치는 왜 '삼치'일까? 정약전이 지은 《자산어보》를 보면 알 수 있다. '3가지 맛이 나고, 크기가 다른 생선의 3배며, 헤엄 속도도 3배 빠르다'는 이유로 이름 지어진 생선인 것이다. 고등어와 형제 격이지만, 삼치는 실제 3년 정도 지나면 5kg까지 자라는 대형 어종으로서 풍부한 살과 기름진 맛이 일품이다. 특히 겨우내 살을 찌우고 봄에 알을 낳기에 2~3월경이 제철이다. '고등어보다 수분이 많고 게살처럼 고소하고 부드러우며 기름져서 노인이나 아이들이 먹기에도 좋은 생선'이고 말이다. 이러한 '삼치'는 특히나 빠릿빠릿한 두뇌 회전이 필요한 날, 이런 날에 먹기 딱이다.

기억력 향상, 두뇌 회전, 혈압 강화에 좋은 등푸른생선

내륙에서는 대부분 삼치구이로 먹지만, 산지에서는 회로도 많이 먹는다. 삼치에는 지방 특유의 단맛을 내는 '글리세리드'가 다량 함유되어 있어 고소하면서 부드러운 감칠맛이 나기 때문이다. 글리세리드에는 등푸른생선 하면 떠오르는 'DHA'와 'EPA'라는 지방산이 붙어 있다. 이 지방산은 우리 몸의 조직을 구성하는 세포막의 구성 성분으로서 생체 내에 반드시 필요하지만, 자연적으로 합성되지 않아 섭취를 통해 얻어야 한다. 참고로 DHA는 기억력 향상과 두뇌 회전에 좋고, EPA는 혈압 강화에 도움을 주며 몸속 나쁜 LDL 콜레스테롤의 생성을 억제하고 혈관을 깨끗하게 한다.

큰 덩치의 영양 덩어리, '삼치'

한의학에서 삼치는 보중(補中), 강장(強壯), 강근골(强筋骨) 등의 효능으로 기록되어 있는데, 실제 약으로서의 사용 기록은 거의 볼 수 없다. 하지만 먹거리가 부실한 시대에는 큰 덩치의 영양 덩어리를 섭취하는 것만으로도 충분히 해당하는 효과를 보았을 것이며 실제 삼치의 단백질과 지방산이 생체 조직 구성에 도움을 주므로 의미가 서로 통한다.

뼈 건강을 넘어 임산부에게도 추천

지방산 이외에도 삼치에는 비타민 D와 칼슘이 다량 함유되어 있어 뼈를 튼튼하게 해 골다공증 예방과 튼튼한 골격 형성에 도움을 줄 수 있다. 또한 단백질, 레티놀, 니아신, 비타민 A, B1, B2, B6, E, 아연, 엽산, 인,

철분, 칼륨을 대량으로 함유하고 있기에 건강식으로 아주 우수한 식품이다. 게다가 전체적으로 임신 중 필요한 영양소를 많이 함유하고 있고 비린내도 없어 임신부에게도 아주 추천할 만한 음식이다.

'삼치'로 200% 채우기

① 맥주, 소주 안주에 삼치는 독이다?

'신선한 회 한 점에 소주 한 잔?', '포실한 생선구이에 맥주 한 잔!' 이런 생각이 들 때면 되도록 삼치와 같은 등푸른생선은 피하는 것이 좋다. 참고로 등푸른생선에 함유되어 있는 단백질 성분인 '퓨린'을 우리 몸에서 받아들여 흡수하게 되는 와중에 '요산'이라는 찌꺼기가 생성되는데, 이것이 지나치게 많이 쌓이게 되면 고통의 병인 '통풍'을 유발할 수 있기 때문이다. 게다가 알코올은 이러한 요산이 제대로 배출되지 못하게 하므로 술과 회는 좋지 못한 조합이다. 특히나 퓨린이 많은 맥주는 그야말로 극악이고 말이다.

② 삼치를 되도록 빨리 섭취해야 하는 이유

삼치는 고등어처럼 잡히면 바로 죽어 버린다. 또 고등어에 비해서도 살이 연하고 지방이 많기 때문에 부패가 더 빨리 진행되고 염장하기도 쉽지 않아 내륙에서 구이로 먹기 시작한 지도 오래되지 않았다. 물론 냉장 기술이 발달한 현대에 이르러서는 대중적인 음식이 되었지만, 부패 속도가 빠르다는 사실은 변하지 않으며 부패와 동시에 알레르기를 유발하는 '히스티딘'이라는 성분이 증가하기 때문에 되도록 빨리 섭취하는 것이 좋다.

27

무언가에 집중이 영 안 되는 날

고등어

한때 '서민 음식', '국민 생선'으로 불렸던 고등어는 어획량의 감소로 인한 가격 상승과 생선 요리를 집에서 쉽게 하지 못하게 된 현대의 주거 환경과 맞물려 그 명성을 잃어가고 있다. 그러나 고등어 특유의 그 담백하고 고소한 맛에는 변함이 없다. 특히나 가을철 통통하게 살 오른 고등어라면 두말할 나위가 없다. 겉은 바삭하게, 속은 촉촉하게 구운 고등어 한 마리면 밥 한 공기 뚝딱일 것이다. 언제 먹어도 맛있는 고등어지만, 어느 때 먹어야 더 효과적인 식사가 될 수 있을까? 바로 유독 집중력이 저하되는 날, 뭘 해도 몰입이 되지 않는 날이다. 이런 날 '고등어'를 한번 먹어 보자.

'안동 간고등어' 탄생의 비화

근대 이전, 고등어는 대중적인 생선은 아니었다. 개체수가 많아 해안가와 가까운 지방에서는 많이 먹을 수 있었겠지만, 고등어는 워낙 먼 바다에서 살기도 하고 빠르기도 아주 빨라 잡기가 쉽지 않았기 때문이다. 잡는다고 해도 금방 부패했기 때문에 내륙지방에서는 이미 손질되어 염장한 '간고등어'를 접할 수 있었다. 게다가 소금 가격도 높았기에 그 또한 고급 음식에 속했다. 때문에 염장한 고등어의 집산지인 안동에서는 간고등어를 제사상에 올릴 정도로 가치를 높게 봤다. 안동에서 그런 대접을 받다 보니 '안동 간고등어'라는 브랜드가 탄생하게 된 것이다.

옛 문헌 속 고등어, "혈액을 정화하는 간 기능에 도움"

고등어의 효능을 기록한 고서는 별로 없다. 다만 조선 후기 《자산어보》에 "고등어가 간과 신장의 기능을 도와준다."라는 구절이 있다. 동양의학에서는 혈액과 관련된 주요한 장기를 '간'으로 보았기에 이는 현대의 영양분석학 면에서도 맞는 말이 된다. 고등어와 같은 등푸른 생선하면 떠오르는 것이 'DHA'인데, 이 DHA와 함께 고등어에 많이 있는 EPA라는 성분이 혈액 속 나쁜 콜레스테롤인 LDL과 중성 지방을 줄이고, 좋은 콜레스테롤이라 할 수 있는 HDL을 증가시키는 효능이 있기 때문이다. 즉, 고등어는 우리 몸에서 혈액을 정화하는 간 기능에 실제 도움이 되는 것이다.

심장, 눈, 뇌에도 좋은 고등어

하버드 대학 연구팀에서 발표한 결과에 따르면, 고등어에 있는 불포화지방산 '오메가3'가 심장병으로 인한 사망률을 81%나 낮출 수 있다고 한다. 오메가3 지방산은 혈관을 확장시켜 혈액 순환을 활발하게 해 주기에 혈액의 흐름을 원활하게 한다. 또한, 혈액 속 노폐물이라 할 수 있는 혈중 중성지질을 배출해 심혈관질환을 막는다. 게다가 뇌나 눈 등 혈액 공급이 많이 필요한 곳에 도움을 주어 뇌 활동을 활발하게 만들고, 눈 건강에도 좋다. 여기서 끝이 아니다. 고등어는 닭 가슴살에 버금갈 정도로 충분한 단백질을 함유하고 있으며, 비타민 A, D, 인, 엽산, 셀레늄 등도 풍부하니 이보다 좋은 음식이 또 없을 것이다.

'고등어'로 200% 채우기

고등어를 먹을 때 이것만큼은 조심해라!

고등어는 음식이기 때문에 딱히 부작용이라고 할 것은 없다. 그러나 단백질 함량이 높아 과다 섭취 시 단백질의 일종인 '퓨린'과 '요산'으로 인해 통풍을 유발할 수 있다. 또한, 고등어 단백질에는 영유아에게 있어 필수 아미노산인 '히스티딘'이라는 성분이 많은데, 이 성분은 쉽게 변성하며 이것이 고등어가 금방 부패하는 원인이 되기도 한다. 이 히스티딘이 변성하면 '히스타민'이 되는데, 이는 체내에서 알레르기나 염증을 유발해 고등어를 먹고 발생하는 여러 증상의 원인이 되는 물질이다. 따라서 히스타민 등에 과민반응을 보인다면, 고등어를 피하는 것이 좋으며 신선하지 못한 고등어 섭취는 금물이다.

28

중요한 시험 며칠 앞둔 날

과메기

가을부터 겨울은 방어부터 고등어, 꽁치, 삼치, 광어 등 생선들이 통통하게 살(지방)이 올라 더 맛있는 계절이다. 생선의 지방은 맛도 좋지만, 몸에도 좋은 성분이 많다. 신선한 회뿐만 아니라 꽁치나 고등어가 들어간 조림과 찌개 등도 이 시기에 딱 맞는 음식이며, 술과 함께 즐기기에도 안성맞춤이다. 특히 생선을 우리나라만의 독특한 제조 과정을 거쳐 먹는 방식이 있는데, 이것이 바로 '과메기'다. '과메기' 하면 소주 한 잔이 절로 생각나기도 한다. 하지만 술이 고픈 이보다 더 추천해 줄 만한 이들이 있으니, 바로 수능을 앞둔 우리 수험생들이다. 입맛에만 맞다면 수능이나 중요한 시험을 앞둔 이때, '과메기'가 딱임을 알리고자 한다.

과메기는 꽁치가 아닌 청어?

현재는 어획량 부족으로 꽁치로 만든 과메기가 대세지만, 과메기는 원래 청어로 만든다. 청어는 세계적으로 풍부한 생선이기에 일본의 '미가키 니싱', 스페인의 '르디나스 아렌케', 영국의 '키퍼' 등 북유럽을 중심으로 다양한 요리법이 있다. 물론 해풍에 말리는 우리나라의 방식은 다른 나라의 훈제 방식과는 다른 독특한 방법이며, 이 해풍에 말리는 과정에서 심혈관질환에 도움이 되는 오메가3와 핵산이 증가한다. 우리 조상의 지혜가 돋보이는 부분이다.

동의보감 속 청어, "영양학적 가치 높아"

과메기의 원료가 되는 생선인 청어는 《동의보감》에 "성질이 평(平)하고 맛이 달며 독이 없다. 습비(濕痺)로 다리가 약해지는 데 쓴다."라고 기록되어 있다. 해석해 보자면 약성은 없어 그냥 가볍게 섭취할 수 있는 음식이지만, 일종의 영양 부족이나 근력 부족 현상으로 볼 수 있는 습비에 썼다는 것은 청어의 영양학적 가치를 인정한 것으로 판단할 수 있다.

불포화지방산으로 혈관부터 두뇌까지 책임진다

청어의 핵심 성분은 오메가3, DHA, EPA 등의 '불포화지방산'이다. 이는 같은 등푸른 생선에 속하는 꽁치나 고등어에도 풍부한 성분이기에 꽁치나 청어 둘 중 어느 생선으로 만든 과메기가 더 좋다고 단정하기는 어렵다(식감과 크기 등 다른 차이점은 있지만 말이다). 오메가3와 불포화지방산의 효과는 무엇보다 '혈관 건강'에서 가장 크게 발휘된다. 영양제로 따로 섭취하기도 하는 이 성분들은 혈관 내 노폐물을 제거하고 콜레스테롤 수치를 낮추기에 동맥경화, 고혈압, 심장병 등 여러 심혈관계질환의 예방에 도움을 준다. 또한 두뇌 기능 증진에도 좋아 성장기 어린이의 두뇌 발달과 노년기의 치매 예방에도 효과적이며, 눈의 피로 회복에도 도움이 된다.

'과메기'로 200% 채우기

① 통풍 환자는 과메기 NO!

과메기 특유의 비릿한 맛이 입맛에 맞아 그냥도 잘 드시는 분도 있지만, 대부분은 과메기의 기름진 맛이 술과 잘 어울리기에 술안주로 많이 찾는다. 실제 과메기는 아스파라긴산 성분과 비타민도 풍부해 숙취 해소에 도움이 된다. 그러나 통풍 질환을 유발하는 퓨린 성분이 많이 들어있어 체내 요산 수치에 문제가 있는 통풍 환자는 꼭 피해야 한다.

② 과메기는 냉장 말고 냉동 보관?

보통 우리가 먹는 과메기는 '반건조 과메기'로 수분을 상당량 함유하기에 실온에서는 쉽게 상하고 곰팡이가 핀다. 냉장 보관을 하더라도 이미 생긴 곰팡이의 생장을 억제하긴 어렵기 때문에 꼭 냉동 보관하는 것이 좋다. 특히 생선 기름이 산패하기 시작하면 역한 맛과 향이 구토를 유발한다. 이 맛과 향을 과메기의 원래 상태로 알고 있는 사람도 꽤 있을 정도로 과메기의 기름기(불포화지방산)는 쉽게 상한다.

29

늦깎이 공부, 잠들어 버린 뇌를 깨우고 싶은 날

잣

'잣'의 맛에 반한 어느 고을 원님의 안타까운 이야기를 들은 적이 있는가? 강원도 평창군에 부임한 원님 상에 잣죽 한 그릇을 올렸는데, 처음엔 '고작 잣죽 한 그릇이 뭐냐'며 불평하다가 다 먹은 뒤엔 그 죽 맛을 잊을 수 없어 고을 관례상 오직 첫 상에만 잣죽을 올려야 하는 점을 아쉬워했다는 설화다. 사실 잣은 높은 나무에 올라가 딴 뒤 딱딱한 껍질을 까야 하는 등의 수고로움이 있어 상대적으로 생산량이 적기에 예나 지금이나 가격이 높은 편이다. 물론, 현대에는 수입산도 들어오는 등 비교적 잣을 쉽게 구해 먹을 수 있게 되었지만 말이다. 그렇다면 이러한 잣은 과연 어떨 때 먹는 것이 좋을까? 바로 '뇌세포'를 깨우고 싶은 날이다. 특히나 배움에 대한 도전을 다시 시작한 늦깎이 분들이 있다면, 잠들어 버린 뇌를 깨우는 데에 '잣'만큼 좋은 것이 없겠다.

세계에서도 손꼽히는 고소한 맛, 우리 '잣'

고소한 맛이 일품인 '잣'은 예전부터 우리나라의 특산품 중 하나였다. 삼국시대에 중국에 한국 잣이 유명해져 잣나무를 '신라송(新羅松)', 잣을 '신라송자(新羅松子)'라 했고, 일본에서도 잣나무를 조선소나무란 뜻의 '조센마쓰(チョウセンマツ)'라 불렀다. 잣나무 품종이 한대성 수종이며 고지대에서 잘 자란다는 특성을 가진 데다가, 우리나라의 지리와 기후에도 매우 적합했기에 좋은 잣이 나왔기 때문이다. 세계적으로 지중해, 중국, 미국 등 여러 품종의 잣나무와 잣이 있지만 우리나라의 잣은 그중에서도 손꼽히는 우수한 품질이라고 한다.

동의보감 속 잣, "어지럼증과 기운 없음을 보해"

잣을 한약재로는 '해송자(海松子)'라 한다. 《동의보감》은 잣에 대해 "성질은 조금 따뜻하고 맛이 달며 독이 없다. 골절풍(骨節風)과 풍비증(風痺證), 어지럼증 등을 치료한다. 피부를 윤기나게 하고 5장을 좋게 하며 허약하고 여위어 기운이 없는 것을 보한다."라고 기록했는데, 역시 약재보다는 음식에 가까운 것으로 보며 '기름지고 맛 좋은 음식' 정도로 다루고 있다. 기술되어 있는 여러 병증이 대부분 영양 부족으로 인한 증상에 가깝기 때문이다.

옛 문헌 속 잣, "잣을 먹고 200년이나 산 궁녀가 있다?"

다른 한의서를 보면 잣에 대한 조금 더 다양한 내용이 있다. 그 예로 《향약집성방》에서는 "장위(腸胃)를 따뜻하게 하고 오래 먹으면 몸이 가볍고 오래 살며 늙지 않는다."라고 했다. 또한, 갈홍의 《포박자》에서는 진나라 자영왕 때 항우의 공격으로 궁에서 산속으로 도망쳐 솔잎과 잣을 먹고 200년이나 살았다는 궁녀의 이야기를 담고 있다. 그 외 《본초강목》에는 '잣으로 고(膏)를 만들어 술과 함께 복용하면 오래 살고 신선이 된다'는 내용이 있는데, 당연히 과장이겠지만 옛 사람들이 그만큼 잣을 영양이 풍부하고 좋은 식품으로 생각했다고 보면 될 것이다.

수험생, 노년기의 뇌세포를 깨우는 잣!

잣은 현대의 성분 분석으로 봐도 그야말로 '영양 덩어리'라고 할 수 있다. 단백질 함량도 20% 이상이며, 지방질도 많지만 그 지질은 올레산, 레시틴(리놀산, 리놀레인산) 등 우리 몸에 좋은 불포화지방산이기 때문이다. 특히 '레시틴'은 우리 몸의 세포막을 구성하는 중요한 성분으로서 세포 속 수분을 조절하는 역할을 하는데, 이 성분이 풍부할 경우 피부에 윤기와 광택이 난다. 더불어 뇌세포의 파괴 속도를 늦추거나 뇌세포를 활성화하는 데 도움이 되기에 잣은 수험생뿐 아니라 노년기 치매를 예방하는 데에도 도움을 줄 수 있다. 그 외 마그네슘과 같은 각종 미네랄, 비타민류도 많이 함유되어 있으므로 가볍게 즐기는 영양 간식으로서도 최고라 할 수 있겠다.

'잣'으로 200% 채우기

① 잣, 다이어터에게는 좋지 않다?

잣에는 딱히 부작용이라 할 만한 것이 없다. 하지만 아무리 몸에 좋다고 해도 잣에는 많은 지방질이 있어 하루 20~30알 정도 섭취하는 것이 적당하다. 그 이상 섭취하면 복통이나 설사를 유발하기 쉽기 때문이다. 게다가 잣은 지방질로 인해 그 부피에 비해 칼로리도 높은 편이라 다이어트에도 썩 좋지 않다.

② 우리가 조심해야 할 증상, '잣 증후군'?

잣도 견과류이기에 알레르기가 나타나는 사람이 있다. '잣 증후군'은 알레르기는 아니지만, 잣을 먹고 2~3일 뒤부터 입에서 급격히 쓴맛과 금속 맛이 증폭되어 올라오는 증상인데 길게는 약 2주까지 지속된다. 이에 대한 원인은 아직 밝혀지지 않았지만, 중국의 잣나무 품종인 화산송의 잣에서 많이 나타난다고 하니 확인하고 먹는 것이 좋겠다. 참고로 화산송의 잣은 크기가 조금 작고 뾰족한 씨눈 부분에 검은색이 묻어 있다고 한다.

변화에 맞닥뜨린 나를 위한

다섯.

'차가움' 속 따뜻한 한 끼

30

으슬으슬 감기 걸릴 것 같은 날

무

배추, 고추, 마늘과 함께 한국인들이 가장 즐겨 먹는 채소 중 하나인 '무'. 추운 겨울철에도 노지재배가 가능한 데다가 건조 후 무말랭이로 보관해도 영양분의 소실이 거의 없어, 예부터 겨울을 날 수 있게 도와주는 귀한 먹거리였다. 게다가 과거에는 그냥 버리기 일쑤였던 무의 꼭지 부분인 무청(시래기)이 요새는 건강식품 중 하나로 각광받고 있기도 하다. 가끔 '오늘 내가 춥게 입었던가?' 하고 몸이 으슬으슬 떨려오는 날이 있다. 이런 날 뜨끈한 국물 한 입 먹으면 오한이 싹 가실 것만 같지 않나. 왠지 모르게 감기 기운이 있는 것 같은 날, 이런 날 '무'로 펄펄 끓여낸 뜨끈한 무국 한번 먹어 보자.

여름 무 vs 겨울 무

여름 무와 겨울 무에는 어떤 차이점이 있을까? 무는 무더위보다는 서늘한 날씨에서 잘 자라는 채소다. 특히나 겨울 무는 단단한 식감과 높은 당분을 자랑한다. 그렇기에 그 어떤 요리에 넣어도 깊고 풍부한 맛을 내기가 쉽다. 이와 달리 여름 무는 겨울 무에 비해 상당히 연한 조직을 가져 부드러운 대신 무르기 쉬우며, 단맛보다는 쓴맛이 강하다고 볼 수 있다. 그러므로 여름 무를 요리에 활용할 때는 따로 당분을 첨가하기도 한다.

무, 감기 예방에 왜 좋은가?

무 성분의 대부분은 수분이지만, 무는 '비타민 C'도 많이 함유하고 있다. 비타민 C 함량이 100g당 20~25mg으로 풍부하여 겨울철 중요한 비타민 공급원 역할을 해 왔다. 일부 지방에서는 정월 대보름에 견과류 외에 무를 꼭 같이 먹는데, 겨울철 부족한 영양분을 보충하려던 선조의 지혜가 아닐까 싶다. 더불어 무에는 '메틸메르캅탄'이라는 성분이 있는데, 이는 가끔 맡게 되는 무의 비릿한 냄새의 원인이 되기도 하지만 살균 성분으로 감기를 예방하는 효능이 있어 겨울에 먹는 무의 가치를 더 높인다.

한의학에서의 무, "소화·영양·호흡에 도움"

한의학에서 무는 '맛이 매우면서 달고 독이 없다. 음식을 소화시키고 담벽(痰癖)을 헤치며 소갈을 멎게 하고 뼈마디를 잘 놀릴 수 있게 한다. 오장에 있는 나쁜 기운을 씻어 내고 폐위로 피를 토하는 것과 허로로 여윈 것, 기침하는 것을 치료한다'고 하여 소화를 도와주는 작용, 영양 보충,

호흡기질환에 효과가 있다고 보았다.

무는 육류와 함께 섭취하면 좋다?

과거 '나복자(蘿菖子)'는 무의 씨로서 소화를 돕는 약재로 사용했는데, 현대 한의학에서도 소화기계에 문제가 있을 때 자주 사용하는 약재다. 실제 무에는 '아밀라아제'와 '디아스타제'라는 단백질과 지방을 분해하는 성분이 있어 육류와 같이 섭취하면 소화에 도움이 많이 된다. 뿐만 아니라 높은 수분 함유량으로 숙취의 원인이 되는 성분을 배출시켜 주고, 탈수 증상을 막아 주어 숙취 해소에 효과적이기도 하다.

'무'로 200% 채우기

무를 먹으면 머리털이 하얘진다고? 한약 먹을 땐 무를 먹지 말라고?
'머리털이 하얘진다'거나 '한약과 함께 무를 먹으면 안 된다'는 말은 속설처럼 전해져 내려오는 이야기이다. 실제 《동의보감》에도 "오랫동안 먹으면 영(榮), 위(衛)가 잘 돌지 못하게 되고 수염과 머리털이 빨리 희어진다."라는 기록이 있기도 하다. 하지만 이는 일종의 과장법으로, 과거 한의학에서 약효를 더 효과적으로 알리기 위한 방법으로 약초학자들이 사용했던 '마케팅'이라고 생각하면 된다. 무는 본문에 말한 것처럼 소화를 시키는 효능이 탁월한데, 이를 '소화를 너무나도 잘 시켜서 진한 보약을 먹은 것도 풀어 준다'라고 말한 것이다. 더 나아가 '머리카락이 검어지는 보약의 작용도 거꾸로 되돌린다'고까지 과장된 것이며, 실제로는 아무 근거가 없는 이야기라는 점을 알린다.

31

따끈한 국물이 당기는 날

홍합

과거에 마치 '채소'와 같은 조개가 있었다? "보통 바다에서 나는 것은 맛이 짠데 이것만은 짜지 않고 담백하다. 담(淡)과 바위에 빈틈없이 촘촘하게 붙어 있어 '채소' 같다." 이러한 이유로 이름에 채(菜)가 붙어 '담채(淡菜)'라 불린 조개가 있으니, 바로 '홍합'이다(물론 담채(淡菜) 외에도 각채(殼菜), 주채(珠菜), 동해부인, 섭, 담치, 담추, 합자, 섭조개 등으로도 불렸다). 한편 현대의 홍합은 '붉은 조개'라는 뜻으로, 다른 조개에 비해 살이 유독 붉어 붙여진 이름이다. 날이 추우면 으레 따뜻하고 칼칼한 조개 국물을 찾는 이들이 많다. 그중에서도 포장마차에서 먹었던 홍합탕 국물을 추억하는 사람이 많을 것이다. 이처럼 찬 바람 부는 날, 따끈한 국물이 당길 때는 그 무엇보다 '홍합'이 딱이다.

동의보감 속 홍합, "최고의 영양 공급원"

《동의보감》은 홍합을 '섭조개'라 하며 "성질이 따뜻하고 맛이 달며 독이 없다. 오장을 보하고 허리와 다리를 든든하게 하며 음경이 일어서게 하고 허손되어 여위는 것과 몸 푼 뒤에 피가 뭉쳐서 배가 아픈 것, 붕루, 대하 등을 치료한다."라고 기록하고 있다. 홍합은 아주 좋은 영양 공급원으로서 영양 부족으로 인한 질환에 사용했음을 알 수 있다.

홍합, 의외의 정력제일까?

《동의보감》에 기록된 '음경이 일어서게 한다'는 부분을 정력제처럼 생각하는 경우도 있을 수 있다. 하지만 홍합의 국물은 소화되기 쉬운 아미노산 종류인 타우린, 베타민, 핵산류 등으로 이루어져 감칠맛은 물론 빠르게 흡수되기에 단순히 영양실조, 특히 단백질 부족 등으로 인한 발기부전 등에 효과가 있는 것이지, 정력에 직접적인 영향은 없다.

뼈 건강에도 좋은 홍합

홍합은 칼륨, 칼슘, 비타민, 철분 등이 매우 풍부한 식품이다. 특히 프로비타민 함량이 높아 칼슘과 인의 체내 흡수율도 좋다. 결과적으로 뼈 건강에 도움을 주므로 성장이 필요한 소아, 갱년기 여성, 노인 등에게 특히 좋은 식품이다. 이를 이용해 남반구에 사는 홍합의 일종인 초록잎홍합으로 만들어진 건강보조제도 많이 판매되고 있는 실정이다.

'홍합'으로 200% 채우기

① 우리가 먹는 홍합은 진짜 홍합이 아니라고?

과거에 채취하던 홍합은 '참홍합'이라고 하는 종이고, 우리가 먹고 있는 현재의 홍합은 생명력과 번식력이 훨씬 뛰어난 '지중해담치'이다. 참홍합은 수심이 더 깊은 곳에 서식하기에 양식에 적합한 지중해담치가 일반적인 홍합이 됐다. 지중해담치는 이미 널리 서식하고 있어 우리가 바닷가 바위에서 홍합을 직접 채취한다면, 그것이 지중해담치일 확률이 매우 높다. 예민한 사람들은 맛에서 차이를 느낄지 몰라도 사실 영양 성분에서 아주 큰 차이가 있는 것은 아니다.

② 홍합은 더럽다?

홍합은 생명력이 질겨 중금속에 대한 내성도 높은 편이다. 즉 멀쩡하게 잘 살고 있는 홍합이라도 내부에는 아주 많은 중금속이 있을 수 있는데, 이는 과거에 홍합을 꺼렸던 이유이기도 했다. 하지만 지금 시중에 유통되는 홍합은 그 정도 중금속을 축적할 만큼 오래 키우지 않고 출하하며, 그러한 부분을 고려하여 청정지역에서 양식하기에 크게 걱정할 필요는 없다.

③ 독성이 있는 홍합?

4~6월경의 홍합은 '삭시토신'이라는 독성을 가지고 있어 주의해야 한다. 하지만 시중에 유통되는 홍합은 대부분 남해에서 양식하는 것으로, 양식은 원래 독성이 없을 확률이 높은데다가 유통 전 검사를 하므로 크게 걱정하지 않아도 된다.

32

손발이 얼음장처럼 차가운 날

연근

가을 갯벌에 낙지가 있다면, 가을 연못의 진흙 펄에는 낙지 영양에 필적할 만한 '연근'이라는 보물이 있다. 물론 연근은 그 특유의 식감과 향으로 인해 워낙 호불호가 갈리는 식재료라 먹지 않는 사람은 손도 대지 않지만, 연근이 뛰어난 영양분을 가진 것에 대해서는 반박의 여지가 없다. 특히 탄수화물은 물론 생각보다 많은 단백질과 비타민, 미네랄을 함유하고 있어 채식하는 사람에게 있어 더욱이 필수적인 식재료다. 육식하지 않는 사찰에서 연근을 이용한 요리가 많은 것은 종교적 이유 이외에도 이러한 이유가 더 있어서지 않을까 싶다. 그런데 이러한 연근이 '수족냉증'으로 고통받고 있는 이들에게도 참 좋다는 사실. 손발이 얼음장처럼 차가울 때, '연근'으로 만든 요리를 딱 먹어 보자.

오래된 역사의 연근, 한의재료서의 가치도 높아

'연근' 하면 왠지 전통 식재료 같이 느껴지지만, 연근은 사실 전 세계적으로 먹는 음식인 데다가 원산지 중 하나인 인도에서는 연꽃이 국화(國花)일 정도로 그 역사가 깊다. 오래된 식재료이고 효능도 뛰어난 만큼 인도의 아유르베다 같은 각국의 전통의학에서도 활용도가 높은 편이다. 이러한 연근은 버릴 것 하나 없이 모든 부분의 효능이 좋다. 그렇기에 다양한 한의서에서도 많이 언급되는데 연우(蓮藕, 연뿌리), 연자(蓮子, 연씨), 연실(蓮實, 연밥), 우즙(藕汁, 연근즙), 하엽(荷葉, 연잎), 연의(蓮薏, 씨눈), 부용(芙蓉, 연꽃), 연방(蓮房, 연꽃의 꽃턱), 연자육(蓮子肉, 연꽃의 열매 및 종자) 등 워낙 다양한 이름으로 불린다. 한약재로는 연꽃 씨의 과육인 연자육을 주로 사용한다.

동의보감 속 연근, "배에 살이 오르고 충병을 막는다"

《동의보감》에는 연밥, 연근, 연꽃, 연잎 등에 대해 기록되어 있다. 그 내용인즉슨 "성질이 따뜻하고 맛은 달며 독이 없다. 우(藕)라는 것은 연뿌리이다. 토혈을 멎게 하고 어혈을 삭힌다. 생것을 먹으면 곽란 후 허해서 나는 갈증을 멎게 하고 쪄서 먹으면 5장을 아주 잘 보하며 하초를 든든하게 한다. 연뿌리와 꿀을 함께 먹으면 배에 살이 오르고 여러 가지 충병이 생기지 않는다. 답답한 것을 없애고 설사를 멎게 하며 술독을 풀어주고 끼니 뒤나 병을 앓고 난 뒤에 열이 나면서 나는 갈증을 멎게 한다."라는 것이다.

피의 멎음과 순환, 더 나아가 수족냉증에도 효과

연근의 효능을 종합적으로 보면 '어혈 개선'과 '지혈'에 대한 내용, 그리고 '소화기 기능 호전'에 대한 내용이 주가 된다. 그 중 어혈과 지혈에 관련된 것은 생 연근에 포함된 탄닌, 철분, 카테킨 성분 등의 작용이라고 할 수 있다. 해독, 살균, 지혈, 소염 작용을 하는 탄닌 성분과 철분이 함께 지혈 작용을 하게 되는 것이다. 그런 이유로 코피가 흐를 때는 물론, 과다 월경이나 결핵, 위궤양, 치질 등으로 인한 출혈이 있을 경우 연근을 생즙으로 섭취해 볼 것을 권유한다. 또한, 연근 속 '카테킨' 성분은 끈적한 혈액의 점도를 낮추고 순환을 도와 대사의 흐름을 원활하게 하므로 저체온이나 수족냉증으로 고생하는 분들에게는 연근을 더더욱 추천하겠다.

채식주의자들의 필수 식재료, 연근!

연근의 소화 효능에 있어서는 점액질인 '뮤신'이 많은 도움이 된다. 뮤신은 사람의 몸에서도 분비되는 점액물질로, 소화기의 점막을 코팅해서 점막의 손상을 줄이는 역할도 하면서 세포의 주성분인 단백질의 소화를 촉진해 흡수율을 높이는 작용을 한다. 당연히 단백질의 흡수율이 올라가게 되면 체력에도 긍정적인 영향을 미치게 되므로 연근의 보양, 강장 작용에는 뮤신이 큰 역할을 한다. 요즘 채식을 하는 사람들이 늘어나고 있는데, 채식을 할 때는 단백질의 공급과 흡수가 중요하므로 연근은 그들에게 있어 아주 필수적이고 중요한 식재료 중의 하나라고 할 수 있겠다.

'연근'으로 200% 채우기

① 연근 껍질은 두껍게 깎아라?

연근은 그 자체만으로 효용이 뛰어난 데다가 부작용조차 별로 없다. 다만, 생장 환경이 연못의 진흙 펄이라 거머리 같은 흡충류의 기생충 유충이 껍질에 붙어 있을 수 있으므로 깨끗이 씻어서 생각보다 두껍게 껍질을 깎아 내는 것이 좋다.

② 날것의 연근에는 독성이 있다?

지혈 작용 같은 특정 효능을 원할 때 연근의 생즙을 사용하기는 하지만, 탄닌의 떫은 맛은 먹기도 힘들뿐더러 약한 독성도 있다. 그러므로 특정한 목적이 없다면 연근을 날것으로 먹는 것은 피하자.

33

에어컨 바람에 훌쩍훌쩍 콧물이 흐르는 날

방아잎

'화하면서 알싸하다' 말고는 달리 표현이 안 되는 독특한 향미를 가진 채소, 바로 '방아잎'이다. 이 독특한 향미 때문에 호불호가 크게 갈리는 것이 사실이지만, 익숙해진 사람들에게는 없어서는 안 되는 채소이기도 하다. 이 독특한 향미의 채소는 과연 언제 먹는 게 좋을까? 바로 에어컨 바람에 훌쩍훌쩍 콧물이 흐르기 시작한 날이다. 냉방병에 걸린 것만 같은 날, 이런 날엔 '방아잎'이 딱이다.

다른 풀의 향을 밀어내는 '배초향'

경상남도에서는 추어탕, 장어탕 등 잘못 끓이면 잡내가 나기 쉬운 음식에 방아잎을 거의 필수로 넣는다. '방아'라는 이름 자체가 경상도 사투리로, 원래 이름은 '배초향(排草香)'이라고 하여 다른 풀들의 향을 밀어낸다는 뜻으로 그만큼 향이 강하다. 방아잎은 우리에게 더 익숙해진 라벤더, 로즈마리, 바질 등과 같은 꿀풀과로서 영어로는 'korean mint'라고 불리는 토종 허브라고 할 수 있겠다.

동의보감 속 방아잎, "급성 소화기 질환 치료에 으뜸"

한의학에서도 중요하고 사용 빈도가 높은 약재로서 한약재 명은 '곽향(藿香)'이라고 하는데, 주로 소화기 질환에 많이 이용한다. 《동의보감》에는 "성질이 약간 따뜻하고 맛은 매우며 독이 없다. 풍수독으로 몸이 부은 데 주로 쓰는데, 악기(惡氣)를 쫓고, 위로는 심하게 토하며 아래로는 설사가 심한 곽란(霍亂)도 멎게 한다. 소리 없이 음식을 토하는 것을 치료하는 데 중요한 약으로, 구토를 멎게 하며 감기 등을 일으키는 풍한사를 발산시키는 데 으뜸인 약이다."라고 기록되어 있다. 쉽게 말하면 기의 순환을 돕고 '토사곽란'이라고 표현되는 급성 소화기 질환을 치료하는 중요한 약이라는 뜻이다.

방아잎의 항균·항바이러스 효능

방아잎의 한약재 명인 '곽향'. 이러한 곽향의 정유 성분에는 항구토 성분이 있으며, 정유 성분의 대부분을 차지하는 '메틸차비콜'에는 피부진균, 대장균, 이질균 등 각종 세균에 대한 항진균, 항바이러스 효능이 있다. 또 '틸리아닌'이라는 성분은 콜레스테롤과 혈압을 낮춰 몸의 순환을 원활하게 해《동의보감》의 효능을 증명한다.

여름철 '냉방병'에는 방아잎을 추천

방아잎은 여름철에 먹어 두면 좋은 식재료다. 과거에는 더위를 이겨내는 것이 여름철 가장 힘든 일이었지만, 에어컨이 대중화된 지금은 실내외의 큰 온도차를 견디지 못해 발생하는 냉방병이 도리어 문제가 됐다. 이때, 방아잎이 도움이 된다. '냉방병'이란 체온, 혈압, 혈당, 호흡 자율신경계의 조절에 문제가 생겨서 감기 같은 증상이 생기는 것인데, 앞서 언급된 '풍한사(風寒邪)를 발산한다'는 것이 곧 이 증상을 완화한다는 것이다. 실제 한의학에서도 냉방병 증상에 곽향이 들어간 처방을 자주 이용한다.

'방아잎'으로 200% 채우기

① 방아잎은 한국에만 있나?

방아잎은 기후에 따라 약간의 차이는 있지만 중국, 일본, 대만 등 동아시아 어디서든 자란다. 다만, 우리나라에서만 식재료로 이용하고 있기에 지역적 차이가 큰 의미는 없다. 하지만 한약재로는 곽향의 기원에 따라 약품의 표준 기준이 결정되므로 중국에서 기원한 것을 '광곽향'이라 하고, 국내에서 기원한 것을 '토곽향'이라고 구분한다.

② 효능이 과장된 곽향?

곽향은 주요 한약재로서 좋은 효능을 가졌기에 현대 한의학뿐 아니라 제약업계에서도 많이 이용한다. 그만큼 효능에 대한 과장도 종종 보이는데, 가벼운 약효가 있는 허브 정도로 생각하는 것이 좋다. 실제 약으로 효능을 보기 위해서는 진료를 받고 처방을 받아야 한다. 열이 많은 사람은 피하라는 등 부작용에 대한 정보도 있지만, 사실 일반적으로 그만큼 섭취하는 것 자체가 어렵다.

34

뼈마디 곳곳이 시큰시큰한 날

명태

생태, 동태, 북어(건태), 황태, 코다리 등 다양하게도 불리는 '명태'. 이러한 명태는 오래전부터 우리 조상의 제사, 고사, 혼례 등 관혼상제(冠婚喪祭)에 절대 빠지지 않는 중요한 생선이었다. 또한, 우리나라 음식에서 빼놓을 수 없는 식재료로서 요리법도 다양해 껍질부터 뼈까지 버릴 것이 없는 팔방미인이었다. 그러나 안타깝게도 현재는 남획이나 환경 변화로 '한국산'은 없어진 실정이다. 대신 다양한 양식 방법은 계속 연구되고 있다. 만일 명태를 제사상 말고 다른 때에 먹어야 한다면, 과연 언제 먹는 것이 가장 좋을까? 강추위 때문에 혹은 일상의 사고로 갑작스레 뼈마디 곳곳이 시큰시큰한 날이 있다면, 이런 날 '명태'를 딱 추천한다.

옛 문헌 속 명태, "따뜻한 성질의 생선?"

명태는 추운 북방 어종인 데다가 우리나라에서도 교통이 불편한 함경도, 강원도 지방에서 잡혔던 생선이라 18세기 정도만 해도 우리나라뿐 아니라 중국, 일본에서조차 접하기 힘든 생선이었다. 따라서 관련 사료가 거의 없고, 《동의보감》에도 등장하지 않는다. 하지만 《방약합편》에서는 '북어(말린 명태)'의 효능을 다음과 같이 밝히고 있다. "북어는 짜고 따뜻한 성질이 있으며, 허로와 풍증에 쓰인다. 그러나 많이 먹으면 회충이 생긴다. 명태의 알은 위를 좋게 한다. 명천산이 곧 무태어이다."라고 말이다. 보통의 어종에는 찬 성질이 있는데 북어는 따뜻한 성질이 있다고 한 것은 북어 즉 말린 명태를 이야기하는 것이며, 옛날에는 음식의 보관이 어려웠기에 많이 먹으면 회충이 생긴다고 한 것으로 짐작할 수 있다.

풍부한 아미노산으로 영양불균형, 숙취 해소!

바다 환경의 변화로 청어와 대구 등 다른 생선들의 어획량이 줄어들자 명태는 동아시아에서 풍부한 아미노산 공급원으로서 매우 중요한 생선이 됐다. 살이 많아 식량으로서의 가치뿐 아니라 메티오닌, 리신, 트리토판 등의 필수 아미노산이 풍부하게 함유되어 있어 서민들의 영양불균형을 해소해 주는 중요한 생선이 된 것이다. 또한 이 아미노산들은 알코올 해독 속도를 높이기에 요즘은 숙취 해소의 대표 음식으로 불리며 몸의 독소를 해독해 주고 간 건강에 도움을 주기도 한다.

명태는 뼈 건강, 다이어트에도 도움

명태에는 세포 생성에도 좋은 '철분'과 '인' 등이 풍부하다. 그렇기에 성장기 어린이와 청소년들의 성장 발육과 뼈 건강에 도움이 되며, 어르신들의 골다공증과 골연화증 등과 같은 뼈 질환에도 좋다. 게다가 명태는 지방이 적고 열량이 낮기 때문에 다이어트 시의 영양 보충에도 효과적이다.

버릴 게 없다! 명태 알의 다양한 효능

명태 알도 많은 사람들이 찾는 기호식품이다. 여기에는 비타민 E 성분인 '토코페롤'이 풍부하게 함유되어 있어 생식 기능에 도움이 되며, 체내의 유해한 활성산소를 제거해 세포 손상을 막아 피부 노화 방지에도 좋다. 또한, 콜레스테롤 수치를 낮춰 주고 혈액순환을 원활하게 하기 때문에 동맥경화나 고혈압 등의 심혈관 질환 예방에도 도움이 된다.

'명태'로 200% 채우기

① 신장 질환이 있는 사람은 명태를 적게 먹어라?

신부전 환자들은 칼륨 배출 기능에 문제가 있기에 칼륨을 많이 함유한 명태는 적게 먹는 것이 좋다. 명태를 전처리(물로 여러 번 끓여 버리기) 하면 칼륨 함유량을 줄일 수 있는데, 명태의 국물 요리나 건조 요리는 맛이 거의 없어지므로 이는 큰 의미가 없다.

② 명태는 소음인의 음식이다?

사상의학에서는 명태를 '속을 따뜻하게 하고 소화를 도와준다'고 하여 소음인 체질에 맞는 음식으로 분류하는데, 사실 명태는 성질이 평이해서 음식 궁합에 따른 별다른 부작용이 거의 없으므로 체질을 구분하지 않고 먹어도 무방하다.

35

환절기 목 따가운 날

도라지

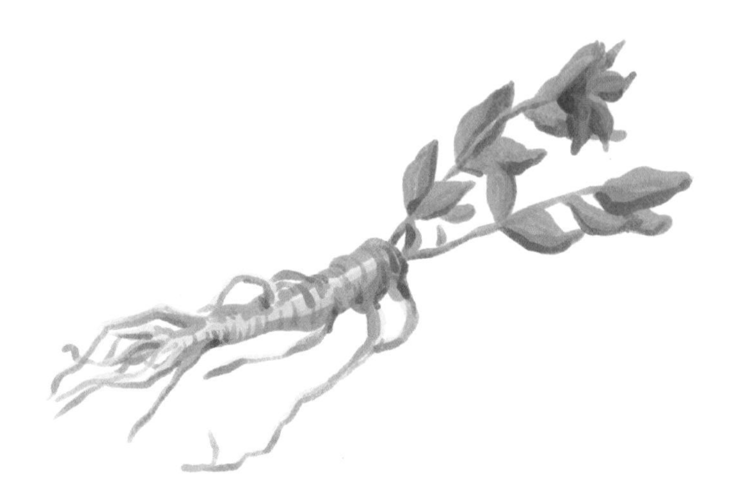

'도라지'는 특유의 쓴맛과 질긴 식감으로 인해 호불호가 갈리는 편이다. 그러나 우리나라 어디에서나 잘 자라고 영양분도 풍부하며 '사포닌'으로 대표되는 약효도 뛰어난 식물이기에 선조들에게는 아주 소중한 식물이었다. 도라지는 약재로는 '길경(桔梗)'이라 하는데, 우리가 음식으로 사용하는 것과 같은 부위를 사용한다. 동북아에서 흔하게 자생하므로 약재로 자주 사용되는데, 과거 《동의보감》에 실린 수천 개의 처방 중 약 10%에 길경이 포함되어 있을 정도로 흔하면서도 효능이 뛰어난 약재였다. 이렇듯 조상들의 귀중한 약재였던 도라지는 과연 언제 먹어야 더욱 효과적일까? 날씨가 급격하게 바뀌는 환절기에 목이 따갑게 느껴지는 날, '도라지'를 청으로 담가 차로 마시면 딱 좋겠다.

동의보감 속 도라지, "호흡기질환에 효과적"

도라지의 효능에 대해 《동의보감》은 "폐기로 숨이 가쁜 것을 치료하고, 온갖 기를 내리며, 목구멍이 아픈 것과 가슴과 옆구리가 아픈 것을 치료하고, 기생충으로 인한 독을 없앤다. 모든 약을 실어 아래로 내려가지 않게 하고 기혈을 끌어올리니 배의 노와 같은 역할을 하는 약이다."라고 기록하고 있다. 이렇듯 도라지는 폐, 기관지 등 호흡기질환에 주로 사용되며 널리 알려진 약인 '용각산'의 주 성분 중 하나이기도 하다.

대사 개선과 더불어 해열, 진통 효과까지

현대 약리에서 볼 때 도라지의 주 효능 성분은 '사포닌'이다. 이는 인삼의 사포닌인 진세노사이드와 다른 종류인 트리테르페노이드계의 사포닌인데, 거담 작용, 진해 작용 등 주로 호흡기 쪽에 작용하며 콜레스테롤 대사 개선과 해열, 진통 효과도 있다.

비만이라면 도라지를 먹어라?

도라지의 잘 알려지지 않은 주목할 만한 효능 중 하나는 바로 '비만'에 관련된 것이다. 길경의 사포닌 중 하나인 '플라티코딘 D'는 지방 분해 효소의 기능을 억제하는데, 얼핏 생각했을 때 지방을 분해하지 않으면 오히려 살이 찔 것 같지만 리파아제에 의해 분해되지 않는 지방은 흡수가 안 되고 배설되기에 도리어 항비만 효과가 나타난다. 이와 함께 혈당도 저하시키기 때문에 비만인 당뇨환자라면 도라지를 특히 추천한다.

'도라지'로 200% 채우기

① 장생 도라지는 도라지 품종이 아니다?

장생 도라지를 특이한 도라지 품종으로 알고 있는 경우가 있는데, 이는 사람의 기술과 노력으로 보통 도라지보다 오랜 기간 재배한 도라지 제품 브랜드이다. 보통 사포닌 계열의 식물들은 오래 묵을수록 사포닌의 함량이 증가하기에 '오랜 시간=높은 사포닌 함량=더 뛰어난 효과'라고 광고하곤 하는데, 일반적으로 사용하는 도라지에 비해서는 물론 뛰어나겠지만 이를 만병통치약으로 취급하면 안 된다.

② 심장질환자는 도라지를 주의하라?

도라지 사포닌 중 일부는 '용혈 작용(적혈구를 파괴하는 것)'을 나타낸다. 이 때문에 흔히들 심장질환 등으로 항응고제나 혈전 관련 치료제를 복용하는 분들은 주의하라고 하는 것이다. 그러나 길경의 사포닌은 흡수율이 높은 편은 아니며 음식으로 먹을 때 소화되는 과정에서 용혈 작용이 많이 없어지므로 음식으로 섭취할 때 크게 걱정할 부분은 없다. 다만, 최근에는 가루 형태나 청의 형태로 과량 섭취하는 경우가 있는데, 미약한 독성이라도 많이 쌓이면 좋지 않으므로 이런 경우는 주의를 요한다.

③ 찾기 힘든 국산 도라지

실제 우리나라에서 유통되는 도라지의 70~80%는 중국산으로, 마트에서 도라지를 산다면 거의 중국산밖에 볼 수 없다. 또한, 국산이라도 하더라도 종자가 대부분 중국산으로 완벽한 국산은 드물다.

여섯.

‘불편함’을 줄여 주는 한 끼

36 미세먼지 가득, 콜록거리는 날 <더덕>

37 조금만 걸어도 숨이 가쁜 날 <은행>

38 허리가 무척이나 뻐근한 날 <토마토>

39 팔다리가 찌릿찌릿 저린 날 <연어>

40 종아리에 쥐가 난 날 <모과>

41 울렁울렁 소화가 안 되는 날 <배추>

42 어제도 체하고 오늘도 체한 날 <당근>

43 느닷없이 구역질이 나는 날 <생강>

44 잦은 설사로 고생하는 날 <도토리>

45 입속의 깨문 상처가 따끔한 날 <고수>

46 머리카락이 힘없이 툭 끊어진 날 <무청 시래기>

36

미세먼지 가득, 콜록거리는 날

더덕

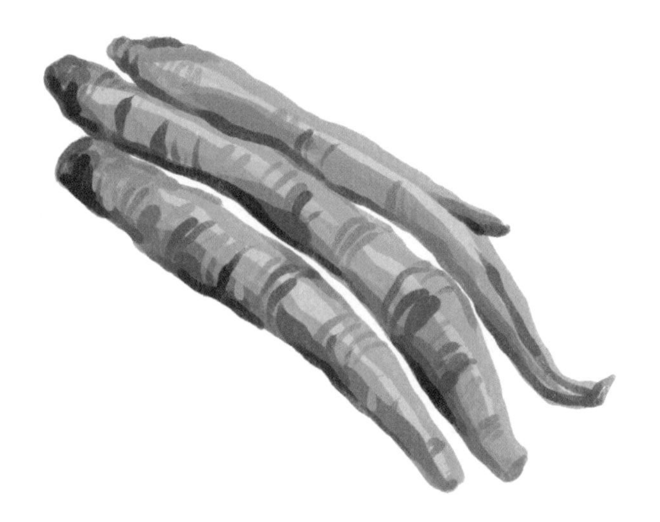

'더덕'은 지금에야 재배도 원활해지고 수입산도 많이 들어와 흔해졌지만, 예전에는 산행하던 중 캐게 되면 여기저기 자랑도 하고 어른들은 술 한잔할 정도로 특별한 식재료였다. 특유의 향과 쌉싸름한 맛, 두툼한 두께에 고기 느낌을 주는 식감까지 가지고 있어 입맛을 돋우며 '산에서 나는 고기'라 불릴 만큼 겨울철 영양 보충에 그만인 음식이었기 때문이다. 어디 그뿐인가, 건조해진 호흡기를 촉촉하게 해 주는 데에는 더덕만 한 재료가 없다. 심한 미세먼지로 기침이 멈추지 않는 날이 있다면, 이런 날에는 그 어떤 것보다 '더덕'이 딱이다.

산삼과 착각하기 쉬운 더덕

더덕의 싹이 난 잎이 얼핏 보면 삼(蔘)처럼 보여 많은 이가 더덕을 산삼으로 착각하기도 한다. 심지어 다듬지 않은 뿌리 모양도 삼과 비슷한 부분이 있으며, 뿌리 쪽에 많이 분포한 사포닌의 향도 비슷해 더욱 착각하기 쉽다. 그러나 더덕은 잎이 4장이고 산삼은 잎이 5장이니 혹시라도 산행길에 마주치면 잘 구분하는 것이 좋다. 하지만 오래 묵은 더덕은 산삼과 같은 대접을 받으니 좋은 것은 물론이다.

동의보감 속 오류, "더덕, 그리고 사삼"

더덕은 한의학에서 '양유근(羊乳根)'이라 하는데, 더덕의 뿌리를 자른 면에서 나오는 하얀 즙이 마치 양의 젖과 닮았다 하여 붙여진 이름이다. 일부에서는 삼(蔘)을 닮았다 하여 '사삼(沙蔘)'이라 한다고 하는데, 이는 《동의보감》에서 나온 말들이 와전된 것으로 보이며 《동의보감》 자체의 오류라 할 수 있겠다. 실제 사삼은 '잔대'라는 식물로서 더덕과 비슷하지만 엄연히 다르다. 이는 더덕보다 더 강한 약성을 가지고 있으며, 약재로는 잔대를 주로 이용한다.

미세먼지 심한 날엔 '더덕'이 필수

더덕의 효능을 한의학적으로는 '폐음(肺陰)을 보(補)한다'고 하는데, 현대적으로 보자면 건조해진 폐, 기관지 등의 호흡기를 촉촉하게 하고 기능을 보완해 면역력을 증강하는 것으로 해석할 수 있어 겨울철에 딱 맞는 음식이라고 할 수 있다. 더불어 미세먼지 등이 심한 요즘, 더덕은 더욱이 우리에게 필요한 음식이다.

훌륭한 혈관 청소제! 더덕 속 '사포닌'

더덕의 '사포닌'은 훌륭한 항산화제이며 혈관 청소제다. 이는 인삼, 도라지 등 사포닌이 많이 함유된 식물들의 공통적인 효능이다. 여기에서 사포닌은 혈관 속의 기름때를 제거해서 혈액순환을 원활하게 해 주기에 여러 성인병 예방에 도움이 된다. 뿐만 아니라 다른 식물들에 비해 더덕은 부드러운 식이섬유도 풍부하기 때문에 대장질환, 비만 등의 예방에도 좋다.

폐와 대장이 약한 산모에게 적극 추천

잘 알려지지 않았지만 더덕에는 모유 분비 촉진 효능도 있다. 직접적인 유선 자극을 하는 것은 아니지만, 폐와 대장이 약한 산모라면 더덕을 섭취하는 것이 도움이 될 수 있다. 더덕의 한약재명이 '양유(羊乳, 양젖)'인 것도 절묘하다.

'더덕'으로 200% 채우기

① 더덕, 물에 오래 담가두지 말자

더덕은 뿌리채소이기에 세척을 하는 데 있어 애로점이 있다. 하지만 깨끗하게 한다고 물에 오래 담가 두면 수용성인 더덕의 사포닌이 많이 녹아 버리므로, 흐르는 물에 짧게만 씻고 껍질을 조금 두껍게 벗기는 것이 좋다.

② 더덕은 그래서 사삼인가, 아닌가?

'더덕이 사삼인가, 아닌가?'에 대해서는 한의학자들이 결론을 내기까지 꽤 오랜 시간이 걸렸다. 결국 《동의보감》의 오류로 결론을 내렸는데, 이는 《동의보감》 집필 시 참고한 서적의 오류이거나 백성들도 쉽게 이해할 수 있도록 약재의 한자명 아래에 한글 이름을 함께 수록하면서 발생한 오류인 것으로 추정된다.

37

조금만 걸어도 숨이 가쁜 날

은행

'은행나무'는 생명력이 강해 가로수로 흔히 볼 수 있다. 단풍철이 오면 거리를 노랗게 물들여 가을을 만끽하게 하며 과거에는 그 잎을 잘 말려 책갈피로 사용하는 것이 유행이기도 했다. 하지만 그와 동시에 거리 곳곳에 흩뿌려지는 은행 열매의 악취는 가을 정취를 한순간에 망쳐버리기도 한다. 참기 힘든 특유의 악취에 결국 행인들은 코를 막고 숨을 참곤 한다. 그러나 아이러니하게도, '은행'은 숨이 가쁜 날에 섭취하면 딱 좋다. 조금만 걸어도 숨이 가빠오기 시작했다면, 은행을 한번 먹어 보자.

동의보감 속 은행, "폐와 위의 탁한 기를 맑게"

은행나무 열매는 고급 식재료 및 약재로 사용된다. 냄새나는 겉의 과육 부분을 제거하고 말리면 하얀 씨가 나오는데, '은행(銀杏)'이라는 이름도 '하얀빛이 나는 살구씨 같은 과일'이라는 뜻인 것이다. 한의학에서는 이를 '백과'라고도 하는데, 《동의보감》에 "성질은 차고 맛이 달며 독이 있다. 폐와 위의 탁한 기를 맑게 하며 숨찬 것과 기침을 멎게 한다."라고 기록되어 있으며 주로 호흡기 질환에 응용했다.

약재보다는 건강보조제로 활용

약재로서의 은행 열매는 호흡기질환이나 소변질환, 여성의 대하질환 등에 사용됐으나, 실제 사용 빈도가 높지는 않다. 태생적으로 호흡기가 약한 태음인에게 적합한 약이라고는 하지만, 음식으로도 공용으로 이용되는 약재의 특성상 약효가 강하지는 않고 독성도 있기 때문이다. 오히려 근현대에 들어와 은행의 잎에서 혈액순환 개선 효과, 항혈전, 항산화 효과 등이 증명되고, 이를 응용한 여러 가지 제품들이 개발되면서 은행잎이 건강보조제로 더 많이 이용되고 있다.

성인은 은행 10개 미만, 아이들은 2~3개 정도만!

우리가 섭취하는 음식 중 종자에 해당하는 것은 독성을 함유하고 있는 경우가 많다. 은행 열매도 이러한 독성을 가지고 있는데, 과거에는 아미그달린 등 '청산배당체'라는 독으로 알려져 있었으나 실제로는 'MPN(4-methoxypyridoxine)'이라는 물질이라고 한다. 이 물질은 구워도 없어지지 않고 뇌전증, 과거 간질이라 불리던 증상을 일으킬 수 있으므로 주의해야 한다. 물론 사람마다 문제를 일으킬 정도의 양은 차이가 있지만 성인은 보통 10개 미만, 아이들은 2~3개 정도가 일일 적정 섭취량이다. 또한, 은행의 과육에 '진코톡신'이라는 성분이 알레르기를 유발하므로 은행 열매를 만지게 될 경우는 꼭 장갑을 끼고 손을 잘 씻어야 한다.

'은행'으로 200% 채우기

① 수술을 앞두고 있다면 은행을 피하라!
은행잎이 혈액순환 개선 효과를 가지고 있는 것은 이미 다 알고 있는 사실이지만, 은행 열매에도 그 성분이 아예 없는 것은 아니다. 따라서 출혈 장애가 있거나 큰 수술 등을 앞두고 있는 사람은 먹지 않는 것이 좋다. 또한, 아스피린과 같은 항혈전제나 이부프로펜, 나프록센 등과 같은 약물과 함께 복용 시 출혈 위험이 증가될 수 있으므로 주의해야 한다.

② 은행 열매의 참기 힘든 악취의 비밀
은행의 과육에서 나는 악취는 '부탄산'이라는 성분 때문이다. 이는 현대 산업에서 활용하는 경우도 있지만, 독성과 부식성이 있고 악취(음식 쓰레기가 발효하면 부탄산이 발생하는데, 그때의 냄새라고 생각하면 된다)가 매우 심하다. 은행나무는 암나무와 수나무가 따로 있는데, 이를 해결하기 위해서는 종자를 맺지 않도록 수나무만 가로수로 심으면 된다고 한다. 하지만 그 구분이 쉽지 않다고 한다.

38

허리가 무척이나 뻐근한 날

토마토

풀 내음이 있어 호불호가 갈리지만, 새콤하고 단맛이 있는 '토마토'. 토마토는 텃밭을 가꾸면 꼭 심게 되는 작물 중 하나로서, 외국산 작물이긴 하지만 시골집 텃밭에 하나쯤 꼭 있을 것 같은 친숙한 식재료다. 사실 토마토를 과일로 여기는 사람이 여전히 많지만, 토마토는 엄밀히 말하면 가짓과의 채소다. 과거 조선과 일본 등에 수입되어 토마토가 잠시 재배된 적이 있었는데, 형태가 감과 비슷하여 '일년감', 혹은 '남만시', '서홍시' 등으로 불리기도 했다. 이러한 토마토는 언제 먹어야 가장 잘 먹었다고 할 수 있을까? 왠지 모르게 척추나 엉덩이뼈가 뻐근하게 느껴질 때가 있다. '골다공증'을 의심하게 되는 날, '토마토'를 딱 추천한다.

토마토는 '서양의 고추장, 된장, 간장'과도 같다?

토마토는 중남미 원산으로, 해당 지역과 유럽에서는 마치 우리나라의 장처럼 거의 기본 조미료에 가깝게 사용해 왔다. 토마토는 약간의 단맛과 짠맛, 신맛을 가지고 있어 육류, 어류 요리와 궁합이 잘 맞는 편이기도 하지만, 그 안에 MSG를 많이 함유하고 있기에(100g당 140mg의 MSG를 함유하고 있다) 이를 이용해 감칠맛을 내는 것이다. 특히 피자의 나라 이탈리아에서는 거의 모든 요리에 베이스로 토마토와 토마토 페이스트가 사용된다. 그런 이유로 종종 장난 섞인 말로 이탈리아 국기의 3색인 '녹색, 흰색, 빨간색'을 각각 '바질, 모차렐라 치즈, 토마토'를 뜻하는 것이 아니냐는 이야기도 나오곤 한다.

옛 문헌 속 토마토, "전래는 오래 전, 일반화는 얼마 전?"

우리나라에는 토마토가 언제 들어왔을까? 많은 이들은 이 시기를 대략 350여 년 전으로 추측한다. 광해군 시절, 이수광이 집필한 《지봉유설》에 당시의 토마토를 가리켰던 말인 '남만시(南蠻柿)'가 기록되어 있기 때문이다. 하지만 토마토 재배의 일반화는 얼마 되지 않았다. 일설에 한의학에서는 토마토를 '번가(蕃茄)'라고 불렀다고 하는데, 이는 필자도 접하지 못한 사실로서 오늘날 대만에서 토마토를 부른 이름이 와전된 것으로 보인다.

'의사는 빨간 토마토를 싫어한다', 도대체 왜?

'의사는 빨간 토마토를 싫어한다'라는 말이 있을 정도로 토마토는 영양분이 아주 풍부한 채소다. 그중에서도 토마토의 주요 효능은 바로 토마토 속 '리코펜'에 있다. 리코펜은 카로티노이드 성분의 일종으로서 항산화 효과(노화 방지)가 탁월한데, 그 외에도 성호르몬 활성과 전립선 건강 유지에 좋으며 폐암, 유방암, 전립선 암 예방 등의 기능도 있다. 게다가 아세트알데하이드를 배출시켜 숙취 해소에도 좋다. 이것이 끝이 아니다. 칼로리는 낮고 비타민은 풍부한데, 비타민 K까지 충분히 함유하고 있어 칼슘이 몸 밖으로 배출되는 것을 막기에 골다공증, 더 나아가 노인성 치매의 예방에도 아주 좋다. 젊고 건강하게 살고 싶은 사람이라면 오늘 토마토 한 알이라도 더 드시길 바란다.

'토마토'로 200% 채우기

① 토마토를 익혀서? 견과류와 같이?

우리는 토마토를 생으로 먹는 것에 익숙하지만, 외국에서는 토마토를 요리 재료로 사용하는 것이 더 일반적이다. 앞서 말한 감칠맛 이외에도 토마토를 익혀 먹는 것이 더 좋은 이유가 있다. 토마토의 '리코펜'은 지용성 영양소여서 기름과 함께 조리하거나 지방을 함유한 식품을 이용하면 흡수율이 더 높아질 수 있기 때문이다. 또한, 세포를 보다 조밀하게 파괴할수록 영양 성분의 유출이 많아지므로 익혀서 삶고 갈아 마시면 흡수율이 증가한다. 더불어 토마토를 먹을 때 견과류를 같이 먹는 것이 좋은데, 이는 견과류의 지방을 분해하기 위한 지방분해효소가 리코펜 성분을 더 잘 흡수하게 도와주기 때문이다.

② 토마토에는 독성이 있다?

대부분의 가짓과 채소에는 '솔라닌'이라는 독성 물질이 있다. 토마토도 마찬가지다. 덜 익은 토마토에는 솔라닌이 꽤 많아 배탈을 비롯한 식중독을 유발할 수 있다. 솔라닌은 매우 높은 온도에서 분해되기에 파란색이 보인다면 조금 더 후숙하여 먹는 것이 좋다. 또 '토마틴'이라는 토마토 자체의 독 성분도 있다. 하지만 이 독이 사람에게 영향을 미칠 정도로 먹으려면 웬만한 대식가가 아니고서는 어려우니 이에 대해 걱정할 필요는 없다. 또, 독성과는 상관없는 이야기지만 의외로 미국에서는 '토마토를 먹으면 죽는다'는 미신이 있어 19세기까지는 토마토를 잘 먹지 않았다고 한다.

39

팔다리가 찌릿찌릿 저린 날

연어

붉은빛의 살과 흰 지방층이 입맛을 돋우는 '연어'. 연어는 《타임지》에 슈퍼 푸드로 선정된 후 꾸준히 사랑받고 있는 식재료다. '연어' 하면 보통 노르웨이나 일본의 홋카이도산을 떠올리지만, 과거에는 우리나라에서도 잡히던 고급 어종이었다. 《조선왕조실록》을 비롯한 여러 문헌을 보면 생연어뿐만 아니라 말린 연어, 연어살 젓갈, 연어알 젓갈처럼 연어를 가공한 식품들도 언급된다. 이처럼 우리 조상들도 다양한 방식으로 섭취했던 연어는 과연 어떨 때 먹어야 좋을까? 연어가 '콜레스테롤 조절'에 효과가 있다는 말은 어디선가 들어 본 적 있을 것이다. 요즘 들어 팔다리가 저리기 시작했다면, 이런 날 딱 '연어'를 섭취해 보길 바란다.

귀하디귀했던 생선, '연어'

연어는 사실 누구나 먹을 수 있는 음식은 아니었다. 일단 어획량도 적지만 가장 큰 문제는 생산지가 동해안 일부 지역으로 한정되어 보관·운송이 어려웠다는 점, 그리고 회유성 어종이기에 어획할 수 있는 기간이 가을로 매우 짧았다는 점이었다. 따라서 접할 수 있는 사람들은 소수였고, 그러한 이유로 한의서 등에도 연어에 관한 기록이 많지 않다.

동의보감 속 연어, "맛이 있는 음식"

《동의보감》에는 연어에 대해 "성질이 평(平)하고 독이 없으며 맛이 좋다. 알이 진주같이 생겼는데 약간 벌건 빛이 나는 것이 맛이 더 좋다. 동해, 북해와 강에서 산다."라고 기록되어 있는데, 앞서 말한 바 있지만 한의서에서의 이런 종류의 언급은 '맛있고 좋은 음식이다' 정도로 생각하면 되겠다.

혈당·콜레스테롤을 조절을 넘어 두뇌 기능향상, 치매 등에도 효과

현대에 들어 양식으로 생산량이 늘어나고 기생충의 위험에서 어느 정도 벗어나면서 연어는 일상적인 식재료가 됐다. 게다가 이에 대한 연구도 더 많이 진행되면서 연어의 뛰어난 효능이 더욱이 알려지게 됐다. 가장 핵심적인 연어의 효능은 불포화지방산인 'DHA'와 '오메가3'가 풍부하다는 것인데, 이 영양소들은 혈당 및 콜레스테롤 조절에 도움을 주며, 뇌세포를 감싼 지방층과 상호작용을 해서 두뇌 기능을 향상시켜 준다는 것이다. 이는 곧 치매 등 노화로 인해 생기는 병을 예방하는 데에도 도움이 된다.

갑상선 환자들에게 좋은 연어

연어에는 '셀레늄'이라는 미네랄 또한 많이 함유되어 있는데, 이 성분의 경우 처음 발견했을 때는 독성 물질로 알려졌었으나, 현재는 적정량을 섭취한다면 갑상선 기능 및 건강 유지에 도움이 되고 부족하면 빈혈이나 암의 원인이 될 수 있다고 정의하고 있다. 실제 갑상선 환자들에게 셀레늄 섭취를 늘린 결과 체중 감소 및 당뇨병, 심혈관질환 발생 위험이 감소했다고 한다. 이 외에도 연어는 풍부한 단백질 함량을 가지고 있을 뿐더러 비타민 D, 칼슘 등 여러 이로운 성분을 많이 가지고 있어 소아기, 노년기나 병후 회복기에도 추천하는 식재료다.

'연어'로 200% 채우기

① 연어회는 일본이 아닌 노르웨이에서 개발됐다?

연어회는 노르웨이에서 개발한 요리다. 사실 연어는 일본에서도 회로 잘 먹지 않았는데, 이는 고래회충과 같은 기생충에 대한 걱정 때문이었다. 그 이유로 주로 구이나 훈제로만 먹었다고 한다. 이런 상황에서 1960년대 연어 완전양식에 성공한 노르웨이가 해산물을 대량으로 소비하는 일본을 공략하기 위해 연어초밥 등의 연어 요리를 개발하게 됐다.

② 양식 연어에 대한 오해

양식 연어의 경우 '기생충을 없애기 위해 약을 많이 쓴다', '자연산에 비해 맛과 영양이 떨어진다'는 등의 부정적인 여론과 속설이 있다. 하지만 확정된 사실로 밝혀진 것은 없다. 양식 연어가 없다면 연어는 특정 지역에서만 혹은 특정 계층만 먹을 수 있는 고급 어종이 될 것이다. 또한, 양식 연어는 검사를 통해 안전성을 확인하므로 크게 걱정하지 않아도 된다. 하지만 자연산은 기생충 위험을 피해갈 수 없으니, 직접 잡았다고 하더라도 회로 먹는 모험은 하지 않기를 권한다.

40

종아리에 쥐가 난 날

모과

한때, 마당 있는 집에서 흔히 볼 수 있었던 '모과'. 모과는 노랗게 익어가며 향기를 뿜어내는 가을의 상징이었다. 쉽게 구할 수 있어 차로 마시기도 하고, 천연 방향제로 자동차에 두기도 했고 말이다. 그러나 지금은 생으로 먹을 수 없는 과일 아닌 과일로 여겨지는 데다가 향기에 대한 호불호까지 강해 쉽게 볼 수 없게 됐다. 하지만 좋은 효능이 있는 식재료로서의 인기는 여전하다. 이런 모과는 언제 먹어야 좋을까? 바로 도무지 입맛이 통 없는 때, 이런 날에 '모과'를 딱 추천한다.

'모과'를 생으로 먹는 것은 금물!

모과는 단단한 목질의 껍질 속에 레몬보다 많은 양의 비타민을 함유하고 있다. 모과에는 아주 시고 쓴맛을 내는 '사포닌'과 떫은맛을 내는 '유기산'이 있어 생으로는 거의 먹을 수 없다. 누군가 그 맛을 이겨내고 섭취한다고 해도 소화기에 문제가 생길 가능성이 높다. 그래서 대부분은 모과청을 만들어 맛을 중화시키고 희석시켜 차로 마시거나 사탕, 젤리, 정과, 술 형태로 먹는다.

겨울철 모과차가 좋은 이유

모과차는 겨울철에 부족하기 쉬운 비타민을 쉽게 공급해 감기를 예방하고 면역력을 유지하는 데 많은 도움을 준다. 또한, 평상시에도 모과를 꾸준히 음용하면 천식이나 기관지염 등 호흡기 질환 증상 호전에도 좋다. 한의학에서 모과를 약재로 사용할 때도 이런 효능을 일부 기대하고 사용한다.

동의보감 속 모과, "소화기질환에 효과적"

약재라는 관점에서 보면 모과는 관절질환, 소화기질환에도 많이 응용한다. 《동의보감》에는 "곽란으로 몹시 토하고 설사하며 계속 쥐가 이는 것을 치료하며 소화를 잘 시키고 이질 뒤의 갈증을 멎게 한다."라고 하여 소화기질환에서 비위를 안정시키는 효능에 대해서 언급했다. 이는 모과에 있는 구연산, 사과산, 주석산 등의 유기산이 소화효소의 분비를 도와 식욕을 증진하고 억균 작용을 함으로써 몸의 흐름을 원활하게 해 주기 때문이다.

모과를 술로 마시면 관절에 좋다?

관절질환에 있어 모과는 힘줄과 뼈를 튼튼하게 할 뿐 아니라 순환을 원활하게 하는 역할을 한다. 관절의 순환이 원활해지면 관절 스스로의 재생력이 증가하여 더 빨리 호전되는 원리다. 이 효능을 이용한 대표적인 한방 처방이 '활맥모과주(活脈木瓜酒)'인데, 이는 약재를 술로 추출하여 먹는 처방이다. 모과를 술로 추출하면 더 많은 효능을 얻을 수 있고 몸에 흡수도 빠르다.

'모과'로 200% 채우기

① 모과를 많이 먹으면 위험하다?

모과를 많이 섭취하면 체내 수분을 농축하므로 신장질환이 있다면 피하라는 말이 있다. 이는 신장 기능이 저하되면 유기산을 원활히 배출하지 못하기에 근거가 있는 말이지만, 보통 차로 한 두잔 정도는 큰 문제가 없다. 또한, 모과 씨에는 아미그달린이라는 독성 성분이 있는데(살구, 사과 같은 다른 과일의 종자에도 있다), 항암 작용이 있다 하여 일부러 섭취하는 경우가 종종 있다. 소량 섭취이기에 문제가 없다고 하더라도 굳이 먹는 것은 좋지 않다.

② 관절에 좋은 술, '활맥모과주'

'활맥모과주'는 근육, 신경, 인대, 뼈 건강 등에 긍정적 효과를 보이는 13가지 한약재(모과, 우슬, 계지, 오가피, 당귀, 천궁, 천마, 홍화, 진교, 위령선, 속단, 의이인, 방풍)를 처방한 것으로, 물로 달이는 것보다 술로 추출하여 복용하는 쪽으로 개발된 한약이다. 일상의 요통이나 관절통뿐 아니라 퇴행성 관절염, 류머티즘 관절염 등 근골격계 질환, 더 나아가 교통사고 후유증 등의 증상에 주로 활용된다. 이를 응용한 관절염 약인 '레일라정'은 시중 판매 중에 있다.

41

울렁울렁 소화가 안 되는 날

배추

야채를 많이 먹는 한국인이 그중에서도 가장 많이 먹는 채소는 무엇일까? 한국인의 소울푸드 김치의 영향인지, 답은 바로 '배추'다. 지금은 김치를 안 먹는 사람도 종종 있지만, 특히나 예전에는 경양식 식단에도 김치가 나올 정도로 김치 없는 식사를 생각할 수 없었다. 이렇듯 우리와 떨어질래야 떨어질 수 없는 '배추', 언제 먹는 게 가장 좋을까? 바로 울렁울렁 소화가 잘 되지 않는 날이 있다면, 이때가 배추 먹기에 딱이다.

과거의 배추는 '귀한 채소'였다?

의외로 근대 이전의 배추는 비교적 비싼 음식이었다. 배추의 원산지를 엄밀히 따지면 현 중국의 북방 추운 지역으로, 그 시절 배추는 지금의 큰 포기상추와 비슷했다. 조선시대 궁궐에서는 전용 채마밭을 지정하고 배추 외에는 어떤 농사도 하지 못하게 했다고 한다. 재배할 때도 듬성듬성 심어서 땅의 양분을 최대한 흡수하게 했고 말이다.

배추는 어떻게 국민 채소가 되었나

배추가 지금과 같이 국민 채소가 된 것은 우장춘 박사가 품종 개량을 하면서부터다. 이후 배추의 생장이 용이해지고 크게 자라면서 맛도 훨씬 좋아졌기 때문이다. 실제 2012년 4월에야 제44차 국제식품 규격위원회 농약잔류 분과위원회에서는 그동안 국제식품 분류상 차이니즈 캐비지에 속해 있던 한국산 배추를 한국의 제안에 따라 김치 캐비지로 분리해서 등재했다.

동의보감 속 배추, "음식을 소화시키고 가슴 속 열기를 없애"

《동의보감》은 배추에 대해 "성질이 평(平)하고 맛이 달며 독이 없다. 음식을 소화시키고 기를 내리며 장위를 잘 통하게 한다. 또한 가슴 속에 있는 열기를 없애고 술 마신 뒤에 생긴 갈증과 소갈증을 멎게 한다."라고 기록했는데, 이는 배추의 높은 수분 함량과 식이섬유, 비타민 C 등에 기인한다.

배추에는 오이보다 많은 식이섬유가 있다?

배추는 오이와 같이 수분 함량이 95%를 차지하는데, 상대적으로 식이섬유는 훨씬 많이 함유하고 있다. 그 때문에 음주나 열병을 앓은 후 몸의 수분이 부족할 때 빠르게 보충할 수 있다. 또한, 식이섬유가 장관의 운동을 촉진하고 소화 기능도 개선하므로 《동의보감》에서 기록된 효능은 현대적으로도 맞는 말이다. 게다가 김장은 열을 가하는 것이 아니기에 비타민 C 등도 파괴되지 않고 풍부하게 유지될 수 있어, 배추는 더더욱 겨울을 나기에 더없이 좋은 음식임이라고 할 수 있겠다.

'배추'로 200% 채우기

① 옛사람들은 배추를 약으로 먹었다?

《동의보감》에는 "배추를 햇볕에 절반 정도 말리어 다음날 독에 넣고 더운 밥물을 부어서 2~3일 동안 두면 초같이 시어진다. 이것을 '김칫국물'이라고 한다. 약으로 쓰는데 담연을 토하게 한다. 양념을 넣고 끓여서 먹으면 비위(脾胃)가 보해지고 술이나 국수의 독이 풀린다."라고 하여 배추를 약으로 사용하는 방법에 대해 서술하고 있다. 실제 《동의보감》은 임진왜란 전후로 서술됐기에 당시에 지금의 빨간 김치는 없었다. 소금도 매우 귀하던 시절이라 배추를 소금에 절이지 않고 탄수화물(더운 밥물)을 이용하여 발효시켜서 사용했고 말이다. 이는 배추의 수분과 식이섬유, 발효에 의한 초산성분이 합해진 천연 소화제라고 할 수 있는 것으로, 현대에 동치미를 먹으면 속이 시원해지는 느낌이 들면서 소화가 촉진되는 것과 같은 원리다.

② 배추를 많이 먹으면 부작용이 생긴다?

배추는 단순 채소이지만 《동의보감》에는 배추의 부작용에 대한 서술도 있다. "많이 먹으면 냉병(冷病)이 생기는데, 그것은 생강으로 풀어야 한다."라는 구절이다. 이는 부작용이라기보다 수분을 필요 이상 많이 섭취해서 생기는 증상에 대해 언급한 것으로, 강한 양기를 가진 생강을 같이 섭취하여 수분대사를 촉진해 해당 증상을 예방하는 것이 좋다.

42

어제도 체하고 오늘도 체한 날

당근

'당근(唐根)'은 당(唐)나라에서 들어왔다고 해서 붙여진 이름이지만, 사실 중국 당나라 때는 당근을 재배한 역사가 없으므로 달다는 뜻의 한자어인 당(糖)을 써서 '단맛이 나는 뿌리'라고 하는 게 맞다. 지금은 질겁하는 아이들이 많겠지만, 제2차 세계대전 때 영국에서 단맛 음식으로서 당근 바를 아이들에게 배급했을 정도로 당근에는 원래 단맛이 있다. 하지만 당근은 다른 재료와 함께 요리했을 때 전체적인 음식 맛에 크게 영향을 주지 않을 뿐더러 주황빛 예쁜 색으로 음식을 맛깔스럽게 보이게 하여 요리 부재료로 많이 사용된다. 그렇다면 이러한 당근은 언제 먹는 게 좋을까? 뭐만 먹었다 하면 잘 체하는 분들이 있다. 그런 분들께 당근을 딱 추천한다.

옛 문헌 속 당근, "아직은 대중적이지 않았던"

당근은 여러 한의학서에서도 찾아볼 수 있는데, 우리나라에서는 한약재로서 《향약구급방》에 처음 등장하며 중국, 일본, 북한 등의 한의학서에서도 찾아볼 수 있다. 다른 이명으로 당나복(唐蘿蔔), 호나복(胡蘿蔔), 홍나복(紅蘿蔔), 학슬풍(鶴虱風), 야나복(野蘿蔔), 산나복(山蘿蔔, 중국약식지), 야호나복(野胡蘿蔔)이라고도 부른다. 다만, 《동의보감》 속 약재를 설명하는 부분에는 당근에 대한 기록이 없다. 우리나라에서는 16세기 경에 재배가 시작됐는데, 《동의보감》에 기록되기에는 아직 대중적이지 않았기 때문인 것으로 보인다.

당근을 꾸준히 먹는다면?

한의학적 관점에서 당근은 성질이 치우치지 않고 평이하며 소화기를 건강하게 하고 체기를 내리며 붓기를 줄여 주는 효능을 가지고 있어, 현대 한약재 분류에서는 '소식약(消食藥, 소화제)'으로 분류되고 있다. 소화제라고는 하지만 한의학에서 소화의 개념은 단순 위산을 조절해 주는 개념이 아니라, 신체의 전체적인 밸런스를 잡아 주는 쪽에 가깝기에 배부를 때 소화를 위해 당근을 먹으면 별로 효과를 볼 수 없지만 꾸준히 먹으면 소화기가 튼튼해진다는 쪽이 맞다.

당근, 정말 '시력 향상'에 좋을까?

현대적으로 당근의 효능 하면 누구나 떠올리는 것은 '시력'에 관련된 부분일 것이다. 당근에는 비타민 A와 비타민 A로 전환되는 베타카로틴이 풍부한데, 이는 망막 시각수용체의 작동에 있어 필수적인 성분이기 때문이다. 그래서 안구건조증, 백내장, 안구 노화 등에 당근을 많이 먹으라고 하는 것이다. 하지만 이는 비타민이 부족할 때의 문제이지, 현대인들이 그 정도로 비타민이 부족하기는 쉽지 않을뿐더러 비타민이 넘쳐난다고 해서 더 좋은 것도 아니므로 눈 때문에 당근을 챙겨 먹을 필요는 없다. 다만, 당근은 풍부한 섬유질과 미네랄, 비타민 B, C, E, K 등 다른 영양소도 풍부하며 결정적으로 칼로리가 매우 낮아 다이어트 및 혈관질환, 당뇨 등의 성인병 등에 대한 예방 효과를 볼 수 있다.

'당근'으로 200% 채우기

일본의 당근은 인삼?

특이하게 일본어로는 당근을 '인삼(人参)'이라고 쓰고 '닌진(にんじん)'이라고 읽는다. 이 때문에 오해하는 경우가 있을 수 있다. 일본에 당근이 전래됐을 때, 이를 널리 알리기 위해 이미 그 당시 명품이었던 인삼을 차용해 같은 뿌리식물이라며 '미나리인삼'이라고 이름을 붙였다. 여기서 앞의 미나리는 빠지고 인삼만 남아 현재까지도 그렇게 불리는 것이다. 물론 현재 일본에서는 당근을 한자로 '인삼'이라 쓰기보다는 히라가나나 가타카나로 '닌진'이라고 적지만, 가끔 한자어로 적는 경우도 있으니 오해하지 말자. 참고로 우리가 인삼이라고 하는 것을 일본에선 '朝鮮人参(조선인삼)' 또는 '高麗人参(고려인삼)'이라고 표기한다.

43

느닷없이 구역질이 나는 날

생강

'생강' 하면 그 독특한 향기와 매운맛부터 생각난다. 그렇기에 생으로 먹기보다는 요리 혹은 약재로 많이 쓰이곤 한다. 그중 약으로의 활용에서 본다면, 생강은 독을 억제하고 소화 흡수력을 늘려 주기에 소위 말하는 '약방의 감초'보다는 처방에 포함되는 경우가 많다. '강삼조이(薑三棗二, 생강 3편에 대추 2조각)'라고 하는 조합이 있을 정도로 생강은 정말 많은 처방에 사용된다. 마치 국을 끓일 때 멸치 등으로 육수를 내는 것처럼, 그야말로 생강은 한약 처방의 기본 재료라고 할 수 있다. 그렇다면 이러한 생강은 언제 먹으면 좋을까? 바로 '우웩' 하고 구역질이 날 때다. 구토를 할 것만 같은 느낌이 든다면, '생강'을 먹어 보자.

동의보감 속 생강, "불편한 속·딸꾹질·구토에 효과적"

생강은 특유의 강한 매운맛을 가지고 있는데, 동양의 의학자들은 이 매운맛을 섭취하게 되면 몸의 신진대사가 활발해진다는 것을 알고 있었다. 그래서 몸에 나쁜 기운이 스며들었을 때 그것을 배출하기 위한 목적으로 생강을 많이 처방했고, 소화 기능이 저하되어 속이 불편하거나 딸꾹질, 구토 등을 할 때도 응용하여 사용했다. 《동의보감》에도 "성질이 약간 따뜻하고 맛이 매우며 독이 없다. 오장으로 들어가고 담을 삭히며 기를 내리고 토하는 것을 멎게 한다. 또한 풍한사와 습기를 없애고 딸꾹질하며 기운이 치미는 것과 숨이 차고 기침하는 것을 치료한다."라고 기록되어 있다.

혈액순환을 돕는 생강 매운맛

현대적인 식품 분석에서도 생강의 효과가 확인된다. 생강에는 청양고추 열 배 이상의 스코빌지수(매운맛 척도)를 가지는 '진저론'과 '쇼가올'이라는 성분이 있다. 이는 매운맛 성분인 캡사이신의 친척뻘 되는 바닐린계 물질이다. 일단 이 매운맛은 몸에 들어가면 혈액순환을 원활하게 한다. 혈액순환이 잘되면 혈액을 끈끈하게 만드는 프로스타글란진과 혈중 콜레스테롤 등의 배출이 잘 일어나 결과적으로 신진대사가 증진되고 몸이 따뜻해지며 몸의 노폐물이 빨리 배출되고 면역력도 좋아진다.

구역감에 생강을 먹어야 하는 이유

생강 속 '진저론'에는 두통과 구역감을 줄이는 효과도 있다. 구역감이나 두통의 원인은 다양하지만 그 중 세로토닌이 구토 중추를 자극하여 구역감을 느끼게 하는 것으로 알려져 있다. 진저론은 세로토닌의 작용을 억제하여 구역감을 완화시킨다. 옛 기록에 '반위(反胃, 암)에 생강을 쓰면 좋다'라는 것도 암에 많이 수반되는 구역감, 구토를 줄여 주는 효과 때문으로 판단된다.

'생강'으로 200% 채우기

① 생강을 먹으면 눈병이 생긴다? 임산부는 생강을 주의하라?

생강은 강한 맛과 향이 있는 만큼 부작용이 있어 출혈성질환이 있거나 수술을 앞둔 분들은 주의하는 것이 좋다. 하지만 속설처럼 '눈에 열이 쌓여 눈병이 생긴다'든지 '임산부는 많이 먹으면 안 된다'든지 하는 걱정은 하지 않아도 된다. 여기서 핵심은 '많이'라는 것인데, 보통의 식성의 사람이라면 절대로 생강을 '많이' 먹을 수 없기 때문이다. 물론 생강을 설탕 등에 절여 과자처럼 먹는 생강편이나 장어 등의 요리에 채 썬 생강을 곁들여 먹는 경우도 있지만, 그 정도는 '많이'의 범주에 들지 아니므로 너무 걱정할 필요 없다. 보통 한약 한 첩 분량(한두 번 복용할 정도의 양)에도 생강이 4~12g 정도 들어가니 말이다.

② 생강을 먹으면 입 냄새가 심해진다?

생강의 독특한 향 때문에 생강을 먹으면 입 냄새가 심해질 것이라 생각하지만, 생강 속 진저롤의 살균 작용이 오히려 입 냄새를 줄이는 데 도움을 준다. 특히 생강의 라피노스 성분이 치아에 남은 당분을 제거해 충치균의 증식도 막아 준다. 그래서 마늘(?) 냄새에 민감한 서양인들도 생강을 빵, 차, 술, 과자, 캔디 등으로 매우 다양하게 조리해서 잘 먹는다.

44

잦은 설사로 고생하는 날

도토리

단풍이 곱게 물든 산행을 마치면, 산자락 아래 음식점에서 탱탱하게 잘 쑨 도토리묵에 탁주 한 잔이 생각난다. 지금은 제조된 도토리묵을 쉽게 구입할 수 있지만, 예전에는 채취·건조·제조 등의 과정에 있어 상당히 손이 많이 가는 음식이었다. 그래서인지 동서양을 막론하고 원시시대부터 먹은 식재료지만, 현재까지도 식용하는 경우는 남북한을 제외하고는 거의 없다. 남한에서는 보통 도토리묵으로 만들어 먹고, 북한에서는 도토리로 술, 된장, 떡을 만들기도 한다. 이렇듯 우리에게 너무도 친숙한 도토리는 언제 먹어야 가장 좋을까? 잦은 설사로 화장실을 들락날락하게 되는 날, 이런 날 '도토리'로 만든 음식을 먹을 것을 딱 추천한다.

'도토리', 이것은 정확히 무엇?

'도토리' 하면 왠지 모르게 귀여운 어감으로 느껴지는데, 도토리는 사실 상수리나무와 굴참나무 등 다양한 참나뭇과 나무의 열매를 총칭하는 이름이다. 참고로 상수리나무의 도토리가 가장 큼지막하고 또 많이 활용되기에 상수리나무 도토리 한정, '상수리'라는 별칭으로 부르고 있기도 하다. 한약재로 사용할 때도 '상실(橡實, 상수리열매)'이라고 하여 상수리 열매만 사용했다.

동의보감 속 도토리, "주변에서 쉽게 찾는 지사제"

도토리에 대해 《동의보감》은 "성질은 따뜻하고 맛은 쓰며 떫고 독이 없다. 설사와 이질을 낫게 하고 장위를 든든하게 하며 몸에 살을 오르게 하고 든든하게 한다. 장을 수렴하여(澁) 설사를 멈춘다. 배불리기 위해 흉년에 먹는다."라고 기록하고 있다. 약재로서의 효능은 설사를 멈추게 하는 것인데, 도토리는 말려 가루를 만들면 장기 보관이 가능하므로 구황식품으로서의 역할도 하면서 주위에서 가장 쉽게 찾을 수 있는 지사제였다.

설사를 자주 한다면, '탄닌' 가득한 도토리묵을!

도토리에 지사제의 효능이 있는 것은 도토리 떫은맛의 주원인인 '탄닌'이라는 성분 덕이다. 탄닌은 장의 경련을 진정시켜 설사를 멎게 할 뿐 아니라, 니코틴과 유해성 중금속 침전물 등을 체외로 배출하고 병원균을 죽인다. 탄닌의 수렴작용은 염증을 가라앉히고 지혈을 돕는데, 이때 설사나 이질을 치료하고 위장의 점막을 보호한다. 간과 소화기계를 보호하기에 평소 음주를 자주 하거나 장이 약해 설사를 자주 하는 사람이라면 가끔이라도 도토리묵을 먹어 주면 좋을 듯하다.

'도토리'로 200% 채우기

① 도토리는 최고의 다이어트 식품?

도토리묵 한 모를 다 먹어도 120~150㎉밖에 안 되는 데다가 포만감은 충분히 주기 때문에 배고픔을 견디기 힘들 때는 도토리를 쪄서 간식처럼 먹으면 허기를 달래는 데 도움이 된다. 다만, 다이어트에는 변비가 많이 동반되므로 별도로 식이섬유 등을 충분히 섭취해서 해결해야 한다. 참고로 도토리는 과거 대표적인 구황식품이었던 만큼 많이 먹으면 살이 찌는 것은 당연하다. 게다가 도토리 자체에는 별다른 맛이 없어 양념을 많이 하게 되면 다이어트 효과가 반감된다는 사실도 명심하길.

② 도토리를 먹을 때 이것만큼은 주의하라?

도토리는 설사를 멈추게 하는 특성이 있으므로 평소 '변비'가 있던 사람은 자연히 도토리 섭취를 피해야 한다는 것은 많이들 알고 있는 사실일 것이다. 하지만 더욱 조심해야 할 분들이 있으니, 바로 '세균성 설사'로 고통받고 있는 분들이다. 세균성 설사의 경우, 강제로 멎게 하기 보다는 충분히 설사하도록 놔두는 쪽이 낫기 때문이다.

45

입속의 깨문 상처가 따끔한 날

고수

코로나가 진정되면서 다시 해외여행 붐이 일어나고 있다. 특히나 거리상 가깝고 각종 레저와 식도락을 비교적 저렴하게 즐길 수 있는 중국과 동남아를 여행지로 많이들 선택하고 있다. 그런데 동남아에서는 '고수'라는 향신료를 많이 사용하지 않나. 만일 '고수'라는 향채를 싫어한다면, 고수를 빼 달라는 말 한마디는 현지 언어로 외워 두는 게 좋겠다. 그렇지 않고 무턱대고 현지 음식을 주문했다가는 곤혹스러운 상황에 빠질 수 있으니 말이다. 이렇듯 호불호가 많이 갈리는 고수는 언제 먹어야 좋을까? '아야!' 하고 입안의 살을 깨문 기억이 누구에게나 있을 것이다. '고수'는 바로 입속 깨문 상처가 따끔한 날, 이런 날에 딱이다.

조상들에게 환영받지 못했던 풀, '고수'

고수는 특히 한국인에게 호불호가 강한 향채지만, 우리가 자주 먹는 미나리의 친척뻘이라고 할 수 있다. 유입된 시기도 고려시대로 추정될 만큼 우리나라에서의 역사도 매우 긴 편이고 말이다. 그러나 고수는 빈대 냄새가 난다고 하여 '빈대풀'이라 불릴 정도로 환영받지 못했고, 경기도 북부, 충청, 전라 등 일부 지역에서만 먹었다고 한다.

동의보감 속 고수, "신진대사를 촉진하는 풀"

《동의보감》에는 고수에 대해 "성질이 따뜻하고 맛이 매우며 독이 약간 있다. 음식이 소화되게 하고 소장기(小腸氣)와 심규(心竅)를 통하게 하며 홍역 때 꽃과 마마 때 구슬이 잘 돋지 않는 것을 치료한다."라고 기록하고 있다. 여기서 '심규를 통하게 한다'는 것은 인체의 신진대사를 촉진하고 막힌 것을 뚫어 준다는 것으로 볼 수 있으나 홍역, 마마와 같은 질환을 언급한 것으로 짐작하건대 보편적으로는 사용하지 않았음을 알 수 있다.

콜레스테롤 감소에 효과적인 그것

현대적 성분 분석으로 보아도 고수에는 케르세틴, 라네틴, 에피네프린, 캠페롤 등의 폴리페놀계 항산화 플라보노이드를 다양하게 함유하고 있다. 이런 성분들은 활성산소를 줄여, 각종 심혈관계 질환의 위험을 낮추어 줄 뿐 아니라 동맥 내벽에 축적된 콜레스테롤을 줄여 준다. 이는 앞서 《동의보감》에서 '심규를 통하게 한다'는 내용과 일맥상통하는 부분이다.

고수의 항산화 플라보노이드는 그 외에도 항염증, 항균, 소염작용을 해서 과거에 홍역, 마마와 같은 바이러스 질환에도 적용을 시도한 것으로 보인다. 현대적으로도 고수의 성분은 각종 세균, 바이러스, 염증 질환에 효과가 있다고 하지만 현실적으로 그 정도의 효과를 보기는 어렵고, 감기나 구내염 같은 가벼운 염증 치료에 도움을 주는 정도로 생각할 수 있다. 또한, 비록 호불호는 나뉘지만 고수 향은 고기의 누린내를 중화시키는 데 뛰어나고, 비타민 A, B, C, E 등 각종 비타민과 무기질 및 식이섬유가 풍부해 고기와 궁합이 잘 맞는다.

'고수'로 200% 채우기

① 고수를 먹으면 암내가 난다?

《동의보감》의 고수에 대한 기록 중 "오랫동안 먹으면 정신이 나빠지고 잊어버리기를 잘한다. 그리고 겨드랑이에서 냄새가 나게 된다."라는 구절이 있다. 고수를 오래 먹으면 몸에서 특유의 향취가 나고, 그 냄새를 모기도 싫어한다는 속설도 있다. 그러나 동남아에 살지 않는 한 그 정도로 오래 고수를 먹기 어려우니 걱정할 필요는 없다. 또한, 한국인에게는 유전적으로 암내 유전자가 별로 없는데, 그에 따라 고수 향에 호불호가 더 많이 갈리는 것이 아닌가 하는 연구도 진행되고 있다고 한다.

② 고수가 사찰 음식에서 빠지지 않는 이유

사찰 음식에서 고수를 자주 볼 수 있다. 감칠맛이 많은 육식과 오신채를 금하는 사찰 음식의 특성상, 음식의 맛을 내기 위해서는 고수, 산초, 초피 등 호불호가 갈리는 향채들이 종종 사용되기 때문이다. 심지어 '고수를 먹을 줄 알아야 중노릇한다.'라는 말도 있다고 한다.

46

머리카락이 힘없이 툭 끊어진 날

무청 시래기

언제부터인가 무청 시래기는 겨울철 빼놓을 수 없는 음식 재료가 됐다. 과거 농촌경제시대에는 도심지 아니고서는 대부분 집에 작은 텃밭 하나쯤은 있었다. 그러다 보니 너무 흔해서 홀대받던 '우거지', '시래기' 등의 식재료가 지금은 건강식품의 대표주자가 되어 겨울철 우리 식탁에서 환영받고 있다. 그런데 그 인기가 어느 정도인가 하면, 무보다 가격이 비싼 것은 물론이거니와 무청만을 생산하기 위해 품종 개량을 할 정도라는 것이다. 아래 무 부분은 작고 볼품없어 식용하지 않기에 수확을 않고 버리고, 무청 부분만 길게 자라게 하기도 하고 말이다. 예전에는 무청이 처리 곤란이었다면 요즘은 오히려 무청을 위해 자란 무 부분이 골칫거리가 됐다. 갑작스러운 인기쟁이가 되어 버린 무청은 과연 언제 먹어야 좋을까? 무청 시래기처럼 질겨야 할 머리카락이 툭 하고 잘 끊길 때가 있다. 이는 몸에 영양분이 부족하여 나타나는 증상일 수 있는데, 이런 날 '무청 시래기' 한번 먹어 보기를 권한다.

맛없는 무청, 현대인들의 별미가 되다

사실 무청은 음식의 풍미와 맛으로 보자면 크게 맛있는 음식은 아니다. 일단 몸에 유익하다는 다양한 알칼로이드 성분들은 쓴맛과 특유의 냄새를 유발할 수 있어 조리 전 과정을 잘 지키지 않는다면 식품의 향미를 크게 떨어뜨리기도 하고 말이다. 오이 등은 껍질을 벗기고 꼭지를 따 버리면 되지만 무청은 그 꼭지 부분만을 쓰는 것이라서 더 그렇다. 무청의 식이섬유는 매우 질겨 그나마 덜 질긴 가을무의 무청을 많이 먹는데, 겨울철 기온 차와 바람을 이용해 수십 번 얼리고 녹는 과정을 거치면서 먹을 만한 시래기로 거듭나게 된다. 물론 이 질긴 식이섬유가 몸 안에 들어가서 좋은 역할을 하므로 현대인들에게 매우 좋은 건강 식재료가 된 것이기도 하다.

무청이 건강식으로 자리 잡은 이유? 영양분 덩어리라서!

풍미가 부족하고, 무척이나 질긴 무청. 이런 단점들에도 불구하고 훌륭한 건강식이 될 수 있었던 이유는 무엇일까? 무청은 음지에서 건조하여 카로틴과 엽록소, 비타민 B, 비타민 C 등 겨울철 부족하기 쉬운 영양분을 많이 함유하고 있기 때문이다. 게다가 무청에는 현대인에게 부족하기 쉬운 식이섬유도 매우 풍부하며 더 나아가 칼슘, 철분 등의 필수미네랄 영양소도 많이 함유되어 있기 때문이다.

칼슘 가득! 치아·뼈 건강 걱정 없게

무청에서 주목할 영양소는 비타민이 아니고 칼슘 등의 '필수미네랄'이다. 비타민 함유량은 높지만, 식이섬유를 부드럽게 하려고 삶거나 오래 끓이는 과정에서 많이 소실되기 때문이다. 반면, 한국영양학회에 따르면 시래기 100g당 칼슘 함유량은 335mg으로, 이는 성인 기준 1일 권장 섭취량의 절반 정도에 해당하는 양이다. 또한, 칼슘이 뼈에서 빠져나가는 것을 억제하는 비타민 K 함량도 높아 체내 칼슘 효율을 높인다.

한의학 속 무청, "소화를 돕는 약재"

한의학에서 무청은 거의 사용되지 않은 부분이며, 단지 무의 씨앗을 '나복자(蘿菖子)'라고 하여 비위 기능 개선을 돕고 소화를 용이하게 하는 약재로 사용했다. 그리고 현재도 소화 계통으로는 유효하게 많이 쓰이고 있다.

'무청 시래기'로 200% 채우기

쓰레기? 시래기? 우거지?

'우거지'는 배추의 버리는 윗부분을 일컫고, '시래기'는 말린 채소를 총칭하는 말이다. 이런 것들이 흔했던 과거에는 그냥 밭에 버려두는 부분이었기 때문에 '쓰레기'에서 유래된 것으로 알고 있는 사람들이 있지만, 이는 근거 없는 속설이다. 시래기는 먹기에 질겨 서민들의 음식이었지만, '님이 장에 간다니 시래기 지고 나선다'는 속담이 있을 정도로 흔하게 애용했던 우리의 소중한 식재료였다.

한층 더 나아지려는 나를 위한

일곱.

'아름다움'을 이끄는 한 끼

47 소개팅 앞두고 푸석푸석한 피부가 걱정되는 날 <굴>

48 손발톱이 건조해 갈라지는 날 <아보카도>

49 물만 마셔도 살찌는 것 같은 날 <율무>

50 누구세요? 얼굴이 퉁퉁 부은 날 <팥>

51 울긋불긋 아토피 상처가 신경 쓰이는 날 <미역>

52 알레르기인가? 피부가 건조하다 못해 따가운 날 <무화과>

53 '확실히 나이 먹었구나' 한숨 쉬게 되는 날 <토란>

47

소개팅 앞두고 푸석푸석한 피부가 걱정되는 날

굴

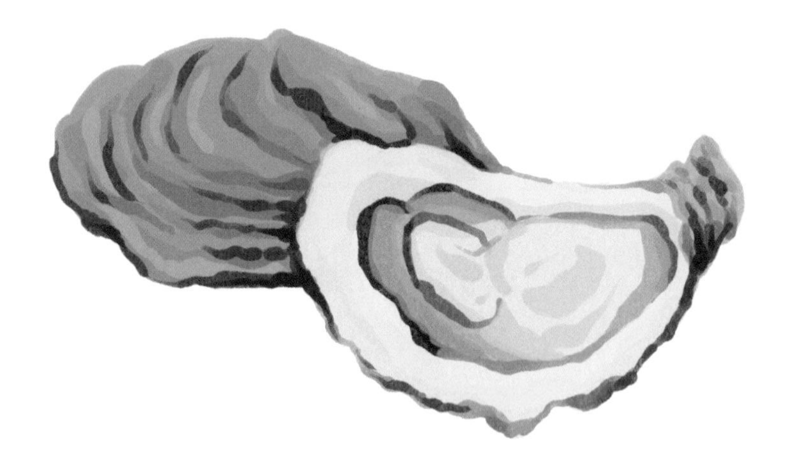

겨울철 대표 음식인 '굴'. 굴은 우리나라보다 상대적으로 구하기 힘든 유럽에서 더 각광받는 음식이다. 게다가 굴을 너무 좋아했다는 카사노바, 나폴레옹, 비스마르크 등의 일화를 통해서도 굴의 인기를 다시금 가늠할 수 있다. 사실 '굴' 하면 흔히 강장 기능에만 그 초점이 맞춰지지만, 피부 건강에 있어서도 굴의 효과가 만만치 않다는 사실! 이런 이유로 소개팅이나 중요한 일정을 며칠 앞두고 푸석푸석한 피부 상태가 걱정되는 날이 있다면, '굴'을 먹어 볼 것을 딱 권한다.

남자라면! 대표적인 강장 식품, '굴'

굴의 대표적 효능인 강장 효과는 단백질도 많지만 특히 풍부한 '아연' 때문이다. 아연은 체내에서 소화와 호흡은 물론 인슐린 작용과 면역기능, 생식세포에도 관여한다. 게다가 피부 미용에도 좋은 아연은 남성호르몬과 정자 생성에도 크게 관여한다. 참고로 생굴 100g에 아연 16.6㎎ 정도가 함유되어 있어 식약처에서 권장하는 아연 1일 권장량(10~20mg)은 생굴 100g만 먹어도 충분하다.

혈관 건강, 치매 예방은 굴에게 맡겨

굴의 또 다른 대표 영양소는 어패류에 많이 함유되어 있는 '타우린'이다. 타우린의 피로 회복 효과는 널리 알려져 있지만, 사실 크게 밝혀진 바는 없다. 다만 혈압을 안정화하고 심장기능을 강화하며 동맥경화, 협심증, 심근경색 등 각종 혈관계질환의 예방 효과가 있어 해당 질환자에게는 매우 좋은 식품이다. 더불어 뇌 손상을 일으켜 치매를 유발하는 '베타 아밀로이드'라는 단백질 생성을 차단해 치매를 예방해 준다는 연구 결과가 있으며 칼륨, 칼슘, 각종 무기질 등도 많이 함유하여 전체적으로 장·노년기에 매우 좋다.

굴은 '얼굴빛'을 좋게 하는 식품?

과거 한의학에서는 굴을 맛있고 좋은 식품으로 보며 약재로서는 별로 사용하지 않았다. 《동의보감》에는 "먹으면 맛이 좋은데 몸에 아주 좋다. 또한 살결을 곱게 하고 얼굴빛을 좋아지게 하는데, 바다에서 나는 식료품 가운데서 가장 좋은 것이다."라고 언급되어 있다.

동의보감 속 굴, "남녀 비뇨생식기질환에 좋아"

한의학에서 굴에 주목한 부분은 '모려(牡蠣)'라 불리는 껍질 부분인데, 일반적인 경우는 물론 남녀의 비뇨 생식기질환 등에 좋은 약재로 쓰였다. 《동의보감》을 보면 "모려는 대소변이 지나치게 나가는 것과 땀이 많은 것을 멎게 하며, 정액이 저절로 흐르는 유정(遺精), 꿈에 사정하는 몽설(夢泄), 부인의 붉거나 흰 대하증을 치료한다. 먼저 소금물에 2시간정도 끓인 다음 불에 구워 가루 내어 약용한다."라고 했으며, 현대 임상에서도 남자의 조루증, 저절로 땀나는 자한증, 식은땀이 나는 도한증, 사타구니 땀나는 음한증 및 낭습증, 부인의 대하, 자궁출혈 등에 활용되고 있다.

'굴'로 200% 채우기

① 굴이 동해에서 난다고?

옛날 서적이나 한의서를 보면 '굴은 동해에서 난다'라고 되어 있는데, 이는 중국 중심의 서술이다. 여기서 동해란 갯벌이 풍부한 우리나라의 서해를 의미한다. 서해 갯벌과 남해안의 복잡한 해안에서 굴을 쉽게 채취하고 양식할 수 있는데, 이것이 우리가 쉽게 굴을 섭취하게 된 이유다.

② 굴을 먹지 말아야 할 때가 있다?

굴이 겨울철 제철 음식이 된 이유는 5~8월까지는 굴이 독성을 갖는 산란기인 데다가 바닷물에 여러 종류의 비브리오균과 살모넬라, 대장균이 더 많은 시기이기 때문이다. 현대에는 양식 기술의 발달로 깨끗하게 관리하므로 많이 위험하지는 않지만, 겨울철이 아니면 굴은 무조건 익혀 먹는 것이 좋다. 예전부터 서양에서도 각 달의 이름에 알파벳 'R'자가 없는 달인 'May, June, July, August'에는 먹지 말라는 말이 있을 정도이니 말이다.

48

손발톱이 건조해 갈라지는 날

아보카도

단백질과 지방 함량이 매우 높은 편이라 '숲속의 버터'라는 별명으로 불리기도 하는 과일이 있으니, 바로 '아보카도'다. 중남미에서 온 과일로, 한국에 보편적으로 유통된 지는 20여 년도 채 되지 않아 어르신들에게는 아직 낯설게 느껴지는 과일이다. 아보카도가 들어가는 '캘리포니아롤'이라는 미국식 초밥과 중남미식 음식들이 우리나라에 유행하면서 이제는 조금 큰 마트에만 가도 쉽게 구할 수 있는 식재료가 됐지만 말이다. 아보카도는 실제 다양한 서구식 요리에 사용하지만, 한국인들에게는 익숙한 과일의 단맛이 아니기에 싫어하는 사람도 꽤 있는 편이다. 하지만 아보카도를 즐겨 먹는 이들은 특유의 고소한 맛에 매료되곤 한다. 그렇다면 이러한 아보카도는 언제 먹는 것이 좋을까? 갈라지는 손발톱이 무척이나 신경 쓰이는 날, 이런 날에 '아보카도'가 딱이다.

중국에서 새롭게 인기를 끄는 아보카도

아보카도가 중국인들에게 인기를 끌고 있다고 한다. 중국인들은 아보카도가 입맛에 맞았는지 샐러드, 샌드위치 등 서양식 먹거리뿐만 아니라 아보카도 두부 요리, 고기, 국수, 음료 등 현지 요리에도 광범위하게 응용하고 있다. 매년 수십 배씩 그 수입 규모가 늘어나면서 가격 급등은 물론 이제는 환경 문제를 걱정할 수준이 됐다고 하는데, 서구식 문화를 동경하는 중국 젊은이들의 특성과 기름진 음식이 많은 중국 요리 문화가 그 배경으로 생각된다.

아보카도의 좋은 지방? 심혈관질환, 암 예방에 효과

아보카도는 슈퍼 푸드를 꼽을 때 자주 등장하는 과일로서 각종 미네랄, 섬유질, 비타민 등을 풍부하게 함유하고 있다. 비록 지방이 많아 칼로리는 높지만, 아보카도 지방의 80%는 올레산과 같은 불포화 지방으로 이루어져 있어 오히려 심혈관 건강에 도움이 된다. 또한 풍부한 베타카로틴, 토코페롤과 같은 성분이 체내 활성산소를 제거하는 데 도움 되며 발암물질이 생성되는 것을 억제시켜 암세포 증식을 막아주기에 암 예방에도 뛰어난 효과가 있다고 한다.

정신적 스트레스? 아니, 육체적 스트레스 관리도 중요해!

아보카도는 스트레스를 줄일 수 있는 음식으로도 자주 꼽히는데, 사실 정신적 스트레스를 줄인다기보다는 육체적 스트레스와 그로 인해 발생하는 질환을 예방하는 것에 가깝다. 사람이 단백질을 이용하고 나면

'호모시스테인'이라는 일종의 노폐물이 발생하는데, 이로 인해 동맥경화와 암 등의 여러 질환이 발생할 가능성이 높아진다. 그래서 혈액 내 호모시스테인 농도를 일정 수준 아래로 관리해야 하는데, 그때 가장 필요로 하는 비타민 B군이 아보카도에 풍부하기 때문에 도움 된다는 것이다.

아보카도 오일? "먹지 마세요, 피부에 양보하세요."

아보카도 과육뿐만이 아니라 아보카도 오일도 여러 방면으로 많이 활용된다. 아보카도 오일에는 뛰어난 보습 효과, 피부 영양 공급 효과가 있어 여드름 예방이나 주름 개선을 비롯한 각종 피부질환을 개선할 수 있다. 또한 손톱, 발톱, 두피의 보습력도 높여 준다고 한다. 오일에 포함된 풍부한 비타민, 미네랄 성분이 깨끗한 피부를 유지할 수 있도록 도와주는 것은 물론이고 말이다.

'아보카도'로 200% 채우기

① 아보카도 한 알이 무려 밥 한 공기 칼로리라고?

아보카도의 하루 권장 섭취량은 1/5개 정도다. 생각보다 적은 양이지만, 아보카도 자체의 칼로리가 높다는 사실을 잊어서는 안 된다. 보통 아보카도 한 알이 약 300kcal에 해당되어 대략 밥 한 공기의 칼로리와 맞먹기 때문이다. 몸에 좋은 영양소가 많이 함유되어 있다고 하더라도 고칼로리 식품인 만큼 많이 섭취하면 비만의 위험이 있을 수 있다. 또한, 좋은 지방이라도 소화기관이 건강하지 못하면 과량 섭취 시 설사를 유발할 수 있으니 주의하길.

② 아보카도를 먹고 목 뒤가 후끈후끈하거나 체한 느낌이 든다면?

국내에서는 드문 편이지만, 아보카도도 알레르기를 유발할 수 있다. 아마 아보카도를 본격적으로 먹기 시작한 지 얼마 되지 않은 영향이겠지만, 아보카도를 처음 맛보는 사람들은 이에 대해 확인해 보는 것이 좋겠다. 만일 아보카도 섭취 후 속이 메스껍거나 체기가 있는 듯하게 느껴지는 경우가 있다면, 혹은 뒷덜미 부근이 욱신거리거나 후끈후끈 열이 오르는 느낌이 있다면 아보카도의 섭취를 잠시 자제하는 것이 좋겠다.

③ 사람도, 동물도 아보카도 조심?

아보카도에는 칼륨 성분이 매우 많은 편이므로 신장질환이 있는 사람은 주의할 필요가 있다. 또 아보카도에는 지방산성독소인 '페르신'이 있으므로 동물에게 함부로 먹이면 안 되는데, 그중에서도 새나 되새김질을 하는 소와 같은 반추동물에게는 절대로 아보카도를 주면 안 된다.

49

물만 마셔도 살찌는 것 같은 날

율무

'율무'는 보리보다 크고 단단해 주식으로서 식감이 좋지는 않지만, 전 세계적으로 식재료와 약재 등으로 많이 이용되어 왔다. 율무의 영어 이름이 '욥의 눈물(lacryma-jobi)'이라는 뜻인데, 무려 구약성경에 나오는 욥이니 그 역사가 얼마나 오래됐는지 알 수 있다. 또한 율무의 한약재 명은 '의이인(薏苡仁)'인데, 이는 연꽃의 씨를 닮았다는 뜻이기도 하고 사람의 시기, 질투 같은 감정을 누그러뜨린다는 뜻을 담고 있기도 하다. 또는 진주를 닮았다고 해서 '진주미(珍珠米)'라고 부르기도 하고 말이다. 이처럼 그 이름에 다양한 역사가 담겨 있는 율무다. 이러한 율무는 언제 먹는 게 가장 좋을까? 바로 물만 마셔도 살이 찌는 것 같은 느낌이 드는 날이다. 이런 날 '율무'를 딱 추천한다.

동의보감 속 율무, "기침을 치료하고 몸을 가볍게 한다"

《동의보감》에는 율무에 대해 "성질이 약간 차고 맛이 달며 독이 없다. 폐위(肺痿), 폐기(肺氣)로 피고름을 토하고 기침하는 것을 치료한다. 또한 풍습비(風濕痺)로 힘줄이 켕기는 것(筋脈攣急)과 건각기, 습각기(乾濕脚氣)를 치료한다. 몸을 가벼워지게 하고 장기(瘴氣)를 막는다."라고 기록되어 있다. 이 기록에 의하면 율무의 효능은 '호흡기'에 관련된 것과 '수분대사'에 관련된 것으로 분류된다.

영양 부족으로 인한 부종이라면 율무를!

앞서 《동의보감》 속 율무를 서술한 부분을 보면, 한의학적으로 폐는 우리 몸의 수분대사를 총괄하는 장기로서 율무를 수분대사에 문제가 생긴 질환들에 사용했다는 것을 알 수 있다. 율무는 비타민 B 복합체, 그리고 식물 중에서는 으뜸이라고 할 만큼 단백질 함량(전체의 15%)이 많다. 그래서 몸의 신진대사를 촉진하고 영양을 공급해 불필요한 수분을 배출한다. 이는 과거 부종 질환들은 영양이 부족해서 생기는 경우가 대부분이었기 때문이다.

율무의 항염·항알레르기 작용

'장기(瘴氣)'라는 것은 현대의 말로 하면 온대나 열대지방에서 발생하는 전염성질환으로, 과거 중국의 남부 지방에서 많이 발생한 질환이다. 현대 한의학자들은 신종플루나 코로나 같은 것도 유사 질환으로 보고 연구하고 있다. 여기에 율무를 사용한 것은 성질이 차가워 열을 배출하고 배농(농을 배출)하는 효능 때문인데, 현대적으로는 항염·항알레르기 작용이라고 할 수 있다. 실제로 율무 속엔 '벤족사지노이드' 성분이 들어 있어 항염 작용을 한다.

물만 먹어도 살찐다면 율무차를 추천

율무 속 '벤족사지노이드'는 비만세포에서 나오는 히스타민을 억제하기도 하므로 알레르기 예방에도 도움이 된다. 몸의 수분대사를 정상화하고 항산화 작용을 하며 식이섬유와 단백질도 많은 '의이인'은 다이어트에도 좋다. 물만 먹어도 살찐다는 분이라면 오늘부터 가끔 율무차 한 잔씩 마셔 보는 것을 추천한다.

'율무'로 200% 채우기

① 율무는 임산부 금기 음식?

'임산부는 율무를 먹지 말라'는 말이 있다. 율무에 있는 여성호르몬 성분이 태아에게 영향을 준다는 말도 있고 이뇨 성분이 자궁을 자극해 유산의 위험성이 있으니 먹지 말라는 말도 있는데, 이는 어디까지나 속설일 뿐 그 어디에도 이에 대한 근거는 없다. 율무의 효능을 확대해석하면 그런 결론에 도달할 수도 있지만, 율무의 성분으로 이런 일이 생길 정도로 먹으려면 엄청난 양을 먹어야 한다. 다만, 상한 율무는 맥각균에 의해 독소가 생겨 문제가 되므로 잘 확인해 보고 먹는 것이 좋겠다.

② 율무는 사마귀에 효과가 있다?

'율무가 사마귀에 효과적'이라는 말이 있다. 이는 기본적으로 사마귀는 바이러스 질환인 데다가 율무에 피부를 보호하고 정상화하는 작용이 있기 때문인데, 어느 정도는 율무가 사마귀에 효과가 있다고 볼 수 있다. 그러나 율무의 약성이 강하지 않아 일반적으로 증상을 완화시키는 정도로만 판단해야 한다.

50

누구세요? 얼굴이 통통 부은 날

팥

과거에는 동지를 새로운 절기가 시작되는 날이라 하여 '작은 설날'이라고 불렀다. 그리고 동지에 '팥죽'을 먹으면 한 살 더 먹는 것과 같다고 여겼다. 동지에 먹는 팥죽은 팥의 붉은 색이 귀신과 액운을 쫓는다는 주술적 의미가 강해, 단지 맛있는 음식이라기보다 제사를 지내고 나서 식은 죽을 가족들이 나누어 먹는 것이었다. 팥에 이런 의미를 부여하는 것은 동북아시아 전체적으로 나타나는 현상인데, 이는 특히 이 지역에서 재배 시기가 아주 오래됐기 때문이다. 반면 서양에서는 지금도 잘 먹지 않는 곡물이다. 이러한 역사를 지닌 팥은 언제 먹어야 가장 좋을까? 아침에 일어나 거울을 봤는데, 평소보다 통통 부은 얼굴에 깜짝 놀란 날, 이런 날에 '팥'이 딱이다.

동의보감 속 팥, "독을 빼내고 수분대사 질환을 치료"

《동의보감》에서는 팥에 대해 "성질이 평(平)하고 맛이 달면서 시고 독이 없다. 물을 빠지게 하며 옹종의 피고름을 빨아낸다. 소갈(消渴)을 치료하고 설사와 이질을 멎게 하며 오줌을 나가게 하고 수종과 창만을 내린다."라고 기록하고 있다. 즉, 팥은 해독 효능을 가지며 수분대사에 문제가 생겨 발생하는 질환에 약재로 사용했다.

부종 제거에 도움 되는 팥 속 '사포닌'

실제 팥에 들어 있는 '사포닌'은 이뇨 작용의 효과가 있어 부종을 제거하는 데 도움을 주며, 팥은 쌀의 10배, 바나나의 4배 이상의 칼륨을 함유하고 있다. 또한, 짠 음식을 먹을 때 섭취되는 나트륨이 체외로 잘 배출되도록 도와주어 부기를 빼 주고, 혈압 상승을 억제한다. 게다가 신장의 기능을 도와 몸에 불필요한 수분을 배출해 소갈병(당뇨병)에도 효과가 있으며, 지방간 및 간의 해독 기능 상승에도 도움을 줄 수 있다.

신장병 환자는 팥 많이 먹기 금물!

다만 효능이 좋아도 기능과 영양소가 한쪽으로 치우쳐 있는 만큼, 팥을 오래 복용하는 것은 좋지 않다. 팥을 장기간 복용하면 몸이 마르고 기력이 쇠해진다는 것도 이런 이유에서 유래됐다. 특히 칼륨은 소변으로 배설되지만, 신부전 환자의 경우 배설이 잘되지 않고 몸속에 쌓일 수 있으므로 만성 신장병 환자는 팥을 적게 먹는 것이 좋다.

'팥'으로 200% 채우기

팥을 삶은 물에 독이 남아 있다고?

간혹 '팥에 독이 있으니 한 번 삶은 물은 꼭 버리라'는 말들이 들린다. 하지만 결론부터 말하자면 팥에는 독이 '없다'. 그렇다면, 왜 이런 이야기들이 나온 걸까? 대략 두 가지로 유추해 볼 수 있다. 첫째는 장기 복용에 의한 부작용 아닌 부작용 때문이다. 팥 삶은 물이 다이어트에 좋다는 이유로 한때 팥물 마시는 것이 유행했던 적이 있었다. 하지만 팥물로 인해 몸무게가 줄었다면 이는 탈수로 인한 수분 손실일 가능성이 크다. 이는 엄밀히 말하면 독성이 있는 것이 아니라 섭취 방법이 잘못된 것이다. 그리고 둘째는 팥이나 팥 삶은 물을 먹고 나타나는 생목 현상 때문이다. 참고로 생목이 오른다는 것은 위 속의 음식물이 위액과 섞이지 못하고 역류하는 것을 말한다. 그러나 이는 단지 팥이 소화되지 못해 나타나는 증상일 뿐이다. 또한, 팥을 끓일 때 나오는 붉은색은 항산화 작용을 하는 '안토시아닌'이며 거품은 팥의 '사포닌'으로 우리 몸에 유용한 물질이기에 섭취해도 좋다. 따라서 만일 팥을 부드럽게 하기 위해 여러 번 삶아 냈다면 굳이 독에 대한 걱정 때문에 물을 버릴 필요 없고, 보충해 가며 삶는 편이 좋겠다.

51

울긋불긋 아토피 상처가 신경 쓰이는 날

미역

우리에게 친근한 '미역'은 실제로 우리나라와 일본을 제외하고는 식용하는 지역이 거의 없다. 영어명으로 'seaweed', 즉 '바다 잡초'라고 불리는 것도 이런 이유다. 하지만 우리나라에서는 삼국시대부터 식용한 기록이 있으며 약재로도 사용을 해 왔다. 특히나 우리 조상들은 오래전부터 산후 조리 맞춤 요리로 '미역국'을 먹어오기도 했고 말이다. 이렇듯 우리에게도 너무나 익숙한 미역. 이런 미역은 언제 또 먹어야 효과적일까? 만일 울긋불긋한 아토피 상처로 고통받는 이가 있다면, '미역'을 활용한 요리를 먹을 것을 딱 추천한다.

미역은 왜 '미역'일까?

《삼국사기》에 의하면 미역의 명칭은 고구려시대 특정 단어로부터 유래됐다는 것을 알 수 있다. 참고로 당시 '물'은 '매(買)'로 쓰이기도 했는데 미역의 모양새가 여뀌의 잎과 비슷하여 물+여뀌인 '매역'으로 불렸다고 한다. 그리고 추후 이것이 미역으로 바뀌어 불리게 된 것이다. 《고려도경》에서는 미역에 대해 "귀천 없이 널리 즐겨 먹는다. 맛이 짜고 비리지만 오랫동안 먹으면 먹을 만하다."라고 했으며, 《고려사》에는 "제26대 충선왕 재위 중 원나라 황태후에게 미역을 바쳤다."라고 기록되어 있기도 했다.

옛 문헌 속 미역, "답답함을 없애는 바다의 채소"

미역은 약재로는 바다의 채소라고 하여 '해채(海菜)'라고 하는데, 《동의보감》에는 "성질이 차고 맛이 짜며 독이 없다. 열이 나면서 답답한 것을 없애고 영류(癭瘤)와 기가 뭉친 것을 치료하며 오줌을 잘 나가게 한다."라고 기록되어 있다. 또한 《자산어보》에서는 "임산부의 여러 가지 병을 고치는데 이보다 나은 것이 없다."라고 했다.

근심·걱정이 과할 때는 미역을!

'영류'라는 증상은 목이나 어깨 부분에 생기는 혹이라고 볼 수 있는데, 옛날 한의학의 관점에서는 기의 흐름이 원활하지 못하거나 근심과 걱정, 즉 정서적인 집중이 과해서 생기는 증상으로 봤다. 이를 치료하기 위해 외과적 치료방법은 지양하고 여러 가지 약재를 이용했는데, 여기에 가장 자주 보이는 것이 해조류다. 당연히 미역도 주재료로 사용됐다.

갑상선 호르몬 조절에 효과

현대적 의미로 보면 '영류'는 갑상선 호르몬 조절 실패로 인한 증상이다. 갑상선종 환자들을 보면 목 부분에 불룩하게 나온 혹을 겉으로도 만질 수 있는데, 과거 한의학자들이 이러한 증상을 발견하고 논리를 만든 것이다. 현대에서도 이런 증상의 예방 및 치료에 있어서 아이오딘(요오드)의 공급이 중요한데, 미역을 비롯한 해조류에는 이 원소가 풍부해 적절히 먹는 것이 좋다. 만약 부족하면 갑상선 문제뿐 아니라 크렌팅병으로 아이들의 두뇌 발달과 지능 발달을 저해할 수 있다.

'미역'으로 200% 채우기

① 산후조리, 그리고 미역국!

출산 후 산모가 미역국을 먹은 것은 고려시대 이전부터였다고 한다. 이는 고래가 출산 후 미역을 먹는다는 사실에서 기인됐다고 하는데, 실제 미역에는 아이오딘 뿐 아니라 철분 성분도 많기에 산모들에게 그야말로 안성맞춤이다. 또한 산후에는 변비가 생기기 쉬운데, 미역의 미끈거리는 성분인 알긴산이 다량 함유돼 있어 변비 예방에 좋다. 그러나 미역이 아니더라도 비슷한 역할을 하는 식품이 많은 지금은, 굳이 미역국만 고집할 필요가 없으며 산모의 입맛을 잃지 않도록 해 주는 것이 더 중요하다.

② 미역은 상처를 빨리 아물게 한다?

과거 일부 해안가 지방에서는 외상이 생겼을 때, 젖은 미역 조각이나 마른 미역을 환부에 얹어 밴드처럼 활용했다. 현대에 그런 식으로 사용할 필요는 없지만, 아토피 질환의 상처에 미역을 붙여 주면 미역의 찬 성질로 인해 상처가 조금 덜 가려워지고, 또 상처의 회복에도 도움을 줄 수 있다.

52

알레르기인가? 피부가 건조하다 못해 따가운 날

무화과

'무화과'는 아주 오래전부터 인류와 함께한 과일로, 재배 역사는 기원전 3000년까지 거슬러 올라가며 클레오파트라가 좋아한 과일로 알려져 있다. 게다가 아담과 이브가 자신들의 중요 부위를 가릴 때 사용한 것도 무화과잎이라고 한다. 우리나라 남쪽 지방에서는 흔한 과실수이기에 생무화과도 먹었지만, 환경이 바뀌면서 요즘 아이들에게는 생소한 과일이 됐다. 잘 알 듯하면서 모르겠는 과일인 '무화과'는 언제 먹는 게 가장 좋을까? 가려운 피부, 건조한 피부 때문에 신경 쓰이는 날이 있다면, 이런 날에 '무화과'를 딱 추천한다.

찾기 힘든 무화과에 대한 기록, 그 이유는?

무화과의 역사는 오래됐으나, 조선시대까지 무화과는 쉽게 볼 수 있는 과일이 아니었다. 《동의보감》에서 "맛은 달고 음식을 잘 먹게 하며 설사를 멎게 한다."라고 무화과에 대해 짧게 기록한 바 있으나, 실제 처방에는 단 한 번도 활용되지 않았다. 조선 후기의 한의서인 《방약합편》 뿐 아니라 《조선왕조실록》이나 《승정원일기》에서도 무화과에 대한 기록을 일체 찾아볼 수 없고 말이다. 워낙 귀하기도 했지만, 꽃이 피지 않는 과일은 곧 '원인 없는 결과'를 뜻하므로 당시 사상으로서는 꺼림칙한 면이 있어 그런 것이 아닌가 싶다.

설사, 소화 불량, 영양 부족에는 무화과를!

실제 무화과는 설사를 비롯한 소화기질환을 예방하는 데 효과가 있다. 이는 무화과에 포함된 단백질 분해효소인 '피신' 때문이다. 피신은 육식 후 소화를 돕고 구충제의 작용도 한다. 또 다른 과일에 비해 식이섬유의 함유량도 높아 소화기의 연동운동을 촉진한다. 당분이 20% 정도 포함돼 있고, 사과산과 구연산과 같은 유기산도 풍부하기에 영양이 부족했던 때에 무화과를 먹으면 현대의 수액주사를 맞은 것처럼 기운이 났을 것이다.

항암 작용부터 피부 미용까지, 다방면으로 효과

사실 무화과의 효능은 소화기질환 예방에만 그치지 않는다. 그 외 항암 작용, 항염 작용, 콜레스테롤 감소, 혈압 강하, 피부 미용 등에 도움이 되므로 남녀노소 누구나 간식으로 즐기기에 좋은 과일이다.

'무화과'로 200% 채우기

① 무화과는 과일이 아닌 꽃?!

무화과는 꽃이 없는 것이 아니다. 우리가 먹는 것이 사실은 꽃인 것이다. 무화과의 안쪽이 꽃잎에 해당하고, 겉껍질이 꽃받침에 해당한다. 보통의 과일처럼 씨방에서 유래한 열매가 아니기에 이를 '헛열매'라고 한다. 그 외 꽃이 숨어 있다고 해서 '은화과(隱花果)'라고도 하고, 하늘의 신선이 먹는 과일이라고 하여 '천선과(天仙果)' 또는 '장생과(長生果)'로 불리기도 했다.

② 무화과를 많이 먹으면 입이 아프다?

무화과의 단백질 분해효소인 '피신'은 비교적 산도가 높은 효소라서 소화에 도움은 되지만, 많이 먹게 되면 입안이 조금 얼얼할 수도 있다. 더불어 무화과에는 '옥살산칼슘'이라는 것이 있는데, 이는 입안 점막에 아주 미세한 상처를 낼 수 있다. 과도하게 섭취하면 통증뿐 아니라 입안에 피가 날 수도 있는데, 그렇게까지 많이 먹기는 힘들겠지만 원래 입이 잘 헐고 잇몸이 들뜬 사람들은 적게 간식으로만 먹는 것이 좋다.

③ 무화과를 약으로 쓴 서양의 역사

무화과는 서양의 역사와 함께하는 과일이다 보니 약으로 쓴 일화가 많다. 폰투스의 그리스 왕인 미트리다테스는 그의 전담 의사에게 호흡기질환의 모든 해독제로 무화과를 약으로 사용할 것을 주문했다고 한다. 또 '성경'의 이사야 38장에도 무화과를 종기 치료제로 활용했다던 기록이 있다. 그 내용인즉슨, 유다 왕 히즈카야가 종기로 인해 사경을 헤매는 지경에 이르렀는데, 예언자 이사야가 사람들에게 '무화과로 고약을 만들어 임금님의 종기에 붙여 드리면 임금님이 사실 것'이라고 말했다는 것이다.

53

'확실히 나이 먹었구나' 한숨 쉬게 되는 날

토란

흙에서 나온 알이란 의미에서 이름 붙여진 '토란'은 특유의 미끄러운 식감과 향으로 호불호가 많이 갈린다. 추석 즈음에 많이 수확하기 때문에 추석의 대표적인 음식이기도 하며, 특이하게 전라도 지방에서는 가정에서도 토란탕을 끓여 제상에 올리는 흔한 음식인 반면 경상도 지방은 한 번도 본 적이 없다고 할 정도로 잘 안 먹는 음식이다. 정확한 이유는 알 수 없으나 토란 줄기, 소위 토란대는 또 즐겨 먹는다고 한다. 이렇듯 지역에 따라 그 대우가 천차만별인 토란이다. 이러한 토란은 과연 언제 먹어야 가장 좋을까? 요새 들어 나이 듦을 느끼고, 몸 이곳저곳이 예전만 못하다고 여겨지는 순간들이 있다. '토란'은 바로 이런 때에 딱이다.

동의보감 속 토란, "살과 피부를 든든하게"

토란은 오래된 식물로 한자로는 우자(芋子), 토지(土芝), 토련(土蓮) 등의 이명으로 불리는데, 《동의보감》에서는 토란에 대해 "맛이 매우며 독이 있다. 장위(소화기)를 잘 통하게 하고 살과 피부를 든든하게 하며 중초를 잘 통하게 하고 굳은 피를 헤치며 굳은살을 없앤다."라고 했다. 한의서에 무언가를 든든하게 하고 소화기를 잘 통하게 한다는 것은 영양적인 가치가 높다는 것을 의미하기 때문에, 예전에는 영양분을 보충하는 데 사용한 식재료임을 알 수 있다.

토란의 영양학적 가치를 높이는 성분, '뮤신'과 '갈락틴'!

과거 토란은 대부분이 탄수화물로 구성되어 구황작물로서 충분히 가치가 있었을 것이다. 그러나 단순 탄수화물 보충의 측면으로만 판단하면 현시점에서 토란의 영양적 가치는 떨어진다. 그러나 토란의 미끈거리는 점액질에 함유된 '뮤신'과 '갈락틴'이라는 성분은 현재 매우 좋은 건강 식재료로 토란의 영양적 가치를 높여 준다.

위장 보호를 넘어 노화 방지, 다이어트까지

장어에도 있고 마에도 많은 '뮤신'이라는 성분은 위벽이 위산으로 손상을 덜 입게 막아 주며, 단백질의 흡수를 돕는다. 또한, 장벽에서는 윤활제 역할을 하여 장 내부에 붙어있는 이물질이 잘 배설되도록 도와주는 효능을 가지고 있다. 뮤신은 체내에서 '글루크론산'을 만드는데, 이는 간장이나 신장을 튼튼히 해 주는 효능뿐 아니라 세포를 활성화하고 노화 방지에 도움을 준다. 이 외에도 뮤신은 탄수화물의 체내 흡수를 지연시키기 때문에 열량의 축적을 억제하는 효과가 있어 다이어트에도 좋다.

토란은 산후조리에도 좋다?

'갈락틴'이라는 성분은 사실 유즙 분비를 촉진하는 호르몬 성분이지만 면역력 증진과 세포 활성에도 많은 도움이 된다. 당연히 산후 모유 수유에 많은 도움이 되며 힘들었던 출산과정 회복에도 많은 도움이 된다.

'토란'으로 200% 채우기

맨손으로 토란을 만지거나 먹으면 큰일 난다?
토란은 천남성과의 식물이다. 대부분의 천남성과의 식물은 비교적 강한 독성을 지니고 있다. 물론 약으로 그 독성을 이용하는 경우도 있고, 현대의 한의사들도 이를 사용하지만 독 성분 대부분을 제거하는 가공을 한 이후에도 조심스럽게 다루고 있다. 토란은 이런 독성을 가지고 있어 점막과 피부를 자극하기에 맨손으로 토란을 다듬으면 심하게 가려워진다. 물론 가려운 정도는 별문제가 아닐 수 있다. 하지만 알레르기가 있거나 민감한 경우 입과 식도 등의 점막이 부어 심각한 상황에 이를 수 있으니 주의해야 하며, 맛을 본다고 절대로 생식해서는 안 된다. 본인이 그런 문제가 있는지 모른다 하더라도 심하게 반응할 사람이라면 국물 정도에도 반응이 오게 되므로, 토란을 처음 먹는다면 확인해 보고 먹는 것이 좋다.

여덟.

'무거움'을 덜어 주는 한 끼

54

문득 다이어트가 하고 싶은 날

두릅

나무순으로 잎나물과는 달리 두툼하고 아삭한 식감, 특유의 향기로 사랑받는 그 채소. 바로 '두릅'이다. 삶거나 찐 두릅에 초장을 푹 찍어 먹으면, 그 독특한 식감과 맛에 매료되곤 한다. 이러한 두릅은 맛뿐만 아니라 효능까지 좋은데, 특히나 체중을 줄이고 싶은 다이어터들에게 딱이다. '오늘부터 다이어트 시작이다!' 다짐한 그 날, '두릅'을 활용한 요리로 기운차게 출발해 보자.

봄철의 대표적인 식재료, 두릅

3월 말부터 5월경이 제철인 두릅은 가시 때문에 따기 힘들지만, 채취 경쟁이 심해서 자연산은 구하기도 힘든 봄철의 대표적인 식재료였다. 요즘에는 밭에서 재배도 많이 할뿐더러, 겨울철에 동남아 등지에서 순이 붙은 가지만 수입하여 비닐하우스에 그대로 세워 두고 재배하는 방법도 있기에 가격은 높지만 구하기는 쉬운 편이다.

단백질은 높게, 칼로리는 낮게!

여느 식물처럼 두릅도 칼로리가 낮다. 그러나 그 칼로리의 반을 단백질이 차지할 정도로 상대적으로 단백질 함량이 매우 높다. 이 외에도 두릅에는 베타카로틴과 비타민 A, 비타민 C, 아연, 엽산, 칼륨 등 다양한 비타민과 미네랄이 풍부하게 함유되어 있어 강장 식품으로도 훌륭하며 다이어트 음식으로도 안성맞춤이다.

암, 당뇨, 이상지질혈증에도 좋은 두릅

두릅은 인삼과 마찬가지로 '사포닌'을 함유하고 있다. 사포닌은 암을 유발하는 물질인 '나이트로사민'을 억제한다. 그리고 혈당과 혈중지질을 낮추므로 당뇨병과 이상지질혈증에도 좋다. 게다가 두릅에는 철분이 풍부해 모발 재생에도 효과가 있어 탈모에 좋다고 알려지기도 했다. 하지만 이에 대한 확실한 근거는 아직 없다.

두릅과 땅두릅은 다르다?

한의학에서는 우리가 알고 있는 두릅(참두릅)이 아닌 땅두릅(땃두릅)의 뿌리를 약재로 쓴다. 물론 땅두릅의 새순도 식용하기도 하지만, 두릅과 땅두릅은 엄연히 다른 식물이다. 땅두릅의 뿌리는 '독활'이라고 하는데, 과거부터 현재까지 꾸준히 이용해 오고 있는 약재로서 풍증(風證, 중풍을 의미하기도 하고 몸이 아프고 쑤시고 저리고 마비감이 있는 것 등을 의미한다)에 많이 이용한다.

'두릅'으로 200% 채우기

① 두릅, 독활, 엄나무의 효능을 혼돈하지 말자!

두릅, 독활, 엄나무는 사돈의 팔촌쯤으로 서로 친척이지만, 매우 다른 식물이다. 두릅은 새순을 식용으로 많이 사용했으나 약재로서의 효과는 기록된 바 없다. 반면 독활은 뿌리를 풍증(風證) 치료에 많이 이용했으며, 엄나무는 '해동피'라고 해서 껍질을 쓰는데 풍증과 습증이 동시에 있는 경우 이용했다. 이렇게 쓰이는 부위와 효능이 다른데, 여러 정보 채널에서는 서로 섞어 설명하곤 하므로 정확하게 짚고 혼동하여 사용하지 않아야 한다.

② 땃두릅은 하늘이 내린 삼, 천삼이라고?

한약재 독활의 기원 식물은 우리나라에서는 '땃두릅(땅두릅)'으로 규정하고 있으나, 일본과 중국에서는 '중치모당귀'로 규정하고 있다. 그런데 일부 업계 사람들이 땃두릅을 하늘이 내린 삼이라 하여 '천삼', '자인삼'이라 부르며 산삼과 비슷하다고 과대광고를 하곤 한다. 열매 모양이 인삼 열매와 유사하기 때문이지, 실제 그런 이름이나 학명이 있는 것이 아니다. 사실 독활이 좋은 약재인 건 맞지만 그렇게 드물지도, 또 구하기 어려운 약재도 아니며 재배도 쉬운 약재다. 비슷한 예로 '봉삼'이라는 것이 있는데, 이는 한약재로 사용하는 백선의 뿌리로 봉황을 닮은 삼이라고 하여 원래 가격의 100배 가격으로 판매된 적이 있다. 그러나 실상은 비교적 흔해서 가격이 높지도 않을뿐더러 독성이 있어 한의사의 처방 없이 함부로 섭취해서는 안 되는 약재다. 그저 '봉삼'이란 이름 덕에 비싸게 팔렸던 것이다.

55

날 잡고 등산 가는 날

오이

단맛은 덜해도 수분 보충에 있어서는 으뜸인 '오이'. 우리는 지금껏 오이가 채소류 중 하나라고 확신해 왔을 것이다. 하지만 오이는 채소가 아닌, 과일에 속한다. 오이는 한자 이름으로는 '호과(胡瓜)'라고 하여 수박(서과), 동아(동과), 참외(첨과) 등과 같이 기원이나 형태에 따른 박과류의 과실이다. 오이에 대한 정보를 바로잡았다면, 이 과일은 도대체 언제 먹어야 가장 좋을까? 모두가 예상했듯, 등산가는 날이다. 날 잡고 산을 오르려 하는 날, 이런 날에 '오이'가 딱이다.

오이는 약재보단 수분 섭취용으로!

한의학에서 오이는 '청열해독(淸熱解毒)', '이수(利水)' 두 가지의 효능으로 사용된다. 실제 약재로 사용되었다기보다는, 풍부한 수분으로 몸의 열을 내려 주고 노폐물을 배출해 주는 해독 효과를 기대할 때 섭취했던 것으로 보인다. 또한, 수분을 많이 섭취했으니 방광 등에도 유익한 작용을 하는 정도로 보았다.

동의보감 속 오이, "많이 먹으면 좋지 않아"

《동의보감》에서는 오이에 대해 "많이 먹으면 한기와 열기가 동하고 학질이 생긴다."라고 했다. 이는 오이가 다른 과일이나 채소에 비해 비타민이나 미네랄, 아미노산 등이 상대적으로 많이 부족해 오이만 많이 먹으면 몸이 부실해 질 수 있으므로 그 부분을 지적한 것으로 보인다.

등산할 때 오이를 추천하는 이유

오이의 95%는 대부분 수분으로 이루어졌다. 그냥 물과 다른 점은 수분 입자가 작으며 미네랄, 비타민 등이 함유되어 있다는 점이다. 그렇다 보니 체내에서 흡수가 훨씬 빠르며 대사도 빠르게 이루어진다. 마치 이온음료를 마시는 것과 같은 효과를 볼 수 있는 것이다. 그렇기에 등산과 같은 운동을 할 때 추천 간식으로 자주 등장한다.

오이 껍질, 버리지 마세요

오이의 또 다른 효능은 껍질 쪽에 많이 들어 있는 '이산화규소(실리카)'에 의한 것이다. 실리카는 화학적으로 합성하면 방부제의 역할을 해 섭취하지 않는 것이 좋다. 그러나 오이에 함유된 실리카는 세포조직을 유지하게 해 주는 물질로서 피부 방어조직을 튼튼하게 할 뿐 아니라, 체내 결합조직을 튼튼하게 하고 비타민과 미네랄 섭취를 잘할 수 있게 도움을 주기 때문에 탈모 방지, 근육 피로 회복, 관절 건강 등에도 도움이 된다.

'오이'로 200% 채우기

① 쓴 오이는 먹을까, 먹지 말까?

수박, 참외, 멜론, 호박 등 대부분의 박과 식물의 설익은 과육에 존재하는 '큐커바이타신'이 오이의 쓴맛을 유발하는 성분이다. 품종에 따라 차이가 있지만 발육이 불완전할 때 쓴맛이 나고, 익을수록 쓴맛이 줄어든다. 이런 이유로 설익은 오이의 꼭지와 끝 부근에서 쓴맛이 강하다. 그래서 요리 시 오이의 양쪽 꼭지 부분을 잘라내면 쓴맛을 제거할 수 있다. 큐커바이타신은 벌레나 초식동물에게 독성분인데, 사람에게도 세포 독성이 있어 식중독의 원인이 될 수 있으므로 쓴맛이 있다면 먹지 않을 것을 권한다.

② 껍질째 먹을 땐 돌기 제거 필수!

오이는 하우스 밀집 재배를 해서 사시사철 볼 수 있지만, 농약 사용량이 늘어나 오이에 잔류 농약이 있을 가능성이 높다. 이 때문에 오이는 항상 깨끗하게 씻어 먹어야 한다. 대부분 오이 표면 돌기 부분에 잔류 농약이 집중되므로 이 부분만 툭툭 제거하고 먹어도 잔류 농약을 많이 피할 수 있다. 이때 흡착력이 좋은 밀가루를 이용하여 세척하면 더 좋다.

56

헬스 PT 받는 날

가자미

'가자미구이', 생각만 해도 군침이 돈다. 가자미는 고급 생선으로 대접받는 경우도 있지만, 대체적으로 어획량이 많아 싼 데다가 영양가도 풍부해 서민의 밥상을 대표하는 생선 중 하나다. 우리나라 연안 어디에서나 잡히지만, 난류와 한류가 만나는 울산 앞바다에서 특히 많이 잡힌다. 산란기를 앞두고 살이 오르는 겨울이 제철이라 울산 항구와 포구는 겨울이 되면 가자미로 넘친다. 이런 가자미는 과연 언제 먹는 것이 좋을까? 바로 헬스장에 가 PT를 받는 날이다. 하루 정도는 단백질 쉐이크보다 정갈하게 차린 가자미 요리 한 상 딱 먹어 보는 게 어떨까?

가자미란?

가자미는 눈이 한쪽으로 몰려 있는 특유의 형상으로, 한자어로 '비목어(比目魚)' 또는 '접(鰈)'이라 했다. 또 《지봉유설》에는 광어(廣魚, 넙치) 및 설어(舌魚, 서대)를 '접류(鰈類)'라 했다. 여기서 서대, 광어와 같은 생선들도 보다 큰 분류인 가자미목에 속하는 생선으로 넙치류, 가자미류, 서대류 등을 모두 포함한다.

성욕을 올리는 가자미?

《동의보감》에 가자미를 이르길 "성질이 평(平)하고 맛이 달며 독이 없다. 허한 것을 보하고 기력을 세지게 한다. 많이 먹으면 기를 동하게 한다."라고 하여 약재보다는 음식으로 구분했다고 볼 수 있다. 여기서 주목해 볼 만한 것은 '기를 동하게 한다'는 부분인데, 이를 현대적으로 해석해 보면 '활력을 넘치게 한다'와 같은 의미겠지만, 동시에 '성욕을 올린다'는 의미로도 해석해 볼 수 있다.

운동 효과를 높이는 '아르기닌'이 가득

실제 가자미에는 '아르기닌'이라는 성분이 풍부한데, 이는 지금 영양제의 형태로도 많이 판매하고 있는 아미노산으로 상피세포, 뇌세포, 일산화질소 등을 만들 때 사용되는 영양소이다. 여기서 일산화질소는 혈관을 확장하는 작용이 있어서 협심증이나 고혈압 증상을 치료할 때도 쓰이며, 혈액 순환을 촉진해 운동 효과를 높여 준다. 더 나아가 더욱 높은 강도의 운동을 할 수 있도록 도와주기도 하고 말이다. 그런 이유로 근육 운동 보충제로 많이 알려져 있지만, 혈관확장, 혈액순환 촉진작용이 남성 건강에도 도움이 된다고 한다.

상처 치유, 연골 재생에도 효과

앞서 말한 성분들 외에 가자미의 많은 단백질 속에는 '프롤린'이라는 아미노산도 들어 있는데, 프롤린은 콜라겐 합성을 도와주는 성분으로 상처 치유를 돕고 연골의 재생에도 도움이 된다. 또한 가자미 간에는 시력 유지와 신체의 저항력을 강화하는 비타민 A가 다량 함유되어 있고, 살에는 비타민 B1, B2, D가 많이 포함되어 있어 전체 영양 구성을 보면 중·노년기에 매우 적합한 음식이라고 할 수 있다.

'가자미'로 200% 채우기

① 수입산 가자미는 국산보다 별로다?

가자미는 전 세계에서 잡히는 생선으로, 당연히 해외에서도 많은 양이 어획된다. 다만 해외에서는 인기 있는 생선이 아니라서 우리나라로 수출이 많이 된다. 이렇게 수입된 가자미는 가격이 저렴하게 측정되지만, 국산과 구분이 쉽지 않아 문제가 되기도 한다. 그러나 영양 성분상에는 큰 차이는 없다.

② '가자미식혜' 아니고 '가자미식해'!

'가자미식해'라 하면, 흔히 알고 있는 식혜에 가자미를 넣은 음식으로 생각할 수 있다. 하지만 정식 명칭은 '식혜'가 아니라 '식해'다. 식해(食醢)는 토막 낸 생선에 고춧가루, 무, 소금, 밥, 엿기름을 섞어 발효시킨 식품이다. 가자미 이외에도 양미리, 명태, 갈치 등을 넣은 식해도 있다. 주로 동해안 지방에서 많이 먹는데, 가자미식해는 원래 함경도 지방 쪽의 음식이라고 한다. 식해의 특이한 점은 열을 가하지 않고 발효한다는 점이다. 그렇기에 소화효소들이 분해되지 않고, 발효 과정에서 유산균주도 형성되어 소화기에 좋다.

57

운동하고 땀에 흠뻑 젖은 날

붕어

예전에는 집에서도 '붕어' 요리를 해 먹었지만, 요즘은 계곡이나 저수지 주변에 가서야 붕어를 요리하는 음식점을 볼 수 있다. 생존력이 강한 붕어는 전국 어디서나 쉽게 구할 수 있고 맛도 좋지만, 비린내와 흙냄새가 강해 웬만한 조리 실력으로는 맛을 살려 내기 어렵기 때문이다. 그런대로 맛을 낸다고 해도 뼈가 많아 발라 먹는 것도 귀찮기에 요즘 외식 문화와도 잘 맞지 않는 면이 있다. 이렇게 먹기 어려워진 붕어는 그렇다면 언제 먹어야 할까? 바로 땀에 흠뻑 젖을 만큼 열심히 운동한 날이다. 이런 날, '붕어'를 딱 추천한다.

운동선수들이 애용하는 붕어즙?

붕어의 조리하기 어려운 특성 때문인지, 붕어는 사실 요리보다는 '붕어즙'으로 대표되는 보양식으로 더 많이 알려져 있다. 이는 기본적으로 소화가 잘되게 하고 단백질, 철분, 칼슘 등이 풍부해 성장기 발육에 좋을 뿐더러 수술 후 회복, 산후 몸보신 등에도 활용된다. 또 많은 운동선수들이 애용(?)하는 것으로 유명하기도 하다.

동의보감 속 붕어, "훌륭한 영양 공급원"

《동의보감》에는 "붕어는 위기(胃氣)를 고르게 하고 오장을 보한다. 또한 중초를 고르게 하고 기를 내리며 이질을 낫게 한다. 순채(蓴)와 같이 국을 끓여서 먹으면 위가 약해서 소화가 잘 되지 않던 것이 낫게 된다." 라는 기록이 있다. 이는 붕어가 소화 기능 회복에 도움 되는 것을 말함과 동시에 영양이 부족했던 시절에 훌륭한 영양 공급원이었던 것을 의미한다. '붕어가 이질을 낫게 한다'는 것은 이질은 비위생적인 환경에서 생기는 세균 감염에 의한 설사를 의미하지만, 영양이 불균형하고 부족했던 시대에는 그 자체만으로 이질에 걸리기 쉬운 상태가 됐기 때문이다. 또한, 설사로 인해 충분한 영양 공급이 되지 않으면 잘 낫지 않아 영양이 풍부한 붕어가 이질을 낫게 했다는 의미기도 하다.

'붕어'로 200% 채우기

① 붕어즙 먹을 때 이것만은 주의하라!

붕어즙은 딱 두 가지 문제만 해결되면 좋은 건강식품이 될 수 있다. 첫째는 붕어의 비린내와 흙냄새가 달일수록 배가 되어 비위가 약한 사람은 헛구역질할 정도로 강한 향이 올라온다는 것이다. 이를 해결하기 위해 생강, 파 등의 강한 향신료부터 각종 한약재까지 즙을 만드는 곳마다 각양각색의 비법을 사용한다. 그러나 향신료가 너무 강하거나 약재 배합이 맞지 않는 경우, 약재가 체질에 맞지 않아 오히려 소화 기능을 저하할 수 있어 제조 과정을 알아보고 먹는 것이 좋다. 둘째는 원산지 확인은 필수라는 점이다. 붕어는 잡식성으로, 작은 갑각류부터 식물의 씨, 잎, 줄기 등 입에 들어갈 크기면 뭐든 먹기에 하천의 각종 부유물이 들어가 있을 수 있기 때문이다. 심지어 붕어는 공업용수 이하의 수질인 4급수에서도 아무 문제 없이 살 수 있다. 그렇기에 겉으로는 멀쩡해 보여도 속은 중금속 등에 오염됐을 수 있으니 어디서 잡았는지 꼭 확인해야 하겠다.

② 붕어회, 먹어도 되나?

붕어는 회로 먹기도 한다. 먹어 본 분들은 아주 맛있다고 하는데, 사실 복요리처럼 전문가가 해 주는 것이 아니면 도전하지 않는 것이 좋다. 《동의보감》에 "회를 쳐서 먹으면 오래된 적백이질이 낫는다."라는 기록이 있을 정도로 붕어회를 먹는 것은 오래된 음식 문화였다. 하지만 이는 상당히 위험할 수 있다. 깨끗한 곳에 사는 붕어라도 한 마리에 몇백 마리 정도의 간흡충이나 디스토마 등의 기생충은 가지고 있기 때문이다. 양식은 그나마 낫지만 붕어회에 도전하고 싶다면 기생충 약이라도 꼭 먹을 것을 권한다.

58

배고픈데 살찔까 봐 무서운 날

고구마

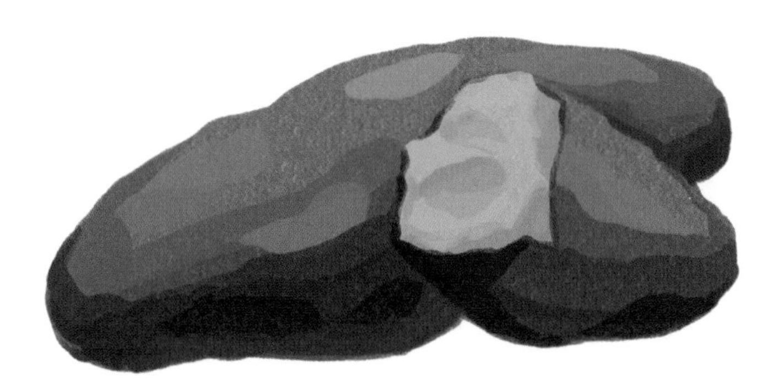

김이 모락모락 나는 '군고구마'의 달콤한 유혹을 뿌리치지 못했던 겨울밤의 기억 때문일까? 겨울철 작물로 많이들 알고 있는 고구마는 실제로는 8월부터 10월 사이에 수확하는 아열대 작물이다. 그러나 일부 계절의 기후가 맞아 우리나라에서도 흔히 재배된다. 이렇듯 언제 어디서나 쉽게 구할 수 있는 고구마다. 왠지 모르게 달콤한 무언가가 자꾸 당기지만, 다이어트 중이라 차마 입에 대지 못하는 경우가 꽤 있다. 이럴 때가 바로 고구마를 먹어야 할 때인 것을 알까? 배고픈데 살찔까 봐 무서운 날, 이런 날에 '고구마'가 딱이다.

고구마는 어떻게 들어오게 되었나

중국 문헌 중 하나인 《본초강목》에 고구마는 '단맛이 나는 덩이줄기'라는 의미인 '감저(甘藷)'로 기록되어 있으며, 중국의 남부 아열대 지방에서는 구황작물로 재배됐다. 우리나라에 들어온 시기는 조선시대 후기(18세기 후반)로 추정되며, 농업서나 의학서에 그 기록이 있다. 감자와 고구마 모두 남미에서 온 외래 작물로서, 이들이 나라에 들어왔을 당시 둘의 명칭이 명확히 나누어져 있지 않았다. 하지만 둘은 엄연히 다른 작물로서 구분되는 명칭이 필요했는데, '감저'라는 이름이 현재의 감자가 되었고, 일본어 '고귀위마'가 현재의 고구마가 됐다.

옛 문헌 속 고구마, "허함을 보하고 몸의 마름을 다스린다?"

《본초강목》에서는 "허한 것을 보하고 비위를 튼튼하게 하고 신장의 음을 보한다.", 《금서전습록》에서는 "설사병을 다스리고 과음으로 인한 체내의 비정상적인 습열 같은 노폐물을 없애고, 영양 부족으로 인한 어린아이의 몸이 마르는 증상을 다스린다."라고 고구마의 효능을 밝힌 바 있다. 하지만 이는 고구마가 구황작물로 이용될 만큼 탄수화물이 풍부한 식품이어서 먹을 것이 절대적으로 부족했던 근대 이전에는 먹을 수 있다는 것만으로 살이 찌고 몸이 건강해지는 것처럼 보였기 때문이지, 현대에 이를 그대로 적용할 수는 없다.

다이어터에게 좋은 고구마

고구마는 풍부한 식이섬유를 가지고 있어 장 건강에 도움이 된다. 게다가 단맛은 많지만 상대적으로 열량은 적고 그에 반해 포만감은 크게 느낄 수 있어 현대인들의 관심사인 다이어트에도 좋은 식품이다. 또한, 식사량 감소로 부족해지기 쉬운 비타민과 미네랄 등도 풍부하게 함유하고 있어 다이어트 중 신진대사가 무너지지 않도록 도움을 준다.

'고구마'로 200% 채우기

① 당뇨인은 군고구마, 찐 고구마 금물!

고구마는 분명히 단맛이 있지만, 생고구마 섭취는 당뇨 조절에 있어 비교적 안전하다. 이는 고구마의 당분량이 상대적으로 적기 때문인데, 핵심은 고구마를 조리해서는 안 된다는 것이다. 굽거나 찌게 되면 고구마 안의 탄수화물이 당화(맥아당)되기 때문에 급격한 혈당 증가를 초래한다.

② 고구마와 김치는 환상의 궁합?

고구마 크림에 익숙한 요즘 아이들에게는 생소할 수 있겠지만, 고구마와 김치를 같이 먹는 것은 신맛과 단맛의 환상적 조화뿐 아니라 건강 측면에서도 매우 좋은 궁합이다. 고구마에 많은 칼륨 성분이 김치의 나트륨 성분을 몸 밖으로 배출하는 작용을 하여 인체 항상성을 유지하는 데에 도움을 준다.

③ 고구마를 먹으면 황달, 부스럼이 나아진다?

한의서에 기록된 고구마의 피부 효능은 대부분 황달이나 부스럼 등과 관련 있다. 이는 영양적인 측면에서 도움이 되는 부분도 있고, 고구마의 전분이 천연 보호막을 형성하여 피부 질환으로 진행되는 것을 막아 주는 것으로 판단된다. 하지만 현대인은 그만큼 영양이 부족하지도 않고 상처를 보호할 다른 방안도 많으므로 지금 적용하기는 적합하지 않다.

59

기름진 음식 먹고 속이 메스꺼운 날

양파

서양에서 유래됐다 하여 이름 붙여진 '양(洋)파'. 지금은 국가에서 공급과 가격을 조절할 정도로 우리 삶에 필수적인 채소이지만, 서양의 수천 년 된 역사에 비하면 우리나라 재배의 역사는 그리 길지 못하다. 1900년대 초반에야 재배를 시작해서 전국적으로 보급되기 시작한 것은 6.25 전쟁 즈음이 된다고 하니, 상당히 짧은 편이다. 물론 그 이전에도 야생 양파는 있었을 것이고, 훨씬 이전부터 양파를 식용해 온 중국의 영향도 있었기 때문에 우리나라 고서에도 양파에 대한 기록은 나온다. 이렇듯 오랜 인류의 역사와 함께한 양파는 과연 언제 먹어야 가장 좋을까? 육류나 기름진 음식을 먹고 속이 유독 메스껍게 느껴지는 날이 있다. '양파'는 바로 이런 날에 딱이다.

관심 밖 채소였던 양파, 이제는 가장 대중적인 식재료로!

《동의보감》에 '자총(紫葱, 적양파)'이라 하여 적양파에 대한 기록이 있다. 또 숙종 때의 실학자 홍만선이 기술한 《산림경제》 제1권 4편 치포(治圃) 종자총(種紫葱, 자총이 심기)에도 양파에 대한 기록이 나오는데, 당시 양파는 크게 관심을 가지는 식재료가 아니었기에 맛과 효능에 대한 기술은 거의 없다. 하지만 이후 대중적인 식재료가 된 양파는 '중국인이 기름진 음식을 먹어도 괜찮은 것은 양파를 많이 먹기 때문이다', '간 해독작용을 한다', '탈모에 도움이 된다', '당뇨병에 도움이 된다', '항암 작용을 한다' 등 건강보조 효능에 대한 높은 기대감을 받으며 즙을 따로 챙겨 먹기도 하는 식품이 됐다.

콜레스테롤 수치를 감소시키는 양파 속 '퀘르세틴'

양파는 수분이 전체의 93%를 차지하지만 단백질, 탄수화물, 비타민 C, 칼슘, 인, 철 등의 영양소도 다량 함유되어 있다. 특히 양파의 대표적인 영양 성분인 '퀘르세틴'은 채소와 과일에 있는 천연 항산화물질로 지방과 콜레스테롤이 혈관에 축적되는 것을 억제하고 활성산소와 과산화지질로부터 세포가 공격당하는 것을 막아 주는 역할을 한다. 더불어 세포의 염증 및 상처를 회복하는 데에도 효과가 있다. 이 '퀘르세틴' 성분이 지방을 줄여 주고 콜레스테롤을 감소시키기 때문에 기름진 음식에 대한 이야기가 나오는 것이다. 더 나아가 혈액순환이 원활해지는 효능이 있다고 믿기에 성기능 강화, 탈모 완화 등에 대한 효능으로까지 번진 것으로 판단된다. 하지만 이런 부분은 아직 심화 연구되지 않은 부분이 많으므로, 맹신해서는 안 된다. 그렇기에 퀘르세틴을 따로 추출한 영양제나 식품 첨가물이 있지만, 미 FDA에서는 이 효능의 표시를 금지하고 있다.

'양파'로 200% 채우기

① 다이어트 중, 양파의 배신?

양파는 100g당 칼로리가 36kcal로, 채소 중에서는 비교적 칼로리가 높고 당분도 많은 편이다. 여기에 양파를 구워서 수분을 날리게 되면, 무게 당 칼로리는 더 높아지며 양파 속 '황화알릴' 등 일부 영양소가 열에 의해 분해되면서 설탕의 50배 정도의 단맛을 내는 '프로필메캅탄'이라는 성분으로 변한다. 이때 다른 당분도 몸에 흡수가 빨리 되는 과당으로 변한다. 따라서 다이어트 중이라면 양파보다는 다른 채소를 더 많이 섭취하고, 양파는 구워 먹지 않는 것이 좋겠다.

② 수술을 앞두었다면 양파는 피하라?

수술을 앞두고 있다면 대량의 양파를 복용하지 않는 것이 좋다. 지방과 콜레스테롤을 감소시키는 양파 성분이 혈액 내 지질 농도도 낮춰 혈액 응고 과정을 지연시키기 때문이다. 물론 음식으로 섭취하는 정도의 양이라면 문제가 없지만, 양파즙과 같이 보조식품 형태로 장기간 복용 중이라면 수술 전 1~2주 정도는 중단하는 것이 좋다.

60

답답한 변비! 쾌변이 고픈 날

귀리

수확량이 너무 적고 맛과 식감도 좋지 않아 우리나라에서는 관심받지 못했던 '귀리'. 이러한 귀리는 영미권에서는 대표적인 서민 음식이었다. 끈적한 질감의 귀리죽은 암울했던 시대상을 담은 해외영화의 급식 장면에서 자주 등장하며, 감옥에 수감되는 것을 의미하는 '콩밥을 먹다'는 영국에서는 '귀리죽을 먹다'로 표현한다. 그러나 지금의 귀리는 슈퍼 푸드에 종종 꼽힐 정도로 칼로리는 낮고 영양 성분은 풍부한 음식으로 각광받고 있다. 귀리의 영어명인 '오트', 그리고 귀리죽의 영어명인 '오트밀'이라는 명칭이 요즘 사람들에게는 더 익숙하게 와닿을 수 있겠다. 그렇다면 이런 귀리는 언제 먹어야 가장 좋을까? 화장실 가는 것이 고통인 분들이 있다. 바로 '변비'로 고생하는 분들이다. 시원한 쾌변이 고픈 날, 그런 날에 '귀리'를 딱 추천한다.

과거 잡초 취급을 받았던 귀리?

사실 우리나라에서도 고려시대 몽골의 침입 때 귀리가 전래된 것으로 알려져 있을 만큼, 귀리 재배의 역사는 매우 길다. 다만 척박했던 우리나라의 농경 환경상 수확량이 적었던 귀리는 잡초 취급을 받았다. 그렇기에 벼를 재배하기 힘들었던 강원도나 현재 북한 지역에 있었던 산골 지방에서 일부 키웠을 뿐이고, 이마저도 감자나 옥수수처럼 해당 지역에서 많은 수확량을 보이는 작물에 밀려 많이 재배되지는 않았다.

동의보감 속 귀리, "새들이 먹는 보리같이 생긴 곡식"

옛 한의학자들도 귀리에 많은 관심을 보이지 않았는데, 이는 귀리의 한자명이 '작맥(雀麥)', '연맥(燕麥)'인 것과 관련이 있다. 이는 참새(작)나 제비(연)가 먹는 보리같이 생긴 곡식이라는 뜻으로, 약재로는 거의 사용하지 않았다는 것이다. 《동의보감》도 귀리의 성미를 "성질은 평(平)하고 맛은 달며 독이 없다. 몸풀이(産)를 힘들게 하는 데 달여서 물을 마신다." 정도로 가볍게 서술한 정도이다. 앞부분의 내용은 그냥 곡식으로 사용할 수 있다는 뜻이고, 산후조리에 관련된 내용은 귀리에 풍부한 비타민 B9(엽산)에 관련된 내용으로 보인다. 엽산은 적혈구 생산을 촉진해 빈혈을 막는 데에도 도움이 되고, 호르몬 분비촉진 등 세포대사에서도 큰 역할을 한다. 물론 현대적으로 보면 이런 부분에 관련해서는 더 먹기 좋고 맛있는 음식들이 많이 있어 꼭 귀리를 찾아 먹을 필요는 없어 보인다.

최고의 다이어트 식품, 귀리!

귀리는 그러나 모두의 관심사인 다이어트에서 우월한 자리를 차지하고 있다. 일반적으로 다이어트 식단에서는 탄수화물 섭취를 제한하는데, 주성분의 70%가 탄수화물인 고탄수화물 식품인 귀리를 다이어트 식품이라 하는 이유는 바로 '포만감'에 있다. 귀리에 함유된 글루텐이 물을 흡수하고 부피를 키워 소화를 더디게 하기 때문이다. 더불어 거친 식감만큼 많은 섬유질은 배변 활동에 긍정적인 영향을 주어 탄수화물을 제한했을 때 발생하기 쉬운 변비를 예방하는 데 큰 도움이 된다. 당연히 이런 기본 효능으로 귀리를 섭취하면 콜레스테롤 수치는 감소하고 당뇨병과 같은 성인병의 위험을 줄일 수 있다.

'귀리'로 200% 채우기

① 귀리에 알레르기 반응을 보이는 사람이 있다?

귀리는 포만감을 주는 글루텐이 풍부한 곡식으로, 글루텐 알레르기가 있는 사람은 이를 피하는 것이 좋다. 또한, 한 번에 많은 양을 섭취하면 소화가 금방 되지 않아 복부팽만감이 오래 지속된다는 부작용이 있다.

② 귀리는 임산부에게 안 좋은 음식?

일설에 '임신부는 유산 위험이 있어 귀리를 먹지 않는 것이 좋다'라는 말이 있는데, '산후조리에 좋다=자궁수축 작용이 있다' 정도로 이해할 수는 있지만, 곡물로 이런 작용을 유발하는 것은 현실성이 없다.

61

내 몸 구석구석 디톡스하고 싶은 날

미나리

특유의 향 때문에 호불호가 갈리지만, 그 향이 깔끔하고 시원한 맛을 더해 주므로 국이나 탕에 자주 사용되는 채소가 있으니, 바로 '미나리'다. 미나리는 생으로 쌈을 싸 먹기도 하고 나물로 먹는 것은 물론이거니와 미나리 특유의 탄성 있는 줄기는 '식용 밧줄'로서 한식에 자주 등장하기도 한다. 조선 궁중 요리 중 데친 미나리로 소고기나 달걀지단을 돌돌 말아서 만든 '미나리강회'라는 음식이 있기도 하고 말이다. 이런 독특한 매력이 있는 미나리는 과연 언제 먹어야 가장 좋을까? 먼지 쌓인 내 집 구석구석을 청소하듯, 내 몸을 깨끗이 청소하고 싶은 날이 있을 것이다. 온몸 디톡스가 필요한 날, 이런 날에 '미나리'가 딱이다.

지금은 보기 어려운 물 정화소 '미나리꽝'

지금은 그 모습을 보기가 어려워졌지만, 미나리는 원래 습지에서 쉽게 자라는데, 그곳을 '미나리꽝'이라고 불렀다. 과거 습지나 침수가 잦았던 곳에는 어김없이 미나리꽝이 있었고, 이 외에도 도시 주변 습지에서 미나리꽝을 쉽게 볼 수 있었다. 사실, 더 이상 미나리꽝을 쉽게 볼 수 없게 된 것은 미나리의 오염 정화 특성도 한 원인이다. 미나리는 벌레와 질병에 저항력이 강하고 생명력이 끈질기며 물을 정화할 수 있기에, 전근대에 미나리꽝은 지금의 하수처리장 같은 역할을 했다. 사람들의 위생 개념이 높아지고 미나리의 중금속 흡수 등의 이슈가 있자, 미나리는 점차 도시 주변에서 멀어진 청정한 곳에서 재배하게 된 것이다.

몸속 나쁜 것들은 내가 쫓아낸다!

식용 밧줄로 사용될 만큼 단단한 식이섬유를 함유하고 있는 미나리는 우리 장에 있는 중금속과 노폐물도 흡수해서 배출하는데, 이는 하수처리장 역할을 했던 미나리의 특징과 일맥상통한다. 또한, 습지에서 자라는 밭작물의 특성상 풍부한 미네랄과 비타민 A, B, C도 많이 함유해 몸에 염증이 생겼을 때나 술을 마시고 몸이 힘들 때 회복에 도움이 된다. 과거 한의서에도 미나리는 청열해독(清熱解毒) 작용이 강하다고 했으며 성질이 차다고 했는데, 미나리의 이런 특성이 반영된 것으로 보인다. 또한, 미나리에는 항산화 성분인 '퀘르세틴'이 풍부해서 혈액 속에 쌓여 있는 활성산소도 제거해 주고 콜레스테롤 감소에도 도움이 되니 몸에서 무언가 나쁜 것을 몰아내고 싶다면 미나리를 추천한다.

미나리는 숨겨진 각성제?

미나리의 효능 중 잘 알려지지 않은 것은 '각성 작용'이다. 미나리는 혈관을 청소해 혈액순환을 원활히 할 뿐 아니라 미나리의 향을 만들어 내는 정유 성분이 신체에 보온과 발한 작용을 해 주기 때문에 몸을 적당히 흥분하게 한다. 미나리의 사촌격인 '고수', '향채' 등도 같은 효능이 있다.

'미나리'로 200% 채우기

① 복요리에 미나리가 함께인 이유

복요리를 먹게 되면 회든 탕이든 미나리를 꼭 넣거나 같이 먹는다. 이는 맛도 맛이지만 미나리의 뛰어난 해독 능력이 복어 독도 제거할 것이라는 믿음도 없지 않기 때문이다. 실제 《동의보감》 복어 부분에 "미나리와 같이 끓이면 독이 없어진다."라는 기록도 있고 말이다. 그러나 미나리가 복어 독을 모두 해독할 수는 없다. 《동의보감》에서는 해당 내용의 출전을 '속방(俗方)'이라고 했는데, 속방은 민간에서 전해는 내용으로서 한마디로 '떠도는 소문'을 의미한다.

② 소음인은 미나리를 먹으면 안 좋다?

미나리는 성질이 찬 음식으로, 보통 찬 음식은 소화 능력이 떨어지고 속이 냉한 소음인들에게 추천하지 않는 음식이다. 그러나 이는 소음인이 미나리에 대한 역치가 상대적으로 낮고 예민하기 때문이기에 미나리를 먹을 때 데쳐 먹는 등의 주의를 하면 된다.

몸에 적신호가 온 나를 위한

아홉.

'갑갑함'을 해소하는 한 끼

62

얼굴이 누렇게 뜬 날

순무

무와 비슷하게 생겼지만 알고 보면 배추에 더 가까운 '순무'. 무에 비해 조금 더 단 경향이 있지만, 수분감이 부족해 더 딱딱하고 식감이 거칠다. 서양에서는 오래전부터 주식인 빵에 곁들여 먹는 반찬과 같은 채소였다. '꽁보리밥에 간장국'처럼 '호밀빵에 순무 수프'는 먹을 것이 없던 시절을 반영한다. 세계대전 중 독일에서 먹을 것이 없어 순무 빵, 순무 커틀릿, 순무 스프 등 순무만으로 음식을 대신했다는 '순무의 겨울 일화'는 유명하다. 중국 삼국시대의 제갈량과 러시아의 전쟁사 등에도 이러한 '순무 일화'가 종종 등장하는데, 이는 순무가 워낙 척박한 곳에서도 잘 자라는 데다가 짧은 재배기간에 비해 생산량이 많은 작물이기 때문이지, 맛이나 영양분이 떨어져서가 절대 아니다. 우리나라에서 대중적이지 않은 이유는 아마도 익숙하게 즐기는 맛이 아니기 때문일까 싶다. 그렇다면 순무는 과연 어떨 때 먹어야 효과적일까? 바로 얼굴이 누렇게 뜬 날이다. 이런 날에 '순무'를 딱 먹어 보기를.

동의보감 속 순무, "이롭기만 하고 해로운 건 없어"

우리나라에서도 순무의 재배 역사는 길다. 《동의보감》에 "성질이 따뜻하고 맛이 달며 독이 없다. 5장을 좋아지게 하고 음식을 소화시키며 기를 내리고 황달을 치료한다. 몸을 가벼워지게 하고 기를 도와준다."라고 효능이 서술되어 있다. 동시에 "흉년에는 식량을 대신 할 수 있다. 채소 가운데서 제일 좋은 것이다. 늘 먹으면 살이 찌고 건강해진다. 여러 가지 채소 가운데서 이롭기만 하고 해로운 것이 없는 것이 이것이다. 늘 먹으면 참으로 좋다."라는 서술이 있을 정도로 매우 이롭고 좋은 채소로 보았다.

소화를 돕고 포만감을 주는 채소

조선 시대에 '살이 찌고 건강해진다'는 기록은 최고의 찬사로 볼 수 있으며, 이는 순무에 많이 함유되어 있는 '디아스티아제' 때문으로 보인다. 조선 시대에는 탄수화물을 한 번에 아주 많이 섭취했기 때문에 이런 소화 효과가 있는 음식을 곁들여 먹으면 같은 양을 먹어도 흡수가 훨씬 잘 되었을 것이다. 더불어 식감을 떨어뜨리는 요소가 되기는 하지만, 순무에는 식이섬유가 아주 풍부해 포만감도 오래 유지하기에 순무를 곁들여 먹고 나면 생각보다 긴 시간 든든했을 것이다.

피부 건강부터 항암 작용까지! 다방면으로 좋은 식재료

순무는 비타민 A, B1, B2, C 뿐 아니라 칼슘, 철분 등의 미네랄도 잎이나 뿌리에 가릴 것 없이 풍부하게 함유하고 있다. 그렇기에 면역력 증가,

피부 건강 유지, 빈혈 예방, 변비 예방 등 여러 가지 면에서 참 좋은 식재료다. 또 순무는 '글루코시놀레이트'를 함유하고 있는데, 이는 아주 강한 항암 효과가 있다.

'순무'로 200% 채우기

① 순무 씨만의 효능?

순무의 씨를 '만정자'라 하는데, 《동의보감》에 이에 대해 "성질이 따뜻하다. 기를 내리고 눈을 밝게 하며 황달을 치료한다. 또한 오줌을 잘 나가게 한다. 쪄서 햇볕에 말려 쓴다. 늘 먹으면 오랫동안 살 수 있다."라고 기록돼 있다. 실제 순무의 씨앗에도 본문에 서술한 소화에 관련된 성분이 들어 있어 소화 기능을 원활하게 하고 기의 순환도 원활하게 하지만, 굳이 찾아 먹어야 할 정도는 아니다. 특히 탈모에 관련된 정보 글을 종종 볼 수 있는데, 사실 모든 식물의 종자에는 비슷한 효능이 있다.

② 순무를 많이 먹는다면?

순무의 부작용이라면, 식이섬유가 너무 많다는 것을 들 수 있다. 사람은 식이섬유를 잘 소화하지 못하므로 순무 김치가 맛있다고 너무 많이 먹는다면 오히려 배가 더부룩해지고 탈이 날 수 있다.

63

몸과 마음이 꽉 막힌 듯 답답한 날

고추

우리 음식에서 고추, 고춧가루, 고추장이 들어간 것들을 제외하면 한국만의 음식인 소울 푸드라 할 수 있는 것 중 절반 이상이 없어질 정도로 '고추'는 우리 음식 문화에 큰 특징을 만들어 낸 주역이다. 가장 대표적인 반찬으로 손꼽히는 '김치'만 해도 그렇다. 이렇듯 한국인의 '매운맛' 하면 가장 먼저 떠오르는 식재료인 고추. 이러한 고추는 언제 먹어야 가장 좋을까? 유독 매운맛이 당길 때가 있다. 몸과 마음이 꽉 막힌 듯 답답한 날, 이런 날에 '고추'가 딱이다.

고추의 역사, 바로잡자!

임진왜란 때 일본인에 의해 고추가 전래됐다고 알려져 있는데, 이는 한 학자의 주장일 뿐 그 근거가 빈약하다. 최근 한국식품연구원은 임진왜란보다 수백 년 전부터 고추가 존재했다는 문헌을 발견했다. 한의학에서는 고추를 '초(椒)'라 하는데, 임진왜란이 일어나기 100여 년 전의 문헌인 《구급간이방》에는 한자 초(椒)에 한글로 '고쵸'라고 기록되어 있었다. 그 외 임진왜란 750년 전 발간된, 음식으로서 병을 치료하는 방법을 담은 고서《식의심감》, 그리고 세종 시절 발간된 《향약집성방》, 세조 시절 발간된 《식료찬요》 등에 '고추장(椒醬)'이라는 표현이 담겨 있었음을 말할 수 있다.

독이 곧 약이 되는 고추 속 '캡사이신'

고추의 핵심 효능은 '캡사이신'에서 비롯된다. 이는 원래 식물의 입장에서 자가 방어를 위한 독성 물질에 가까운 것이지만, 사람에게는 그 부분을 활용하여 큰 이득을 얻을 수 있는 물질이기도 하다. 즉, 독이 약이 되는 부분이라고 할 수 있다. 일단 항균·살균 작용으로 인해 음식의 부패도 지연시키지만, 사람 몸에서는 항암 작용을 할 수 있다는 사실이 확인되었다. 또한 폐암에 있어서는 암의 전이를 차단하는 효과도 확인됐고 말이다.

다이어터라면, 고추를 먹어라!

고추는 혈액순환, 다이어트에도 효과가 있다고 밝혀진 상태다. 작용

기전은 캡사이신이 몸에 들어오면 그 매운맛에 대응하기 위해 혈류 흐름이 빨라지고 신진대사를 원활하게 하는 아드레날린 호르몬이 더 많이 분비된다는 것이다. 이에 전체적으로 노폐물의 배출도 빨라지고 열량 소모가 늘어나는 것이다. 또한, 캡사이신 자체는 분해가 잘되지 않기 때문에 포만감을 주는 효과도 있다.

고추장에도 고추의 효능이 담겼을까?

고추장은 고추의 효능을 그대로 담고 있으면서도 발효 음식이기에 각종 효소가 풍부하게 함유되어 있다. 이 효소들이 소화 작용을 도와주기 때문에 캡사이신을 분해해 포만감을 줄인다. 또한, 전분이나 단백질 등의 분해도 촉진하므로 육류, 탄수화물 음식과 찰떡궁합이 될 수 있다.

'고추'로 200% 채우기

① 캡사이신은 독이다?

캡사이신은 기본적으로 아주 이로운 물질이라기보다 우리 몸을 자극하여 자체 방어 기능을 더 훌륭하게 수행하도록 만드는 물질이다. 따라서 일정 이상 섭취를 하면 우리 몸에 독으로 작용할 수 있다. 위염이나 위궤양 등의 소화기질환을 물론 특정 사람들에게는 알레르기 유발 물질이 될 수도 있기에 스트레스를 해소한다는 이유로 너무 많이 먹지 않는 것이 좋다.

② 고추도 많이 먹으면 중독된다?

'너무 많이 먹으면 위험하다'는 것과 일맥상통한 부분인데, 우리 몸의 방어 기능은 일정 수준 이상 넘어가면 더 이상 작동하지 않는 것이 아니라 엔돌핀과 같은 기분을 좋게 하는 물질(뇌 내 마약)을 분비하면서 통증을 잊게 한다. 이 때문에 매운 음식을 먹으면 스트레스가 감소한다는 것이지만, 다른 면에서는 엔돌핀 분비에 중독이 돼 더 자주 더 매운 음식을 찾게 될 수 있다. 소위 말하는 '매운맛 중독'이란 이런 것이다.

64

눈앞이 어질어질한 날

다슬기

폭염과 장마로 불쾌지수는 높지만 산과 바다, 계곡으로 떠나는 여름 휴가철. 휴가에 들뜬 마음은 자연스럽게 과음으로 이어지는 경우가 많아 휴가철에 해장 음식의 매출도 30~40%씩 늘어난다고 한다. 이때 해장 음식으로 빠지지 않는 것 중 하나가 '다슬기'다. 숙취 해소에도 좋지만, 다슬기가 '빈혈'에도 효과적이라는 사실은 많이들 모를 것이다. 갑자기 눈앞이 어질어질한 날, 이런 날에 '다슬기'를 딱 섭취해 보길 권한다.

다슬기의 다양한 이름

고둥, 고디, 골배이, 대사리, 대수리, 꼴팽이, 올뱅이, 올갱이… 이 모든 게 바로 '다슬기'를 가리키는 말이다. 다슬기는 워낙 흔해 이명이 많은데, 경남에서는 '고둥', 경북에서는 '고디', '골배이', 전라도에서는 '대사리', '대수리', 강원도에서는 '꼴팽이', 그리고 평소 해산물을 접할 기회가 상대적으로 없었던 충청도에서는 '올뱅이', '올갱이' 등으로 불렸다. 이 중 생산량이 많아 지역 특화 상품으로 발전한 '올갱이'를 다슬기와 다른 것으로 알고 있는 분들도 있지만, 그냥 이명일 뿐이다.

다슬기의 기록이 많지 않은 이유?

다슬기는 흔하고, 또 역사가 오래된 것에 비해 문헌 기록이 많지 않다. 다슬기를 먹어 봤다면 알겠지만, 까는 것은 남이 해 준다고 하더라도 먹다 보면 뱉어야 하는 이물질이 있다. 그러니 양반이나 문헌에 기록을 남길 만한 계층에게는 점잖게 먹을 음식이 아니었기 때문으로 추정된다. 여러 정보 글에서 《동의보감》이나 《본초강목》 등의 한의서를 인용해 다슬기의 효능을 설명하는데, 이는 한자명 해석의 오류로 논우렁이(田螺)나 달팽이(緣桑螺) 등을 다슬기로 오인한 것이다.

옛 문헌 속 다슬기, "간과 쓸개에 좋은 음식"

다슬기에 대한 기록은 1980년대 후반 현대의 본초서인 《산약본초》에 "간과 쓸개를 구성하는 청색소가 부족할 때 간담도질환이 발생하는데, 그 청색소가 다슬기에 있다."라는 정도이다. 이 기록은 한의학적 이론인 오장(五臟)과 오색(五色)배합의 형식으로 적혀 있지만, 영양학적으로도 증명되고 있다.

콜레스테롤·혈당 조절에 효과적인 다슬기 속 '피트산'

다슬기는 물이끼를 먹고 살기에 엽록소라고 볼 수 있는 '피트산'을 함유하고 있다. 피트산은 식물 종자와 견과류에서 주로 발견되는 피토케미컬의 일종으로, 간의 콜레스테롤 농축과 지방산 합성효소를 줄여 주고, 암세포의 분화와 세포증식을 낮추는 역할을 한다. 또한, 위의 공복감을 줄이고 전분 소화를 느리게 하여 혈당을 내려 준다. 피트산의 효과가 아니라도 다슬기는 철분을 비롯한 풍부한 미네랄로 빈혈에 효과적이며, 필수아미노산인 '라이신'이 풍부해 면역력을 높인다. 또한, '저지방 고단백'이므로 다이어터나 성장기의 아이들에게 추천할 만한 음식이다.

'다슬기'로 200% 채우기

① 다슬기 해감은 필수

다슬기의 주 먹이는 물이끼다. 다슬기는 이러한 물이끼가 없을 정도로 깨끗한 물에서는 살지 않기에 꼭 해감해야 한다. 민물에서 살기 때문에 조개처럼 오랜 시간 해감할 필요는 없지만, 어느 정도 시간이 지나야 모래나 이물질들을 충분히 배출한다. 또한, 폐흡충의 중간 숙주이며 각종 기생충이나 거머리가 붙어 있을 수 있으므로 반드시 충분히 삶은 후에 먹거나 요리 재료로 이용해야 한다.

② 다슬기 채취할 때 반드시 조심!

다슬기가 많이 보인다는 것은 바위나 자갈에 물이끼가 많다는 것과 같다. 그만큼 미끄럽기에 주의하지 않는다면 크게 다칠 위험이 있다. 특히나 물이 적당히 맑을 경우 실제보다 얕아 보일 수 있어 더욱 각별한 주의가 요구된다. 이러한 이유로 안전안내문자 등으로 다슬기 채취에 주의하라는 경고를 보내는 것이다. 일부 지역에서는 다슬기 채취 금지구역을 자체적으로 지정해 놓기도 하고 말이다.

65

눈이 파르르 떨리는 날

바지락

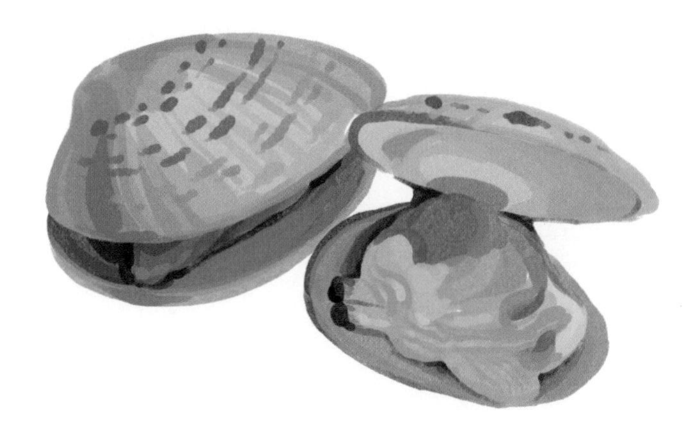

귀하고 비싼 조개도 많지만 '조개' 하면 가장 먼저 떠오르는 것은 바로 '바지락'이다. 크기는 작아도 우리나라 어디에서나 자라며, 성장과 번식이 빠르고 이동도 거의 하지 않아 양식이 쉽다. 그렇기에 독이 있는 산란기(여름철)를 제외하고는 언제든 시장에서 저렴한 가격으로 접할 수 있다. 살이 통통하게 오른 봄 바지락은 봄철 피로를 이겨내는 데 그만인 음식이다. 하지만 너무 흔한 나머지 건강을 위해 바지락을 찾기보다는 시원한 국물, 쫄깃하고 단 속살을 즐기기 위해 많이 먹는다. 하지만 바지락은 《동의보감》 약재 편에 수록된 11종의 조개 중 하나로 상당한 효능을 가지고 있다. 특히 누적된 피로로 눈앞이 어지럽거나 눈꺼풀이 파르르 떨리는 날이 있다면, 이런 날에 '바지락'이 딱이다.

피로 날리는 종합 미네랄제 '바지락'

바지락은 갯벌 생물인 만큼 풍부한 미네랄을 함유하고 있는데, 특히 필수 미네랄인 '철분'이 풍부하다. 또한, 혈액 내 헤모글로빈이 합성되는 것을 돕는 비타민 B12와 조혈작용을 돕는 코발트도 풍부해서 빈혈도 예방하고, 폐경기 여성과 성장기 어린이에게 아주 좋은 음식이다. 또 바지락은 아연도 풍부한데, 아연은 바이러스로부터 우리 몸을 지키는 면역세포인 '백혈구' 생성을 도와 정상적인 면역 기능이 유지될 수 있도록 한다. 더불어 정자 생성과 운동력에도 관여하기에 고민이 많은 남성에게도 도움이 될 수 있다. 그 외에도 근육 경력을 막아 눈 떨림 등을 막아 주는 마그네슘이나 뼈 건강에 도움 되는 칼슘, 인, 구리 등도 풍부하여 '종합 미네랄제'라고 할 수 있을 정도다.

동의보감 속 바지락, "껍질을 빼고 논할 수 없다?"

사실 바지락의 풍부한 미네랄은 대부분 껍질에 있다. 바지락의 작은 크기 때문에 껍질째 국물을 내거나 전체적으로 찐 후 속살을 발라내는 요리법이 많아 미네랄이 풍부한 것이지, 껍질을 배제하는 요리로는 원하는 미네랄을 충분히 섭취하기 어렵다. 《동의보감》에서도 "껍데기를 태워 가루 낸 것은 성질이 따뜻한데 음창(陰瘡), 이질, 반위(反胃), 구토 등을 치료하고 가슴에 생긴 담수(痰水)를 없앤다."라고 하여 껍데기를 약재로 이용한 것이 언급되어 있다. 과거 패류를 약재로 사용하는 경우 대부분 껍데기를 사용한 것이라고 할 수 있다.

'바지락'으로 200% 채우기

바지락에는 오염물질이 축적되어 있다?
바지락은 대표적인 갯벌 정화 생물이다. 한 개의 바지락이 2시간에 1L의 바닷물을 정화할 정도로 갯벌의 유기물 정화 능력이 뛰어나다. 이 뛰어난 능력 때문에 바지락뿐 아니라 많은 조개류가 오염 물질이 축적되어 있다고 오해받고 있는데, 사람에게나 오염물질이지 바지락에게는 먹이일 뿐이다. 식물에 퇴비를 주는 것과 같은 이치다. 물론 바지락이 해소할 수 없는 중금속도 있지만, 우리 식탁에 오르는 것은 해양수산부에서 안전성 조사를 마친 것인 데다가 해감 과정에서도 충분히 배출되므로 걱정할 필요가 없다.

66

물을 마셔도 입안이 바싹바싹 마르는 날

매실

맛집 비법으로 자주 등장하는 '매실(청)'은 거의 3000년 전부터 건강 식품, 또는 약으로서 활용되고 있다. 원산지인 중국에서 삼국시대 때 한반도에 전해져 고려시대부터 약재로 쓰인 것으로 보인다. 유교 문화에서는 절개의 상징인 사군자(四君子)의 하나로 사랑받았으며, 우리나라에서 다시 일본으로 전해져 대표적인 일본 서민 음식인 '우메보시'가 탄생했다. 이렇듯 동양의 오랜 역사와 함께하는 매실은 과연 언제 먹어야 가장 좋을까? 왜 그런지 모르겠지만, 물을 마셔도 입안이 바싹바싹 마르는 날이 종종 있다. 이런 날에 '매실'을 딱 추천한다.

동의보감 속 매실, "구토, 갈증, 술독 등을 풀어"

우리는 매실을 청색의 열매로 알고 있지만, 따지 않고 그대로 두면 황색의 매실(황매)이 된다. 약재로 사용할 때는 불에 구워 말린 검은색의 매실(오매)을 사용하고, 소금에 절여 약간 탈색된 매실(백매)을 사용하기도 한다. 약재로 사용하는 오매는 《동의보감》에는 "성질은 따뜻하고 맛이 시며 독이 없다. 담을 삭이며 구토와 갈증, 이질 등을 멎게 하고 노열(勞熱)과 골증(骨蒸)을 치료하며 술독을 풀어 준다. 또한, 상한 및 곽란 때에 갈증이 나는 것을 치료하며 검은 사마귀를 없애고 입이 마르며 침을 잘 뱉는 것을 낫게 한다."라고 기록되어 있다.

매실 신맛의 수렴 작용, 영양의 과도한 배출을 막아

매실의 효능은 크게 두 가지로 집중되는데 신체를 과도하게 사용해 생긴 부족 상태를 해결하는 것, 그리고 소화기질환에 적용하는 것이다. 이 효능은 모두 매실의 신맛을 이용한 것으로, 한의학적으로 신맛은 수렴(收斂) 작용이 있다. '수렴'이란 기운을 거두는 것으로 질환 또는 과도한 노동으로 인해 몸 안에 기운과 영양물질 등이 절제 없이 배출되는 것을 막아 주는 것을 의미한다. 보통 매실을 먹으면 소화가 잘되는 정도로만 알고 있지만, 이 수렴 작용으로 인해 훨씬 더 많은 효능을 가지고 있는 것이다.

매실 속 '유기산', 소화제를 넘어 피로 회복까지!

매실에는 유기산이 풍부하게 함유되어 있다. 매실의 유기산에는 구연산, 사과산, 호박산, 주석산 등이 있는데, 이들은 신맛을 가짐과 동시에 신진대사 활성 효과를 지닌다. 보통 신맛을 떠올리는 것만으로도 침이 흐르게 되는데, 침이 흐르는 것은 몸이 그만큼 소화할 준비가 됐다는 뜻이다. 신진대사가 활성화되면 소화, 흡수도 더 잘 일어나게 되며 피로물질과 노폐물의 배출도 원활해지기 때문에 피부, 혈관도 더 깨끗해지고 피로도 잘 회복된다. 더불어 유기산은 항균, 항염증, 항알레르기, 항암 등의 효과를 가지고 있으므로 꼭 매실이 아니더라도 현대인은 자주 섭취하면 좋다.

'매실'로 200% 채우기

매실 속의 독을 조심하라?

우리는 청매실을 많이 이용하는데, 여기에는 '아미그달린'이라고 하는 독성 물질이 있다. 이 성분은 과일의 씨앗에서 주로 볼 수 있으며, 소화액을 만나면 독성을 띤다. 아주 약한 아미그달린을 약으로 사용하는 경우도 있지만, 소량에서는 복통, 구토, 설사 정도의 증상이, 고용량에서는 중추신경계 이상과 함께 마비 증상이 생길 수 있고 심지어 사망에까지 이를 수 있는 강한 독이다. 참고로 매실청 속 아미그달린의 최고 농도는 1개월째일 때다. 그리고 이는 3개월쯤 되었을 때부터 줄어들기 시작하여 대략 1년이 지나면 안심할 수 있는 정도가 된다. 그렇기에 매실청을 먹게 될 경우에는 올해가 아닌 지난해에 담근 것을 섭취할 것을 권유한다.

67

시원하게 소변 누고 싶은 날

옥수수

주식으로 먹기보다는 구황작물이나 간식으로 섭취되곤 하는 '옥수수'. 하지만 옥수수가 없다면 현대 우리의 식탁은 성립되지 않을 정도로 옥수수는 중요한 위치를 차지한다. 세계 곡물 생산량 1위를 자랑할 뿐만 아니라, 옥수수가 없다면 가축 재배가 거의 불가능할 정도로 사료로서의 그 중요성도 상당하다. 또한 양조나 제과 재료에 사용하는 녹말, 전분의 원료로도 가장 많이 쓰이며, 감미료인 포도당이나 이성화당뿐 아니라 어묵, 햄, 소시지, 소스 등 안 쓰이는 부분이 없기 때문이다. 심지어 옥수수가 없다면 콜라 같은 청량음도도 없을 것이다. 이렇듯 우리 삶에 있어 아주 큰 비중을 차지하는 '옥수수'다. 이러한 옥수수는 과연 언제 먹어야 좋을까? 바로 시원하게 소변을 누고 싶은 날, 이런 날에 딱 추천한다.

옥수수에 관한 기록

원산지는 아메리카 대륙이지만 오래전 중국에서 우리나라로 전래돼 한의학에서도 '옥촉서(玉蜀黍, 옥과 같은 촉나라의 곡식)'라 하여 '소화기의 기능 회복에 도움이 된다'고 옥수수의 성미를 밝혀 놓았다.

비뇨기계 질환에 좋은 '옥수수수염'

한의학에서 집중한 부분은 옥수수보다는 옥수수수염 부분인데, '옥미수(玉米鬚)'라고 하여 약재로 이용했다. 옥미수의 효능은 이뇨소종(利尿消腫)인데, 소변을 잘 통하게 하고 부은 것을 가라앉히는 효능이 있어 비뇨기계 질환, 간장 질환 등에 이용했고, 고혈압, 당뇨병 등에도 효과가 있었다. 약재로서의 효능이 매우 뛰어난 것은 아니지만 성질이 매우 담백해서 많이 복용해도 부작용이 없기에 차와 같이 일상 음용하는 것에 있어 무리가 없다는 데 강점이 있다 하겠다.

필수 미네랄이 가득! 심혈관질환 예방

옥수수의 식품 가치는 탄수화물 공급원과 더불어 낮은 칼로리뿐 아니라 풍부한 식이섬유와 철분, 아연, 인, 칼슘, 칼륨 등 필수적인 미네랄이 많이 함유되어 있다는 데에 있다. 특히 배아 부분에는 비타민 B1, B2 및 필수 지방산인 리놀렌산 등도 많이 함유되어 있어 함께 섭취하면 혈중 콜레스테롤 수치를 낮추어 주며, 고혈압, 심장병, 동맥경화 같은 심혈관 질환 예방에 도움이 될 수 있다.

'옥수수'로 200% 채우기

① 옥수수는 가능하면 단백질과 같이!

옥수수는 풍부한 탄수화물과 당질을 가진 대신 다른 주식 곡류에 비해 필수아미노산인 라이신과 트립토판 등의 영양소가 부족하다. 그렇기에 단백질로 된 다른 음식 없이 옥수수에 의존하는 식사를 계속하면, 그날 하루의 활동에 필요한 에너지원은 얻을 수 있지만 단백질이 필요한 근육, 장기, 혈관 등에는 장기적으로 이상을 유발할 수 있다. 예전에 옥수수를 이용한 '뻥튀기 다이어트'가 유행했던 적이 있었는데, 체중 감량은 가능할 수 있을지언정 장기적으로 몸에 큰 무리를 줄 수 있으므로 그런 시도는 하지 않는 것이 좋다.

② 옥수수로 만들어진다고 다 좋은 것은 아니다?

많은 가공식품에는 '이성화당'이라는 것이 사용되며, 이성화당의 원재료로는 옥수수가 주로 많이 사용된다. 그러나 옥수수 자체의 당과 달리 이성화당은 인슐린이나 렙틴(식욕억제호르몬)의 활동을 억제하고 중성지방을 증가시켜 비만을 일으키기 쉽다. 더구나 그 과정에 사용되는 옥수수도 유전자가 변형된 것을 많이 사용하니 피할 수는 없다고 하더라도(달고 맛있는 음식은 이성화당인 경우가 많다) 되도록 많이 먹지 않는 것이 좋겠다.

68

많이 먹지도 않았건만 헛배 부른 날

후추

'후추'는 대항해시대의 대표적 무역물로 알려져 있지만, 중세 이전에도 원산지인 인도에서 퍼져나가 이집트와 로마제국에서도 널리 쓰였던 향신료다. 우리나라도 고려시대부터 벽란도에서 아라비아상인들에 의해 수입됐다. 후추의 한자 이름인 '호초(胡草)'도 그 영향을 받은 것이다. 특유의 톡 쏘는 아린 맛으로 여러 음식에 독특한 풍미를 더해 주는 후추. 이러한 후추는 과연 언제 먹는 것이 가장 좋을까? 괜스레 속이 더부룩하거나 얼마 먹지도 않았는데 헛배 부른 듯한 날이 있다. 바로 이런 날, '후추'를 활용하면 딱이다.

향신료가 아닌 의약품으로 쓰였던 후추, 왜?

기원전 후추는 현재와 같은 향신료가 아닌 의약품 용도로 쓰이는 경우가 많았다. 예로, 람세스 2세 미라의 콧구멍 주변에서 후추 알갱이가 발견된 경우를 들 수 있다. 또한, 중국이나 한국에서도 의학 문헌에서 약재로 사용된 경우는 종종 보이지만, 식도락에 이용된 기록은 별로 없다. 이유는 단 하나, 너무 고가였기 때문이다. 서양에서는 로마제국이 확장돼 인도까지 교류가 이어지면서 음식에 쓰는 대표적인 향신료가 됐지만, 동아시아는 인도에서 수입한 것을 다시 수입해야 해서 비쌀 수밖에 없었다. 대신 우리나라는 산초나 초피 등 다른 종이지만 비슷한 느낌의 향신료를 더 많이 썼다.

약재로서의 후추, "차가운 기운을 몰아내는 약"

약재로서의 후추는 어떨 때 사용됐을까? 당시의 후추는 그 특유의 매운맛과 향으로 '가슴과 배가 차서 아픈 것', '토하고 설사하고 소화가 안 되는 것', '차가운 기운으로 인해 기침하는 것', '헛배가 부른 것' 등 차가운 기운으로 인해 발생되는 질환과 소화기질환에 주로 응용됐다. 매운 성질이 차가운 기운을 몰아내는 역할을 하고 장기 기능이 저하됐을 때 대사를 촉진하는 점을 이용한 것이다.

맵고 아린맛으로 소화를 돕고 면역을 높이다

후추의 맵고 아린 맛을 내는 성분은 바로 '피페린'이다. 피페린에 대해서는 위액 분비를 촉진해 소화를 돕고, 면역 조절, 항암, 항균, 간 보호,

항염, 항류마티스 등의 활성을 돕는다는 연구 결과들이 보고되고 있다. 하지만 지나치게 많은 양의 피페린을 투여하는 것은 오히려 중추신경계와 생식계에 독성 효과를 나타낼 수 있다는 연구 결과도 있으므로 그냥 풍미를 더해 주는 향신료로 잘 이용하는 것이 좋다.

'후추'로 200% 채우기

① 백색, 녹색, 적색 후추도 있다?

우리가 흔히 아는 검은색 후추 말고도, 백색·녹색·적색의 후추도 있다. 백후추는 완전 성숙한 후추 열매를 물에 불린 뒤 껍질을 벗겨낸 것이며, 향이 상당히 이질적이다. 반면 녹후추는 동결건조, 아황산가스 등의 보존 처리를 거쳐 색을 유지시킨 경우다. 이는 특히나 향이 강하게 느껴질 수 있다. 그리고 적후추는 엄밀히 말하자면 후추와는 다른 종으로, 비슷한 매운맛을 내는 향신료라 볼 수 있다.

② 후추를 120도 이상 가열하면 발암물질이?

후추를 섭씨 120도 이상으로 가열하면 발암물질 의심군 '아크릴아마이드'가 증가한다. 하지만 이는 흔히 전분류, 튀김 요리 등에서도 쉽게 생기기에 아예 피하기는 어려운 물질이다. 다행히 우리가 평상시 후추를 먹는 양으로는 별다른 영향이 없을 것이라 생각된다.

② 후추를 사랑한 왕, 성종

조선 9대 임금 성종은 우리나라에서 직접 재배해서 돈을 벌 수 있는 후추의 씨앗을 구하기 위해 굉장히 노력했다. 외국의 사신을 만났다 하면 후추 씨를 구해 달라고 자주 말했다는데, 원하는 씨앗이 아니라 후추 열매 선물만 많이 받았다고 한다. 그리고 그는 선물 받은 후추를 신하들에게 다시 선물하거나 공을 세운 자에게 상으로 주었다고 한다.

69

가스가 차서 배가 팽팽한 날

부추

부추전, 부추김치를 제외하고도 한식 요리에 이모저모 많이 사용되는 식재료인 '부추'. 부추는 일 년 내내 먹을 수 있지만 여름에 꽃이 피면 맛이 덜해지기에 봄이 제철인 채소라고 할 수 있다. 부추 꽃을 본 적이 있는가? 부추 꽃은 수선화 계열인데, 참 아기자기하게 예쁘기도 하다. 이러한 부추는 과연 언제 먹는 것이 좋을까? 가스가 찼는지, 종일 복부가 팽팽하게 느껴지는 날이 있다. 이런 날 '부추'를 딱 추천한다.

동의보감 속 부추, "5장을 편안하게 하는 재료"

부추는 주로 한·중·일 삼국에서만 먹으며 우리나라에서 식용한 지는 아주 오래된 채소다. 효능이 뛰어나 어느 문헌에나 부추에 대한 기록이 있는데, 부추 종자는 현대에도 약재로 많이 이용되고 있다. 《동의보감》에는 부추에 대해 "성질이 따뜻하고 맛이 매우면서 약간 시고 독이 없다. 이 약 기운은 심(心)으로 들어가는데 5장을 편안하게 하고 위(胃) 속의 열기를 없애며 허약한 것을 보하고 허리와 무릎을 덥게 한다. 흉비증(胸痺證)도 치료한다."라고 기록되어 있으며, "사람에게 이롭기 때문에 늘 먹으면 좋다."라는 내용도 부연되어 있다.

따뜻하고 매운맛으로 막힌 곳을 뚫다

핵심은 부추가 기순환 및 혈액순환과 관련됐다는 점이다. 부추는 특유의 따뜻하고 매운맛으로 막힌 곳을 뚫어 소화 기능을 촉진하고, 관절 부위 혈액순환을 잘되게 하여 관절 건강에도 도움이 된다. 《동의보감》에서 언급된 '흉비증'이라는 것도 흉부불편감, 소화장애, 복부팽만 등을 주 증상으로 하는 스트레스성 기의 순환장애 증상인데, 부추의 순환을 돕는 성질이 이의 치료에 도움이 된다.

부추를 암환자에게 추천하는 이유

현대적인 성분 분석에서도 부추에는 '플라보노이드인 캠퍼롤' 성분이 많은데 캠퍼롤은 지방과 DNA의 산화 위험을 막고, 강한 항산화 작용으로 암세포 형성을 방해하는 화학적 예방 작용제로 작용한다. 이 때문에 캠퍼롤이 들어 있는 채소와 과일들을 암환자에게 많이 추천하는데, 혈액 안에서 혈소판을 만들고 LDL(low density lipoprotein)의 산화를 막아 동맥경화증을 예방하는 효능도 뛰어나다.

기름진 음식에 술 한 잔 시 부추도 함께!

부추는 기본적으로 식이섬유가 아주 풍부하고, 그 외 비타민 A와 C, 칼슘 등의 미네랄 등도 많아 간기능 보조와 간 해독에도 좋다. 베타카로틴의 항산화 성분이 다른 야채들보다 많이 들어 있어 세포 노화 예방에도 도움이 된다. 그렇기에 오늘 저녁 기름진 음식에 술 한잔할 요량이라면, 부추를 곁들어 먹는 것을 추천한다.

'부추'로 200% 채우기

부추는 남자에게 너무나 좋은 채소?
부추는 불가에서 마음을 동하게 하여 수행을 방해한다는 다섯 가지 야채, 즉 '오신채' 중 하나이다. 중국에서는 양기를 돋우는 풀이라 해서 '기양초'라고 부르기도 했다. 한국의 경상도 지방에서 부추를 이르는 말인 '정구지' 역시 단순 사투리가 아닌 한자어다. 정구지(精久持)의 뜻을 풀어보면 '정을 오래 유지시켜 준다'는 의미로서 주로 부부 사이의 관계, 즉 정력을 의미한다.

부추는 혈액순환과 기의 흐름을 도와주기에 실제 남성의 성 기능에 좋은 영향을 준다. 그리고 부추 속 '황하알릴'은 혈액순환에 도움을 주는 것은 물론이거니와 비타민 B1과 결합하여 '알리티아민'을 생성하는데, 이것이 피로 회복 및 활력 개선에 긍정적 영향을 주므로 성욕 증진에도 간접적인 효과를 줄 수 있다고 볼 수 있다.

다만, 현재 우리가 흔히 먹는 부추는 남방지역을 원산으로 한 개량종으로 황화알릴이 적어 특유의 매운맛도 적고 효과가 떨어지는 반면, 개량된 부추가 아닌 한반도 및 북부 지역 등에 자생하던 실부추(영양부추, 조선부추, 솔부추 등)는 효과가 더 좋은 편이다.

열.

'아픔'을 어루만지는 한 끼

70

송곳으로 찌르듯 명치까지 아픈 날

파

'파'는 우리나라에서 재배 역사가 오래된 작물로 음식의 맛을 좋게 할 뿐 아니라 영양가도 높여 주는 친숙한 식재료다. 우리는 주로 줄기와 잎에 가까운 부분을 섭취하지만 사실 파는 꽃, 뿌리, 씨앗까지 약재로서도 버릴 것 하나 없는 재료다. 약재로서의 파를 잘 이용할 수 있을 때는 과연 언제일까? 배가 살살 아파오는 걸로도 모자라, 송곳으로 찌르듯 명치까지 세게 아픈 날이 있다. 이런 날, '파'를 섭취하면 딱 좋겠다.

동의보감 속 파, "씨, 뿌리, 꽃까지 버릴 것 하나 없어"

《동의보감》에서 파는 "성질이 서늘하고 맛이 매우며 독이 없다. 감기, 중풍, 안면부종, 인후통, 안태(安胎, 임신 유지에 도움), 명목(明目), 해독, 대소변불리, 분돈(奔豚, 복통이 명치까지 아픈 것)과 각기 등을 치료한다."라고 기록되어 있어 옛사람들은 파를 다방면에 이용했다는 것을 알 수 있다. 그 외 '파씨는 눈을 밝게 하고 속을 덥히며 정액을 보충해 준다', '파뿌리는 감기로 인한 두통을 치료한다', '파꽃은 명치까지 오는 심한 복통을 치료한다'는 기록 등도 있어, 어느 것 하나 버릴 것 없이 활용되었던 파의 가치를 알 수 있다.

몸속 피를 원활하게 순환시키는 파

파를 약재로 많이 이용한 이유는 무엇이었을까? 그것은 바로 파에는 막힌 곳을 뚫어 주는 '발산' 효능이 있기 때문이다. 파는 불가에서 '오신채(五辛菜)'라고 하여 경계할 정도로 맛이 맵고 자극적인 향신채(香辛菜)다. 그러나 이 강한 신맛이 양기를 자극해 신진대사를 원활하게 하고 노폐물을 배출해 내는 것이 주요한 효능이다. 실제 파의 아릿한 맛과 향의 원인인 '유화아릴' 성분은 혈관확장, 혈액순환 촉진 기능을 한다. 우리 몸은 혈액순환만 원활하게 돼도 노폐물 배출이 빨리 이루어지고 면역력이 증가되기에 다양한 질병을 예방하고 개선할 수 있다.

해열, 소화불량 해소, 혈관 강화에 이어 항암 작용까지!

약재로 가장 많이 사용하는 부분은 파의 밑동 뿌리 부분이다. 이는 '총백(蔥白)'이라 하여 균을 억제하고, 발한 해열 작용이 있어 감기에 땀을 내어 열을 내리는 데 주로 사용하며 복부 냉통, 소화불량에도 좋다. 이 총백에는 '퀘세틴'이라는 항산화 물질도 많이 들어 있는데, 이는 모세혈관 기능을 강화해 주고 항암 작용을 하는 성분으로, 만성질환 예방에도 도움이 된다.

피로를 회복하고 뇌세포를 발달시키는 매운맛 '알리신'

매운맛을 내는 파의 '알리신'은 비타민 B1과 결합해 알리티아민 형태로 몸에 존재하면서 피로 회복과 뇌세포 발달을 촉진하는 중요한 성분이다. 이 성분은 파를 비롯한 마늘, 양파 등 매운 맛이 나는 향신채에 많이 있는데, 이집트 피라미드 건축 시 인부들에게 피로 회복을 위해 파와 마늘을 먹였다는 기록이 있을 정도다. 스페인에서 먹는 '칼솟타다'라는 파와 유사한 양파를 구운 음식은 대표적인 현지 겨울철 음식이기도 하다.

'파'로 200% 채우기

① 파를 많이 먹으면 안 좋다고?

큰 부작용은 없지만 매운맛 때문에라도 파는 적당량만 먹는 것이 좋다. 어릴 때부터 파에 적응이 된 동양인, 특히 매운맛에 특화된 한국인이라면 '이게 무슨 소린가?' 생각할 수 있다. 하지만 파 특유의 아리고 매운 맛을 내는 성분 때문에 위가 자극을 많이 받을 수 있어 위염, 위궤양 등의 질환이 있거나 위가 좋지 않은 사람이라면 생파는 피하는 것이 좋다. 게다가 파에는 발산 작용이 있기에 체질적으로 열이 많은 사람은 조금만 먹는 것이 좋다.

② 파의 종류?

파는 크게 대파, 실파, 쪽파로 나뉘는데, 실파는 어린 대파라고 할 수 있으며 쪽파는 양파와 파의 교잡종이다. 실파, 쪽파는 대파의 매운맛과 향을 줄여 더 많은 곳에 파를 사용하기 위해 고안해 낸 것으로 보인다.

71

머리 한구석이 지끈지끈한 날

결명자

한때 '결명자차'는 보리차와 함께 서민들이 흔히 마시는 차였다. '결명(決明)'이라는 이름처럼 눈을 밝게 해 주는 효능이 있어 아직도 결명자차를 찾는 이들도 있지만, 요즘 젊은 세대에게는 낯선 이름이다. 하지만 뜨끈한 결명자 차를 한 입 마시며 그동안의 스트레스와 피로가 날아가는 느낌을 받게 된다면, 어느덧 결명자 차를 다시 찾게 되는 본인의 모습을 볼 수 있을 것이다. 스트레스로 머리 한구석이 지끈지끈한 날, 이런 날엔 '결명자'가 딱이다.

동의보감 속 결명자, "눈의 질환, 두통을 낫게"

《동의보감》에 언급되기를 결명자는 "성질은 평(平)하며(약간 차다고도 한다) 맛이 짜고 쓰며 독이 없다. 청맹(靑盲, 점점 실명이 됨)과 눈이 아프고 눈물이 흐르는 것, 눈이 붉고 흰 막이 생기는 것, 머리가 아프고 코피 나는 것, 입술이 푸른 것을 낫게 하며 간기를 돕고 정수(精水)를 보태어 준다." 라고 했다. 현대적으로 말하면 결명자는 눈의 열성질환으로 인한 증상(시력감퇴·충혈·야맹증·결막염·안구건조 등)뿐 아니라, 머리 전체의 열성질환 및 혈액순환 문제로 인한 증상(두통, 코피, 구내염, 현기증 등)에도 사용한다는 것이다.

결명자의 주 기능은 '간장의 비정상적 열을 배출하는 것'!

앞서 《동의보감》에서 언급된 내용의 핵심은 '간기를 돕고'인데, 짚고 넘어가야 할 부분이 있다. 결명자는 엄밀히 말하면 눈이나 머리에 직접 작용하는 것이 아니라 간장(肝腸)이 과로하거나 문제가 있어 비정상적인 열이 위로 올라올 때 이를 배출해 주는 작용을 한다는 것이다. 이 간장의 열을 배출할 때 대·소변양이 늘어나기 때문에 결명자는 소변불리나 변비 등에 이용하기도 한다.

지친 현대인들에게 추천하는 차

실제 결명자의 영양 분석을 해 보면 비타민 A, 비타민 C, 카로틴, 캠페롤, 루테인 등 눈 건강을 좋게 하는 영양소가 많고, 베타카로틴 등 안구 노화를 억제하는 역할을 하는 영양소도 풍부하다. 더불어 염증과 통증을 줄여 주는 알로에 에모딘, 아글리콘 등의 안트라퀴논 유도체 등이 포함되어 있는데, 이 성분들은 장의 연동 운동을 항진시켜 장 내용물을 빨리 배설시키는 작용을 해 변비에 도움이 되기도 한다. 그 외 간의 해독기능도 좋아지고 혈액이 깨끗해지며 순환 상태도 개선되므로 스트레스, 과로 등으로 지친 현대인들에게 꼭 필요한 차라고 할 수 있겠다.

'결명자'로 200% 채우기

① 결명자를 먹으면 살이 훅훅 빠진다?

다이어트 제품들을 살펴보면 결명자 성분이 함유된 것이 많이 있을 정도로 결명자는 다이어트에 상당히 도움이 된다. 결명자는 특히 직접적으로 배변을 유도해 소변량을 늘리며 다이어트 중 쉽게 유발되는 변비를 예방하는 효과도 있다. 단기간이라면 결명자차를 많이 마시는 것만으로도 살이 빠진다. 하지만 결명자의 효능은 지방을 연소시키는 것이 아니라, 몸에 쌓였던 노폐물이 빠르게 빠져나가도록 돕는 것이다. 이 때문에 결명자를 먹는 초기에는 살이 빠지는 것처럼 보이지만, 점차 체중 감량의 정도는 줄어들고 심하면 요요현상이 올 수도 있다는 점에 주의해야 한다. 또한 음식량은 줄인 상태에서 장의 연동 운동만 계속 촉진하다 보면 장 근육이 지쳐서 오히려 변비가 올 수도 있다. 그러므로 다이어트를 위해 결명자차를 마시고 싶다면 정말 '차'를 마시는 정도로 양을 조절할 것을 권한다.

② 결명자의 부작용이 있다?

결명자는 이뇨와 배변을 촉진하기에 너무 마르거나 대사가 저하된 사람, 저혈압 경향인 사람들은 많이 먹지 않는 것이 좋겠지만, 이는 '많이' 먹었을 때의 문제이고 '차' 정도로의 섭취로는 아무 문제가 없다. 하루 한두 잔 정도로 부작용을 걱정할 필요는 없다는 얘기다. 또한 결명자에 자궁수축 작용이 있어 임신부는 피하라고 하는데, 이 경우도 마찬가지다.

72

속이 쓰리다 못해 타는 듯 아린 날

양배추

아삭아삭하고 산뜻한 식감으로 각종 외국 요리와 샐러드에 많이 사용되는 '양배추'. 양배추는 말 그대로 서양(洋)에서 온 배추라는 뜻이다. 본연의 맛이 미미하지만, 익히면 달큰한 맛이 올라오는 양배추는 음식 소스들과 궁합이 좋다. 또 국물, 찜, 탕, 찌개 요리에 전체적으로 잘 어울려 부재료로 많이 사용되는 식재료이기도 하다. 원래 양배추 재배를 장려한 목적은 한국인의 필수식품, 김치의 주재료로 쓰는 배추의 대용품으로 사용하기 위함이었다. 과거 배추의 값이 오르면 군대에서는 무조건 양배추김치가 나온다고 할 정도였으니 말이다. 이러한 양배추는 과연 언제 먹어야 좋을까? 살다 보면 속이 쓰리다 못해 타는 듯이 아려 오는 날이 있다. 이 괴로운 순간에 '양배추'야말로 딱 필요한 약이 되어 준다.

양배추의 역사

양배추는 과연 언제부터 우리나라 역사에 나타나기 시작한 것일까? 1883년 고종이 미국에 보낸 보빙사 사절단 열한 명 중 한 명인 최경석이 귀국하여 '농무목축시험장'을 만들었고, 여기에 양배추를 최초로 시험 재배하면서부터다. 그 이후 일제강점기에는 우리 영토에 거주하는 일본인, 중국인들에 의해 재배되다가 6.25 전쟁 이후에는 주한 유엔군들에게의 공급을 위해 그 재배량이 늘어났다. 이후 사람들이 한식 일변도에서 외식을 즐기기 시작하고 여러 외국 요리가 늘어나게 되면서 한국인도 양배추를 점점 즐겨먹기 시작했다. 경양식 돈까스에 함께 나오는 샐러드로, 또 치킨과 함께 제공되는 사라다(샐러드의 일본식 외래어)로 아마 그 시절을 추억하는 분들에게는 양배추도 특별하게 다가올 것이다.

음식의 양을 불리는 채소, 양배추?

양배추의 기본 맛은 무미에 가깝지만 여타 소스와 잘 어울리기에 현재는 음식의 양을 불리기 위한 목적으로 자주 쓰인다. 생으로 먹는 것은 물론, 찌거나 삶거나 기름에 볶는 등 다양한 조리법에 활용할 수 있다는 점도 큰 장점이고 말이다. 그렇기에 양배추는 제육볶음, 닭갈비 등 육류를 활용한 볶음요리뿐 아니라 샐러드류에서도 가장 큰 비중을 차지하곤 한다. 아마 짜장면과 같은 음식에서 양배추를 빼 버리면 눈에 보이는 그 양에 모두가 실망할 것이다.

국민 위장약, 양배추?

미국 《타임지》 선정 세계 3대 건강식품으로 선정될 만큼 양배추의 효능은 결코 작지 않다. 특히 양배추는 위 질환에 좋은데, 신선한 양배추즙에 소화성궤양을 치유하는 인자가 있다는 것이 알려져, 이것이 비타민 U라고 명명되었을 정도다. 비타민 U는 위점막 기능을 강화하고 재생을 촉진하는 효과가 있어 위궤양, 위염, 역류성식도염 등 점막에 문제가 발생하는 위 질환을 완화할 수 있다. 또한 양배추, 브로콜리, 무 등과 같은 십자화과 채소에 많은 '설포라판' 성분은 뛰어난 항산화 기능을 가지는 것으로 알려져 있다. 게다가 항암 효과 및 헬리코박터 파일로리 억제 효과까지 지닌다. 그 외 염증의 유발을 막아 주기도 하고 말이다. 이러한 성분들을 이용해 만든 일본의 위장약은 국민 위장약이라 불릴 정도로 그 인기가 좋다. 더불어 풍부한 식이섬유와 낮은 칼로리, 각종 비타민, 칼슘 등의 다양한 미네랄을 가지고 있어 다이어트에도 효과적인 음식이다.

'양배추'로 200% 채우기

① 양배추에서 나는 악취, 어떻게 없앨까?

샐러드 요리로 사용된 양배추를 먹는 사람들은 잘 못 느낄 수 있지만, 양배추를 삶았을 때는 사람에 따라 악취라고 느낄 수 있는 냄새가 난다. 이는 '이소티오시아네이트'라고 하는, 암을 억제한다고 알려져 있는 성분 때문이다. 이 성분은 열에 약하고 황 성분이 있어 분해될 때 악취가 나는 것이다. 이때 양배추를 찬물에 오래 담그거나 식초를 조금 뿌리면 냄새가 완화된다고 하니, 냄새에 예민한 분들은 이 방법을 사용해 보는 것이 좋겠다.

② 양배추 겉장은 떼고 먹어라?

단맛이 많이 나는 채소인 양배추는 농사를 짓는 데에 있어 그만큼 벌레가 많이 꼬이는 편이었으므로 과거에는 독한 가루제 농약을 뿌리곤 했다. 하지만 농약의 발전으로 인해 지금은 일반 방제와 같이 물에 희석하여 엽면살포를 한다. 또한, 양배추는 겉으로 한 장씩 겹겹이 자라는 게 아닌, 속잎이 차오르며 자라므로 가장 겉면에 있는 잎을 떼어내고 깨끗이 씻어 먹는다면 농약에 대한 별다른 걱정 없이 섭취해도 괜찮다.

73

감기로 몸 전체가 뜨끈뜨끈한 날

고사리

'고사리'는 북극처럼 아주 추운 곳을 제외하면 전 세계 어디서나 자라는 아주 오래된 양치식물이다. 그 역사만큼 식용하는 곳도 많지만, 단언컨대 한국만큼 많이 먹는 곳은 없을 것이다. 가까운 일본이나 동남아 등지에서는 '고비'라는 고사리와 유사한 식물을 먹지만 대중적이지 않고, 서양이나 북미 등지에서도 특이한 요리를 하는 고급 식당에서나 볼 수 있기 때문에 해외에서 고사리 요리를 접하기는 영 쉽지 않다. 이처럼 한국에서 유독 사랑받는 고사리는 과연 언제 먹는 게 좋을까? 바로 '열'이 날 때다. 감기 등으로 몸 전체가 뜨끈뜨끈한 날, 이런 날엔 '고사리'가 딱이다.

고사리는 나물로만 먹는다?

고사리 요리로 흔히 나물만 떠올리지만, 고사리는 다양한 요리에 활용할 수 있는 식물이다. 고사리의 잎과 뿌리줄기는 모두 맥주를 만드는 데에 사용될 수 있고, 뿌리줄기에는 전분이 있어 떡이나 빵을 만들 수도 있으며, 그 외 튀김, 피클, 샐러드 등 다양하게 활용이 가능하다. 심지어 예전에는 약으로도 사용됐다.

옛 문헌 속 고사리, "열을 내리는 채소"

약재로서의 고사리는 '궐채(蕨菜)'라고 하는데, 《동의보감》에는 "열을 내리고 오줌을 잘 나가게 한다."라고 적혀 있다. 중국 《본초도감》에는 "열을 내리고 장을 윤택하게 하며 담을 삭이고 소변을 잘 나오게 하며 정신을 안정시키는 효능이 있어서 감기로 인해 열이 나거나 이질, 황달, 고혈압, 장풍열독 등에 효과가 있다."라고 했다. 현대의 말로 하면 급성 감염질환 등에서 살균, 살충 작용을 하여 열을 내려 주고 부종을 감소시켜 주는 효과가 있다는 것이다. 물론 약재로서 훨씬 더 좋은 것들이 있으므로 현대 한의학에서는 고사리를 잘 사용하지는 않는다.

남녀노소 누구에게나 좋은 '산중의 쇠고기'

식품으로서의 고사리는 일단 섬유질이 풍부하여 특유의 식감을 제공하며 비타민 C, 비타민 B2 등을 많이 함유하고 있다. 특히 고사리에는 철분과 칼슘이 풍부해 성장기 어린이, 노년기, 빈혈이 있는 사람, 임산부에게도 매우 좋은 음식이다. 게다가 '산중의 쇠고기'라 불릴 정도로 식물성 단백질을 많이 함유하고 있고, 또 칼로리는 낮기 때문에 다이어트 음식으로도 훌륭하다.

'고사리'로 200% 채우기

① 고사리를 먹으면 정력이 약해진다? 고사리를 먹으면 죽는다?

고사리에 대한 안 좋은 속설들이 있다. 한의서에도 '고사리를 오랫동안 먹으면 안 된다. 양기가 줄어들게 되고 다리가 약해져서 걷지 못하게 되며 눈이 어두워지고 배가 불러 오른다.'라는 기록이 있긴 하다. 하지만 이는 기록 중 '양기가 줄어든다'는 부분이 확대 해석되어 '정력이 약해진다'는 속설로까지 퍼진 것이라 볼 수 있다. 또한 중국 백이숙제 고사에서 '고사리를 먹고 죽었다'라는 내용이 있는데, 이는 고사리를 생으로 먹은 경우로서 근거는 있지만 완전히 맞는 말은 아니다. 고사리에는 티아민 분해 효소가 있어 체내의 비타민 B1과 적혈구를 파괴해 각기병을 유발할 수 있으므로 저런 속설의 근거가 될 수 있다. 하지만 이는 어디까지나 날것으로 먹었을 때의 경우다. 우리가 평소 섭취하는 것처럼 고사리를 삶거나 끓이면 저 효소가 대부분 사라지기에 큰 문제가 없다. 속설들은 어디까지나 먹을 것이 없던 시절 고사리를 생으로 먹었을 때 일어날 수 있는 일이었다는 것을 강조하고자 한다.

② 끝이 없는 고사리 괴담?

고사리에 대한 괴담이 또 있다. '고사리가 비소 등 중금속 물질을 흡수하므로 고사리를 삶는 과정에서 중금속에 중독되어, 섭취 시 인체에 치명적인 발암물질을 흡입하게 된다'라는 것이다. 실제 고사리에 '티아미나제', '타킬로사이드'라는 성분이 있지만, 이는 조리 과정에서 거의 없어지므로 큰 걱정은 하지 않아도 된다.

74

코안이 헐어 따끔한 날

참외

달달한 맛과 차가운 성질을 가진 '참외'는 더운 여름을 이겨내는 데 큰 도움을 주는 채소다. 의외로 참외는 땅에서 자라 과일인지 채소인지 구분이 잘 안 가지만, 예전부터 한국에서는 이를 채소(과채류)로 분류해 왔다. 우리야 워낙 참외가 익숙하기에 멜론이 참외를 닮은 것 같다고 느끼지만, 참외의 1차 원산지는 아프리카 사하라 남부, 2차 원산지는 인도, 이란, 터키, 중국 등으로 알려져 있어 멜론의 변종 중 하나로 생각하는 것이 맞겠다. 특이한 점은 현재 우리가 흔히 보는 참외는 모두 한국에서 자체 개발한 품종이고, 다른 나라들에서는 거의 재배되지 않아 해외에서는 Korean melon 또는 Chamoe(참외)로 알려져 있다는 것이다. 이러한 '참외'를 특히 추천하고 싶은 날이 딱 있으니, 바로 코안이 다 헐어 따끔한 날이다.

선조들이 너무도 사랑했던 그 과일, '참외'

한반도에서 참외는 삼국시대 때부터 재배됐는데, 우리 선조들은 참외를 참 좋아했던 것 같다. 고려시대 문화재들 중에도 참외 모양을 본 딴 도자기들이 많이 있는 데다가, 남아 있는 기록을 보면 고려시대 때부터 수많은 문인들이 여름에 먹는 참외 맛이 각별하다는 내용의 글을 지었기 때문이다. 더 나아가 조선시대에는 조선통신사들에게 일본인들이 참외를 선물로 너무 많이 주어 나중에는 고사해야 했다는 말이 있을 정도로 한반도 사람들이 유독 참외를 좋아한다는 사실은 주변 국가에도 알려진 일이었던 것이다.

동의보감 속 참외, "갈증을 없애고 오줌을 잘 나가게 해"

참외는 한약재로서는 '첨과(甛瓜)'라 하는데, 참외 꼭지까지도 약재로 사용했다. 《동의보감》은 참외에 대해 "성질이 차고 맛이 달며 독이 있다(독이 없다고도 한다). 갈증을 멎게 하고 번열을 없애며 오줌을 잘 나가게 한다. 삼초에 기가 막힌 것을 통하게 하고 입과 코에 생긴 헌데를 치료한다."라고 기록하며, 몸의 수분대사를 원활하게 하는 효과를 중점으로 보았다.

수분 공급에 탁월한 참외, 빈혈에도 효과적?

참외는 90%가 수분으로 이루어져 있어 여름철 빠른 수분 공급에 도움을 준다. 또한, 참외에는 무기질도 많은데다 특히 칼륨 성분이 있어 나트륨 배출을 도와주고 이뇨 작용을 한다. 이는 《동의보감》에 설명된 것과 같다고 볼 수 있다. 더불어 참외는 당분은 있지만 칼로리가 100g 당 30kcal 정도로 낮고 포만감을 주기에 다이어트 시에도 무리 없이 먹을 수 있는 과일이며, 비타민 C와 엽산도 풍부해 빈혈이 있는 사람이나 산모들에게도 좋다.

피부 미백부터 항암 작용까지? 참외 껍질 버리지 말 것!

참외 껍질은 두꺼운 편이기에 먹기 편하지는 않지만, 가끔은 껍질째 먹는 것이 좋다. 참외 껍질에는 각종 면역 성분이 과육보다 5배 정도 높게 들어 있는 것은 물론이거니와 피부 미백에 도움이 되는 티로시나아제 저해 활성이 껍질에 가장 많이 함유되어 있기 때문이다. 그뿐 아니라 참외 껍질에 많이 있는 베타카로틴 등의 플라보노이드 항산화 성분은 암을 예방하는 데에도 좋다. 그리고 이런 두꺼운 껍질을 씹을 때 아이들의 턱과 이빨 역시 적절한 자극을 받아 잘 성장하기에 아이들에게 꼭 참외가 아니더라도 과일을 깨끗이 씻어 껍질째 주는 것이 좋겠다.

'참외'로 200% 채우기

① 참외를 활용하는 해독 요법이 있다?

참외 꼭지도 약재로 사용된다는 사실을 알까? 《동의보감》에는 이에 대해 "성질이 차고 맛이 쓰며 독이 있다. 온몸이 부은 것을 치료하는데 물을 빠지게 하며 고독을 죽인다. 코 안에 생긴 군살을 없애고 황달을 치료하며 여러 가지 음식을 지나치게 먹어서 체했을 때 토하게 하거나 설사하게 한다."라고 기록되어 있다. 이를 현대식으로 보자면 일종의 해독 요법으로서 상부 소화기관에 쌓인 독소를 강제로 배출해 내는 방법이라고 할 수 있다. 일부 난치성질환에 응용하곤 하는데, 효과는 있지만 상당히 강한 요법인 데다가 위험성까지 있으므로 이 부분에 대해서는 전문가인 한의사와 상담하고 진행해야 할 것이다.

② 참외 씨를 먹어야 할까, 말아야 할까?

'참외 씨를 먹느냐 마느냐'는 생각보다 자주 충돌을 일으키는 문제다. 결론적으로 참외를 먹으면 설사를 하는 사람을 제외하고는 먹는 편이 좋다. 씨앗이 붙어 있는 태좌가 가장 달고 엽산이 풍부하며, 항산화성분인 토코페롤이 많이 있어 건강에 도움이 되기 때문이다. 다만, 참외 씨는 기름기가 많을뿐더러 섬유질까지 풍부하여 평소 소화기관이 약한 사람의 경우에는 소화가 잘되지 않을 수 있다. 그러므로 참외 섭취 시 설사기가 있다면 씨앗은 가능하면 먹지 않는 것이 좋겠다.

75

'그날'의 고통이 심해 아랫배를 부여잡은 날

쑥

단군신화에서 곰과 호랑이가 동굴에 갇힌 채 먹었던 그 채소, 바로 '쑥'이다. 쑥은 그만큼 오래 역사를 자랑하는 식물로, 우리 민족이 오랫동안 이용해 온 음식이자 약재라고 할 수 있겠다. 쑥 특유의 향을 좋아하지 않는 젊은 층도 많지만, 아이스크림이나 음료, 떡 등 다양한 쑥 음식이 개발되면서 쑥은 여전히 우리 음식 문화에서 그 자리를 지키고 있다. 아직도 쑥 캐는 철이 되면 가족들을 먹이기 위해 온 산과 들에 직접 쑥을 캐러 가는 어른들도 많이 볼 수 있고 말이다. 이렇듯 오래전부터 우리 곁에 머문 이 쑥은 과연 언제 먹는 것이 좋을까? 환경 호르몬의 문제인지, 요새 들어 심한 생리통을 호소하는 여성들이 많아졌다. 그날이 올 때마다 괴로움에 몸부림치게 되는 때, '쑥'을 먹어 보길 딱 추천한다.

강한 생명력과 번식력의 주인공, '쑥'!

핵 폭발로 폐허가 된 일본 히로시마에서 가장 먼저 새싹을 틔운 식물이 '쑥'이라고 하는 말이 있을 정도로, 쑥은 강한 생명력과 번식력을 지닌 식물이다. 그 때문인지 전 세계적으로 무려 400여 종, 그리고 국내에서만도 약 300종이 자생한다고 한다. 한반도 생물자원 포털이나 국가 생물종 목록에 등록되어 실제 식용이나 약재로 이용하는 경우만 보더라도 쑥, 참쑥, 산쑥, 개똥쑥 등 40~50종에 이르고 말이다.

동의보감 속 쑥, "대장 질환을 낫게 하고 임신을 돕는 풀"

종류가 많은 만큼 약재로 이용하는 쑥도 많은데, 《동의보감》 탕액편에 기록된 종류만도 애엽(艾葉, 황해쑥), 인진(茵蔯, 사철쑥), 초호(草蒿, 제비쑥), 불이초(佛耳草, 떡쑥), 백호(白蒿, 다북떡쑥), 청호(靑蒿, 개똥쑥) 등 여러 가지다. 이 중에 한의학에서 가장 많이 사용하는 것이 '애엽'인데, "성질은 따뜻하고 맛은 쓰며 독이 없다. 오랜 여러 가지 병과 부인의 붕루(崩漏)를 낫게 하여 안태(安胎)시키고 복통을 멎게 하며 적리(赤痢)와 백리(白痢)를 낫게 한다. 5장치루(五藏痔瘻)로 피를 쏟는 것(瀉血)과 하부의 익창을 낫게 하며 살을 살아나게 하고 풍한을 헤치며 임신하게 한다."라고 기록되어 주로 부인과 질환, 대장 질환에 사용했던 것을 알 수 있다. 더불어 평상이 손발이 차갑고 소화기가 좋지 않은 여성이라면, 커피 대신 쑥차를 즐겨 볼 만도 하다.

고혈압, 고혈당, 심장 질환, 위염, 백혈병성 암까지··· 쑥의 다양한 효능

쑥은 현대에 들어와 약재 방면으로서 더욱 각광을 받게 됐다. 고혈압이나 심장순환기계 질환의 치료와 예방, 간 기능 보호, 백혈병성 암과 간암 세포 증식 억제, 항염증 및 진통 작용, 당뇨 및 고혈당 개선 등에 효과가 있다거나 그런 가능성에 기대를 걸고 연구가 이뤄지고 있다. 특히 중국 투유유 중국전통의학연구원 교수가 개똥쑥에서 말라리아 치료 성분인 칭하오쑤(靑蒿素, 아르테미시닌)로 노벨생리의학상을 받은 것은 아주 유명한 일이다. 한국에서도 위염치료제인 스티렌정이 개발되어 굉장히 많이 처방되었는데, 이는 인진쑥 95% 함량으로 그냥 인진쑥을 먹기 편하게 만든 것에 가깝다.

상처의 피를 쉽게 멎게 하는 쑥?

쑥은 외용제로서도 가치가 있는데, 이는 바로 지혈과 항균 작용이 강하기 때문이다. 《동의보감》에는 "토혈(吐血), 육혈(衄血, 코피), 변혈(便血), 요혈(尿血) 등 모든 출혈을 치료한다. 찧어서 즙을 내어 마시고 말린 것은 달여 먹는다."라고 기록되어 있는데, 실제 쑥에는 다양한 생리활성물질이 포함되어 있어 항균 및 상처 보호 작용과 함께 출혈을 쉽게 멎게 한다. 이를 바탕으로 현재 쑥 성분을 활용한 지혈제도 개발 중에 있다고 한다.

'쑥'으로 200% 채우기

① 한국에서는 맛볼 수 없는 쑥술, '압생트'

스위스에서 유래한, 쑥이 들어간 '압생트'라는 술이 있다. 이는 유럽의 민간요법으로 쓰이던 토닉이 발전한 형태라고 볼 수 있다. 유럽의 경우 오래전부터 쑥 종류를 약으로 활용해 왔기 때문이다. 압생트는 주로 초록색으로, 도수가 높고 쓴맛이 강한 술인데, 그 이름은 쓴쑥에서 유래한 성분인 '압신틴'에서 유래된 것이다. 한때 압생트를 만드는 주된 재료인 쓴쑥에 포함된 '투존' 성분이 신경에 영향을 주므로 마약과 같은 효과가 있다는 이유로 거의 100년 가까이 일부 국가에서 판매가 금지된 적도 있었다. 하지만 현재 이는 단순 알코올중독에 가까운 것으로 알려져 판매가 재개됐다. 다만 국내에서는 쓴쑥이 아직 식재료로 인정받지 못해 진품 압셍트는 수입되지 않는다고 한다.

② 쑥은 각종 오염에도 강하다?

쑥 자체는 크게 부작용이 없지만, 생명력이 강하다는 것은 즉 각종 오염에도 강하다는 것을 의미하기 때문에 채취 장소에 신경을 많이 써야 한다. 시판되는 쑥은 아예 하우스안에서 재배하는 것이 있을 정도지만, 도심 인근에서 채취한 것은 먹지 않는 것이 좋다. 또한 여름철 쑥은 독성이 들어있기에 채취하지 않는 것이 좋고, 독성을 가지고 있는 쑥과 비슷한 식물들도 있으니 채취에 더욱 주의해야 한다.

76

염증으로 몸이 팅팅 부은 날

돌나물

'돌나물'은 강한 맛이 없고 음식의 주재료도 아니다. 그래서 굳이 찾아 먹는 음식은 아니지만 봄이 되면 마트 채소 코너 한구석을 어김없이 차지하고 있는 찬거리다. 풀 비린내가 있어 초장을 듬뿍 찍고 양념을 해도 먹기 싫어하는 사람도 있지만, 그 특유의 향 때문에 돌나물을 찾는 이들도 있다. 이렇듯 호불호가 갈리는 돌나물은 언제 먹는 게 좋을까? 염증성질환으로 몸이 팅팅 부은 날, 이런 날에 '돌나물'을 섭취하는 것을 딱 추천한다.

그 이름도 다양한 돌나물

돌나물은 어디서나 잘 자라고 같은 속에 해당하는 아류도 많기에 지역마다 돗나물, 돈나물 등 여러 가지 이명으로 불리며 한의학에서도 수분초(垂盆草), 석지갑(石指甲), 불갑초(佛甲草), 석상채(石上菜) 등 다양한 약재명으로 부르고 있다. 하지만 이름은 달라도 모두 유사한 형태와 식감, 효능을 보인다.

'청열소종해독'? 각종 염증성 질환에 효능

한의학에서 돌나물은 실제 약재로는 별로 사용하지 않지만, 각종 본초서에서 언급이 꽤 많이 되고 있는 약재다. 이는 바로 돌나물이 '청열소종해독(淸熱消腫解毒)'에 유효한 효과가 있기 때문이다. 청열소종해독이란 '염증을 가라앉히고 부은 것을 내보내며 독과 노폐물을 배출한다'라는 뜻인데, 일반적으로 감기 등으로 인한 가벼운 염증 뿐 아니라 간염으로 인한 황달, 폐렴으로 인한 기침, 객혈 등 심한 염증 및 염증성질환에도 그 효능을 기대할 수 있다. 또한, 돌나물에 있는 '사르멘토신'이라는 성분은 간염 치료에 있어 유효한 성분이기도 하다. 북한이나 중국에서의 임상 자료를 보면 급·만성간염, 전염성 간염, 방광염 등에 즙이나 알약을 만들어 적용했을 때 현저한 치료 효과를 나타냈다고 한다.

옛 문헌 속 돌나물, "항암 작용 기대해 볼 수 있어"

최근에는 돌나물에 항암 성분이 있는 것으로 알려져 더 주목을 받고 있다. 중국에서 펴낸 《중국본초도록》에는 '췌장암에 효과가 있다'는 기록이 있고, 중국의 본초서인《항암본초》는 중국에서 자라는 얼룩돌나물에 대해 '동물체내 실험에서 종양을 억제하는 작용이 있음'을 실증했다. 또한 췌장암, 구강암, 식도암, 폐암에 적용할 수 있다는 기록도 있다. 이뿐 아니라 북한에서 펴낸《항암식물사전》에서도 돌나물속에 속하는 식물이 항암 작용을 한다는 사실을 기술하고 있다.

돌나물의 봄나물로서의 가치

약용 작용 말고도 돌나물은 봄나물로서의 가치도 높다. 식이섬유는 부족하지만 풍부한 비타민 C를 날것으로 먹을 수 있고, 베타카로틴, 플라보노이드 등 항산화 성분도 풍부하여 겨울철을 이겨내며 떨어진 면역력을 올려 주고 춘곤증 예방에 도움이 되기 때문이다. 또한 풍부한 칼슘과 인산으로 뼈 성장과 건강을 도와주어 성장기 뿐 아니라 골다공증이 있을 때, 갱년기 등에도 좋은 식품이다.

'돌나물'로 200% 채우기

① 돌나물을 외적인 상처에 사용한다고?

돌나물을 검색해 보면 타박상, 볼거리, 뱀에 물린 데, 부은 곳, 담 결린 데 등등 다양한 곳에 외용으로 사용한다는 내용을 볼 수 있다. 실제 돌나물에는 염증 억제 성분도 있고 수분도 충분하여 해당 역할을 할 수 있기는 하다. 하지만 이는 어디까지나 병원도 없고 응급 약품도 없던 시절의 기록일 뿐, 현대적으로 보자면 '빨간 약'의 염증 억제보다는 효능이 약하기에 너무 믿지는 말도록 하자.

② 돌나물이 맞는 사람 있고, 안 맞는 사람 있다?

돌나물을 포함하여 많은 다육식물은 그 성질이 차기 때문에 몸에 열이 많은 소양인 체질의 사람에게 잘 맞는다. 반면 맥이 약하거나 몸이 찬 소음인 체질이라면 돌나물은 적게 먹는 것이 좋다.

77

울화가 치밀어 몸이 아픈 날

귤

한겨울, 포근한 이불속에 들어가 '귤'을 하나둘 까먹으며 좋아하는 책을 보는 것만큼 평화롭고 아늑한 일상도 없을 것이다. 이처럼 겨울이 제철처럼 느껴지는 귤은, 지금에 와서는 너무 흔해져 버렸지만 과거에는 왕족이나 먹을 수 있는 귀한 과일이었다. 삼국시대부터 재배 기록이 있기는 하지만, 원산지가 열대 쪽에 가까워 현재의 제주도 지방인 탐라국에서만 생산이 가능했기 때문이다. 그렇기에 과거의 귤은 왕에게 바치는 공물이자 진상품이었으며, 공을 세운 신하들에게 하사하는 특별한 별미였다. 자, 이러한 귤을 오늘날 우리 자신에게도 하사할 기회가 있다면, 과연 언제가 좋을까? 어느 날, 울화가 치밀어 몸 이곳저곳이 아파 오는 때가 있다면 그때 '귤'을 가장 먼저 추천하겠다.

우리가 먹는 귤은 토종이 아니다?

현대에는 귤의 경작면적이 늘고 재배 기술도 좋아져 누구나 쉽게 즐길 수 있는 과일이 되었다. 오죽하면 제주도 차원에서 너무 많이 생산될까 봐 '풍작 방지' 대책을 실시할 정도지만, 안타깝게도 지금 먹는 귤은 토종 품종이 아니다. 토종 귤은 크기가 작고 당도 면에서도 떨어지기 때문에 개량종에게 자연스럽게 밀려났는데, 우리가 현재 먹는 귤 품종은 중국 저장성의 원저우 밀감이 일본으로 건너가 씨가 없는 감귤로 개량된 품종을 수입한 것이다. 귤은 품종도 워낙 다양할뿐더러 개량종도 비교적 쉽게 만들어져 오렌지와 교잡한 천혜향, 한라봉, 레드향 등의 품종이 있고, 영귤(유자), 유자(의창지), 칼라만시(금귤) 등 많은 교잡종도 있다.

옛 문헌 속 귤, "그 껍질로 기운을 움직이다"

한약재로서의 귤은 과육보다는 '진피(陳皮)'라 불리는 껍질을 주로 사용했는데, 이는 현대 한의학에서도 사용 빈도가 매우 높다. 중국에서는 아예 '진피촌'이라는 마을이 있어 연간 산업 규모가 1조에 달할 정도로 귤 껍질은 한의학 제약사업에 있어 매우 중요한 약재이다. 《동의보감》에서는 진피에 대해 "성질이 따뜻하며 맛은 쓰고 매우며 독이 없다. 가슴에 기가 뭉친 것을 치료한다. 음식 맛이 나게 하고 소화를 잘 시킨다. 이질을 멈추며 담연(痰涎)을 삭히고 기운이 위로 치미는 것과 기침하는 것을 낫게 하고 구역을 멎게 하며 대소변을 잘 통하게 한다."라고 기록했는데, 기운을 움직여 소통시키는 것을 주 효과로 보았다. 한의학에서는 기의 흐름을 매우 중시하고 '기가 막혀서' 병이 되는 것이라 보기 때문에 진피의 사용 빈도가 높은 것이다.

노폐물과 스트레스로 막힌 기의 흐름, 귤로서 뚫는다?

귤 껍질을 통해 콜레스테롤 수치를 낮출 수 있다. 바로 귤 껍질에 있는 '테레빈유'라는 기름 성분이 혈관 건강에 큰 도움을 주기 때문이다. 또한, '폴리메톡실레이티드 플라본스'라는 성분은 스트레스 호르몬인 코티솔의 부작용을 낮추어 스트레스성 질환의 개선에 도움을 준다. 이를 노폐물과 스트레스에 의해 기의 흐름이 막힌 상황을 해결해 주는 것으로 본다면, 한의학에서 보는 귤의 약재 효과와 일맥상통하는 면이 있는 것이다.

'귤'로 200% 채우기

① 집에서 먹고 난 껍질을 차로 사용해도 될까?

결론적으로 말하면 먹고 난 껍질은 그냥 버리는 것이 좋다. 시중에 유통되는 대부분의 귤은 병해충이 꼬이는 걸 막기 위해 봄 때부터 수확기 전까지 한 달에 두 번 이상 농약을 도포하는 것은 물론, 그 위에 왁스까지 바르기 때문에 웬만하면 안 쓰는 것이 좋다. 정 아깝다면 정말 깨끗이 씻어 써야 하고 말이다. 한약재로 사용하는 귤껍질은 아예 과육을 포기하고 껍질만 얻는 것이기 때문에 농약을 거의 사용하지 않는다. 더구나 약재로 등록되기 위해서는 수십 종의 검사를 받아야 하므로 농산품인 일반 귤과는 안전도가 완전히 다른 것이다.

② 노지, 조생, 만생, 하우스, 타이벡… 이것들이 다 다른 귤이라고?

'노지'는 말 그대로 밭에서 자란 감귤이며, 이걸 따는 순서대로 '극조생', '조생', '만생'이라고 한다. 그리고 '하우스감귤'은 하우스 안에서 재배하는 것이고, '타이벡감귤'은 노지감귤 밑에 빛을 반사할 수 있도록 타이벡 섬유를 깔아 재배하는 것이다. 하우스감귤은 제철인 겨울이 아닌 여름에 재배하는데, 신맛에 비해 단맛이 강하다. 다만 수확량이 적은 탓에 겨울철에 나오는 보통의 감귤보다 약 3~5배까지 비싸다. 또한 하우스감귤의 출하 시기가 지나고 조생감귤이 출하되기 전 초록빛의 '극조생감귤'이 나오기 시작하는데, 이는 생김새처럼 단맛보다는 신맛이 많다. 참고로 타이벡감귤은 제일 고급품이라 볼 수 있는데, 그만큼 당도가 높다.

③ 귤 섭취 시의 부작용?

귤을 하나둘 까서 먹다 보면 어느새 멈추지 않고 계속 먹고 있는 자신을 발견하기가 쉽다. 하지만 그렇게 많이 먹다 보면 부작용 아닌 부작용을 겪을 수 있는데, 바로 노란 색소가 피하지방층에 저장되어 얼굴과 손바닥, 발바닥 등이 노랗게 변하는 경우다. 하지만 시간이 지나면 자연히 없어지는 것이므로 큰 문제는 아니다. 하지만 귤을 그 정도로 먹으면 이가 시릴 수 있다는 점을 명심하길 바란다. 잘 익은 귤은 단맛이 신맛을 가려 잘 느끼지 못하지만, 신맛을 내는 유기산 성분 등도 자연히 많이 섭취하게 되기 때문이다.

78

엉덩이 종기 때문에 앉지를 못하겠는 날

유채

꽃의 계절인 봄에 봄꽃으로 빼놓을 수 없는 것 중 하나가 '유채꽃'이다. 제주, 경상도 일부 지방에는 지자체에서 계획적으로 대단지를 조성한 유채꽃밭도 많다. 이는 유채꽃이 작기에 한곳에 모아 둬야 더욱 예쁘기 때문이기도 하지만, 또 다른 이유는 유채 대를 나물로 식용하고 종자에서는 기름을 짜기 때문이다. 이처럼 그 어여쁜 생김새만큼 우리에게 많은 도움을 주는 유채꽃이다. 이러한 유채꽃은 과연 언제 먹어야 좋을까? 엉덩이 종기로 고통받고 있는 이들이 있을 것이다. 이러한 종기 때문에 도저히 앉지를 못하겠는 날, 이런 날에 '유채'가 딱이다.

옛 문헌 속 유채, "뭉치고 정체되어 있는 병에 효과"

유채는 우리나라 어느 곳에나 다 있기에 지역마다 다른 이름으로 불렸다. '평지대', '한채', '청채' 등의 한자 이명이 있으며, 강원도에서는 '월동추', 경상도에서는 '겨울초'라고 했다. 유채는 《본초강목》, 《본초정화》 등 많은 한의서에 등장하며, 《동의보감》에서는 '운대(芸薹)'라고 하여 "성질이 차고 맛이 매우며 독이 없다. 유풍(遊風), 단종(丹腫), 유옹(乳癰)을 치료하며 징결(癥結)과 어혈을 헤친다."라고 기록하고 있다. 이는 전체적으로 종기·낭종 같이 뭉치고 열이 나며 부어오르고 정체되어 있는 질환군에 효과가 있다는 것을 의미한다.

유채는 왜 정체 질환군에 효과적일까?

《동의보감》에 언급되었던, 유채가 정체 질환군에 효과적이라는 것에 대한 성분적 분석은 아직 없다. 하지만 유채 자체가 지질 성분이 많은 특이한 식물로, 유채에는 이 지질 성분에 포함되어 있는 생리활성이 강한 알파토코페롤이 다량 함유되어 있다. 또한 혈관을 청소하며 콜레스테롤을 낮춰 주는 유채 속 올레인산 등이 해당 효능에 도움을 준다고 볼 수 있겠다.

독성물질을 역으로 이용한 유채꽃 약재

특이한 것은 유채 씨에 있는 독성물질인 '에루스산'인데, 부신백질이영양증이라는 희귀병에 사용하는 로렌조오일도 올레인산과 에루스산의 혼합물질이다. 이들은 독성물질이지만 특정 질환 상황에서 적절하게 사용하면 반대로 좋은 효과가 있는 경우다. 아마 과거의 한의학자들이 유채의 이러한 성질을 적절하게 이용한 것으로 보인다. 《동의보감》에도 독이 없다고 한 부분도 있지만, "오랫동안 먹으면 양기가 상한다. 그러므로 도가들은 특별히 꺼린다."라는 기록도 있는 것으로 보아 유채꽃 성질을 어느 정도 인지한 것으로 짐작된다.

'유채'로 200% 채우기

① 유채가 유전자 조합 식물(GMO)이라고?

유채는 물론 아주 오래 전부터 있었지만 말이다. 배추와 양배추라는 전혀 다른 종이 자연적으로 합해진 종으로, 우장춘 박사가 이를 밝혀냄으로써 종의 합성과 종간 잡종이 가능하다는 것을 증명한 경우다. 이것은 과일과 채소의 신품종 개발의 기본 원리로 작용해, 우리네 식단을 더 다채롭게 하는 데 일조했다. 이렇듯 유채는 대표적인 GMO 식물이라고 볼 수 있겠다.

② 카놀라유는 카놀라 기름이 아니다?

카놀라유는 '카놀라'라는 꽃에서 만든 기름이 아니라, '유채씨'로 만든 기름이다. 보통의 유채씨에는 독성물질인 '에루스산'과 갑상선비대증을 일으키는 '글루코시놀레이트'가 들어 있는데, 이러한 유채씨의 단점을 보완하기 위해 캐나다 정부에서 품종 개량을 통해 건강에 악영향을 끼치는 에루스산을 줄인 LEAR(low erucic acid rapeseed)라는 신품종을 개발했다. 이에 '카놀라'라는 명칭을 붙이고, 여기서 추출한 기름을 '카놀라유'라고 한 것이다. 참고로 카놀라유에는 알파토코페롤이 풍부하게 함유되어 있어 생리활성을 강하게 해 노화 방지에 도움이 된다. 또 혈중 콜레스테롤 수치를 높이는 포화지방산이 식용유 중 가장 낮고, 올레인산 함량은 60%로 높아 심장병·암·당뇨병·고혈압에 걸릴 위험을 줄인다고 한다.

79

내 몸의 나쁜 세포를 몰아내고 싶은 날

톳

더운 여름철 제주나 남해 바닷가로 피서를 가면 어촌마을에서 '톳'을 말리는 것을 볼 수 있다. 톳은 방송에 여러 차례 나오면서 유명세를 탔지만 아직 대중적이라고 보기는 어렵다. 그러나 한 번 먹어 봤다면 특유의 톡 터지는 독특한 식감을 잊지 못하고 계속 찾게 된다. 입 안에서 톳이 톡톡 터지듯, 몸 안의 나쁜 세포들도 톡톡 터진다면 얼마나 좋을까. 그런 의미로, 내 몸의 나쁜 세포를 몰아내고 싶은 날이 있다면, '톳'을 딱 먹어 보자.

과거엔 기근 시, 현대에선 다이어트 시 섭취?

제철은 3~5월경의 봄이지만, 양식의 경우 7월경에도 채취하는 톳. 톳은 남해나 제주에서 보릿고개나 기근이 들었을 때 구황음식으로 이용되곤 했다. 열량은 별로 없지만 단백질이나 당질을 비롯한 필수 영양소와 여러 가지 미네랄을 함유하고 있으며, 포만감을 주기 때문에 곡식과 섞어 밥을 지어 먹었던 것이다. 아이러니하게 현대에서는 같은 이유로 다이어트에 좋은 음식으로 꼽히고 있다.

옛 문헌 속 톳, "담백한 맛, 열·담을 내리고 종양을 없애"

과거 일부 바닷가에서나 먹던 음식이라 기록이 많지 않지만, 《자산어보》처럼 남해안을 기반으로 기록된 서적이나 《동의보감》에도 톳에 대한 일부 언급이 나온다. 《자산어보》에는 톳을 '토의채(土衣菜)'라고 하여 "맛은 담백하고 산뜻하여 데쳐 먹으면 좋다."라고 기록되어 있다. 또한 톳을 사슴의 뿔과 꼬리를 닮았다고 하여 '녹미채(鹿尾菜)'라고도 했다. 그리고 《동의보감》에는 "열을 내리고 담을 없애고 종양을 치료하며 부은 것을 치료한다."라고 기록되어 있는데, 이는 꼭 톳만을 지칭한다기보다는 해조류를 전체적으로 평한 것에 가깝다.

면역력을 높여 암세포를 사멸로 이끄는 톳

실제 톳은 종양 환자에게 좋은 음식인데. 톳을 비롯한 갈조류의 점액질에 함유되어 있는 수용성 식이섬유 성분인 '후코이단'이라는 성분이 연구되면서 《동의보감》의 기록이 증명되고 있다. 일단 후코이단은 면역력에 관련되는 세포들을 활성화하게 되는데, 특히 암세포를 사멸로 이끄는 유전자로 이뤄진 NK세포 활성화에 도움을 주어 암세포의 자연사멸에 도움이 된다. 또한 종양의 혈관신생을 억제하여 전이를 늦추는 데 도움을 준다는 보고도 있다. 게다가 점액질에 포함되어 있는 알긴산 성분도 콜레스테롤 수치를 감소시키고 혈액의 흐름을 원활하게 해 심혈관질환을 예방할 뿐 아니라 체내에 축적될 수 있는 중금속의 배출에도 도움이 된다.

뼈와 치아 건강을 넘어 다이어트에도 도움

앞서 말한 여러 효능 외에도 톳에는 칼슘, 마그네슘, 인 등의 함량이 높아 뼈와 치아 건강에도 도움이 된다. 또한, 그뿐 아니라 A, B, C, E 등의 각종 비타민과 철분 등도 풍부하며 칼로리는 낮고 포만감을 주기에 다이어트 음식으로도 좋다.

'톳'으로 200% 채우기

① '항암' 작용을 하는 톳에 들어있는 '발암' 물질이라니?
톳은 종양 환자에게 도움 되는 음식이지만, 모순되게도 '무기비소'라는 1급 발암물질을 함유하고 있다. 이 무기비소는 강력한 독성을 가지고 있지만, 다행히 매우 소량인 데다가 끓는 물에 데치면 대부분 해소된다고 하니 너무 걱정할 필요는 없다. 그러나 임신부나 어린이는 톳을 과식하지 않는 것이 좋겠다.

② 톳의 철분은 우유의 550배?
일본인들은 톳을 정말 많이 먹는데, 한때는 제주도 생산량 전체를 수입하기도, 일본 아이들 급식의 단골 메뉴이기도 했다고 한다. 그 이면에는 톳의 식감에 대한 선호도 있었지만, 톳에 철분 함유량이 높다는 것이 가장 큰 이유였다. 허나 이는 가공 과정에서 주철을 이용한 솥 때문에 과장된 것이라고 한다. 지금도 온라인 상에는 '철분이 우유의 550배'라는 등의 언급을 하는 정보들이 있는데, 과신하지 않도록 하자.

함께 건강하고 싶은 우리를 위한

열하나.

‘나’의 사소함도 채우는 한 끼

80 참을 수 없이 허기지는 날 <감자>

81 비타민 C 영양제 챙겨 먹는 걸 깜박한 날 <레몬>

82 틈만 나면 더부룩한 탓에 식사를 거르기 일쑤인 날 <마>

83 생리불순으로 걱정이 이만저만 아닌 날 <꼬막>

84 구충제를 먹을 때가 된 것 같은 날 <마늘>

85 내 몸에 좋은 기운 북돋아 주고 싶은 날 <닭고기>

86 큰 병 피해 가며 장수하고 싶은 날 <호박>

80

참을 수 없이 허기지는 날

감자

아메리카 원산지인 '감자'가 처음 유럽에 전파되었을 때였다. 감자가 땅 속에서 자란다는 이유로 '악마의 음식'으로 불리며 가난한 사람들이나 군인들이 먹는 음식으로 취급되고 있었다니, 믿어지는가? 하지만 지금은 다르다. 옥수수, 밀, 쌀에 이어 세계 4위의 생산량과 소비량을 자랑하는 유용한 채소로 자리 잡았으니 말이다. 감자는 풍부한 탄수화물뿐 아니라 단백질, 무기질까지 다양하게 갖추어 감자만 섭취해도 많은 필수 영양소를 섭취할 수 있었기에 역사적으로 가장 보편적인 구황작물이었다. 게다가 재배도 쉽고, 온대지방 대부분에서 자라 가격도 싼 데다가 풍부한 전분으로 다양한 요리에 응용 가능하니, 감자가 널리 퍼진 것은 어쩌면 당연한 수순이었다. 이처럼, 언제 어디에서나 쉽게 구할 수 있는 감자. '꼬르륵' 소리가 멈추지 않는, 참을 수 없이 허기진 날이라면 이런 '감자'가 딱이다.

누구도 몰랐던 비타민 집합체

감자가 풍부한 비타민을 함유하고 있다는 사실을 모르는 경우가 많다. 감자에는 비타민 B와 비타민 C가 많다. 중간 크기의 감자 한 알(100g 정도)에 약 42mg 정도의 비타민C가 들어 있으며, 스트레스에 효과적인 비타민 B1, 식욕 부진에 효과적인 비타민 B2, 염증에 효과적인 비타민 B6 등도 많다.

해적 영화에서 감자가 주구장창 등장하는 이유?

비타민은 열에 약해서 조리 시 손실이 많은 반면, 감자에 함유된 비타민은 '전분'이라는 보호막으로 인해 조리하더라도 손실되는 양이 적다. 그렇기에 감자를 40분 이상 삶아도 비타민의 절반 이상이 유지된다는 연구 결과도 있다. 이로 인해 장시간 항해했던 대항해시대에 비타민 부족으로 인한 괴혈병 같은 질환의 예방에 감자가 지대한 역할을 했을 것이다. 이는 해적 영화에서 클리셰처럼 등장하는, 주구장창 감자만 깎는 그 장면만으로도 짐작할 수 있다.

옛 문헌 속 감자, "화상이나 염증 환부를 보호?"

한의학에서는 감자를 '마령서(馬鈴薯)', '북감저(北甘藷)' 등으로 부르는데, '부종을 가라앉히고 소화기를 건강하게 한다'는 효능을 밝혀 놓았으나, 이는 약재로 사용했다기보다 구황식품으로서의 효능을 적어 놓은 것에 가깝다. 《호남약물지》라는 의서에 감자를 화상이나 염증에 생것의 즙을 외용으로 사용했다는 기록이 있으며, 중년층이라면 이를 실제 경험해

본 적도 있을 것이다. 하지만 연구 결과는 과거의 기록과는 상충되게 감자 자체가 직접적으로 화상 회복을 돕는 효능은 없다고 한다. 과거 기록은 직접적인 효능은 없지만, 감자의 전분이 굳어가면서 환부를 보호하고 수분을 공급하는 보호막 역할을 한 부차적 효능을 기록한 것으로 보인다.

'감자'로 200% 채우기

① 감자에도 독이 있다?

감자의 모든 부분에는 '글리코알칼로이드'라는 독성 화합물이 있는데, 사람이 이를 많이 섭취하면 식중독 증상을 보일 수 있다. 이는 초창기 감자가 '악마의 음식'으로 불리게 된 원인이기도 하다. 이는 원래 스스로를 보호하기 위한 성분으로서 적은 양에 불과하지만, 볕 드는 곳에서 싹이 나거나 열을 받거나 병원균에 손상되면 점차 성분이 증가하게 된다. 그러므로 감자는 꼭 익혀 먹길 권하며, 싹이나 녹색으로 변한 부분은 제거한 뒤 먹기를 바란다.

② 당뇨병 환자는 주의할 것!

감자는 당으로 전환될 수 있는 탄수화물이 풍부하고 칼륨이 풍부한 음식으로, 당뇨병이 있는 분들은 혈당이 높아지고 고칼륨혈증이 발생할 수 있으므로 적당량을 섭취해야 한다.

81

비타민 C 영양제 챙겨 먹는 걸 깜박한 날

레몬

생각만 해도 입에 침이 고이는 과일이 있다. 바로 '레몬'이다. 레몬은 비타민 C 함유 과일의 대명사로, 신맛이 강하기 때문에 다른 과일처럼 일상적으로 먹지는 않지만, 각종 요리에 사용되며 방송에서는 벌칙으로 많이 등장하기도 한다. 사실 레몬의 비타민 C는 다른 과일에 비해 아주 많은 편은 아닌 데다가 신맛이 별로 없는 브로콜리, 피망, 고추보다도 적은 편이다. 그래도 신맛이 강한 것은 시트르산(구연산)이 많아 pH가 2에서 3 정도로 산성이기 때문이다. 그리고 이는 고기류와 생선류의 염기성인 비린내를 제거하고 맛을 살려 주기에 각종 요리에 많이 사용되는 것이다. 또한, 음료수를 만드는 데도 레몬을 쓰고 소주에 레몬즙을 섞어 맛을 좋게 만들기도 하니, 우리 삶에 없으면 무척이나 허전할 과일이다. 그렇다면 이런 '레몬'은 과연 언제 먹어야 가장 좋을까? 예상했겠지만, 비타민 C 영양제를 챙겨 먹지 않은 날이다. 영양제 대신 레몬에이드 한 잔 어떨까?

이곳저곳에 다양하게 쓰이는 레몬

'레몬 제스트'라고 들어본 적 있을 것이다. 과자나 빵을 만들 때 레몬 껍질의 겉을 긁거나 채 썰어 활용한 것이다. 이뿐만이 아니다. 과일잼을 만들 때도 부족한 펙틴을 보충하기 위해 레몬즙을 뿌려 넣기도 하며, 레몬의 강산성을 이용해 치즈를 만들 때 활용하기도 하니 말이다. 또한, 제배를 많이 하는 지중해 인근 지역에서는 거의 우리나라의 고춧가루 급으로 대부분 음식에 레몬즙을 많이 뿌려 먹기도 한다.

레몬 다이어트, 레몬 디톡스는 신중하게!

레몬은 무려 90%가 수분으로 이루어져 있으며, 칼로리 역시 100g당 30kcal로 낮은 편이다. 게다가 레몬은 비타민 C 외에도 칼슘, 마그네슘, 인산염, 철, 아연 등이 풍부한 편으로 비타민과 미네랄 성분이 면역을 강화시키고 신진대사를 원활하게 일어나게 돕는다. 이 때문에 레몬 다이어트, 레몬 디톡스가 유행한 적이 있는데, 비타민 C가 체내에서 지방 연소를 하는 노르에피네프린 생성에 도움을 주는 것은 맞지만 원푸드 다이어트는 전체 영양 섭취에 심한 불균형을 초래하기에 추천하지 않는다. 살은 빠지지만 건강에 결과적으로 안 좋은 영향을 끼칠 수 있고, 요요 현상 또한 올 수 있으니 신중히 판단해 보고 할지 말지 결정하기를 바란다.

'레몬'으로 200% 채우기

① 레몬은 소화를 촉진하는 천연 소화제?

레몬의 원산지는 인도 북서부와 히말라야 지방쯤으로 추정되지만, 정확하지는 않다. 인도의 전통의학인 아유르베다에서도 레몬을 사용하는데, 레몬의 신맛이 '아그니'를 자극하는 데에 도움이 된다고 한다. 아유르베다 의학에서 강력한 '아그니'는 소화 시스템을 활성화시켜 음식을 더 쉽게 소화하고 독소 축적을 방지하는 데 도움을 준다. 실제 레몬 신맛의 주 이유인 구연산의 산도는 위산의 그것과 비슷해 음식의 소화를 촉진하는 천연 소화제 역할을 한다. 또한 신맛을 떠올리면 흘러나오는 침도 소화에 도움을 주기에 육류가 많은 서양 음식에는 레몬에이드와 같은 음료가 잘 어울리는 것이다.

② 괴혈병을 막아 준 대항해시대식 김치?

대항해시대에 장거리 항해가 늘어나면서 선원들의 큰 문제 중 하나는 괴혈병이었다. 이는 비타민 C의 결핍으로 생기는 병으로서, 음식물 속의 비타민 C 부족, 장의 흡수장애, 세균감염으로 인한 체내 수요량 증가 등에 의해 발병한다. 신선한 야채를 섭취하면 되지만, 당시에는 그것이 어려웠기 때문이었다. 그래서 나온 것이 레몬을 이용하는 방법이었는데, 이는 레몬이 높은 산도로 비교적 장기 보관이 가능했기 때문이었다. 즉, 레몬을 소금에 절여 피클을 만들면 레몬이 숙성되는 과정에서 염분 농도가 높은 용액에서도 살아남는 유산균이 발효를 일이키는데, 이때 레몬 속 당분에서 산과 이산화탄소를 만들어 비타민 C와 레몬의 향을 지키면서도 더 오래 보관할 수 있었기 때문이다. 일종의 '대항해시대식 김치'라고 보면 될 것이다. 한국인들은 나물과 해조류 등을 많이 먹으니 비타민 결핍을 걱정할 필요는 없지만, 요즘 청년들이 간편식으로 끼니를 데우는 경우가 많다 보니 의외로 비타민 섭취가 부족한 편인 경우가 많다. 꼭 아주 신 레몬이 아니더라도 여러 가지 채소를 챙겨 먹는 것이 좋겠다.

82

틈만 나면 더부룩한 탓에 식사를 거르기 일쑤인 날

마

담담한 맛과 미끌거리는 식감 때문에 한국에서는 불호가 많은 음식인 '마'. 하지만 한국과는 달리 일본에서는 그 식감을 즐기는 경우가 많아 매우 대중적인 채소라고 한다. 마는 포만감을 많이 주기 때문에 구황작물의 하나로 이용되어 왔고, 우리나라에서도 식용한 역사가 매우 길다. 백제 무왕(서동)이 선화공주와 혼인하기 위해 신라에서 아이들에게 가르친 〈서동요〉를 모두 알 것이다. 여기서 '서(薯)'라는 한자가 마를 가리키며, 그 당시는 아이들에게 구운 마를 주면 따라다닐 정도로 일반적인 음식이었다. 의외로 우리의 일상과 오래도록 함께한 마였던 것이다. 이러한 마는 과연 언제 먹어야 좋을까? 틈만 나면 속이 더부룩해 식사를 건너뛴 적이 많은 분들이 분명 있을 것이다. 소화 기능이 떨어진 것만 같은 날, 이런 날 '마' 주스 한 잔이라도 꼭 마셔 보길.

마가 건강식품이 된 이유?

현대에서 마는 일식에서 사용하는 것 외에는 건강식품으로서의 느낌이 강하다. 껍질을 깐 마에서는 끈적거리는 점액질이 나오는데, 이를 '뮤신' 성분이라 한다. 이러한 성분은 위벽을 보호해 주어 위염이나 속쓰림 증상을 완화한다. 그렇기에 오래된 소화기질환이 있는 분들이 마를 즙을 내거나 갈아서 먹기 시작하면서 인기를 얻은 것이다.

동의보감 속 마, "몸과 마음을 보하는, 산에서 나는 약"

한약재로서의 마는 '산약(山藥)'이라고 하는데, 사용 빈도가 높은 편이다. '산에서 나는 약'이라는 원초적인 이름을 가지고 있는 것처럼 두루 쓰이는, 일종의 보약이기 때문이다. 《동의보감》에는 "성질은 따뜻하고 맛이 달며 독이 없다. 허로로 여윈 것을 보하며 5장을 충실하게 하고 기력을 도와주며 살찌게 하고 힘줄과 뼈를 든든하게 한다. 심규(心孔)를 잘 통하게 하고 정신을 안정시키며 의지를 강하게 한다."라고 기록되어 있는데, 이는 몸을 보충해 주는 효과와 정신을 안정시켜 주는 효과를 강조한 것이다.

마가 '산에서 나는 장어'라 불렸던 이유? 아이 성장의 키 포인트!

마는 식물이지만 글루탐산, 아스파르트산 등 각종 아미노산이 풍부해 체력과 면역력을 높이는 데 도움을 준다. 이런 점 때문에 남성의 스테미나 증진에 도움이 된다고 하여 '산에서 나는 장어'라 불리기도 한다. 과거 단백질 부족이 일상화된 사회에서 식물성 아미노산은 충분히 먹는 것만으로도 보약이 될 수 있었다. 특히 성장기 아이들에게 이런 필수 아미노산들은 남들보다 더 크고 건강하게 자랄 수 있는 키 포인트가 되기에 지금도 허약아의 처방에는 산약이 자주 사용된다. 정신을 안정시켜 주며 의지를 강하게 하는 것도 이런 의미에서 이어지는 것인데, 이는 현대에서 말하는 정신적 스트레스를 이겨낸다는 의미보다는 몸이 튼튼하고 소화가 잘 되면 두뇌활동도 더 활발해진다는 의미에 가깝다고 볼 수 있다.

소화 기능이 떨어진 중년층에게 추천

앞서 말한 위점막을 보호하는 뮤신 이외에도 마에는 녹말을 분해하는 '디아스타제'와 소화효소인 '아밀라아제'가 함유되어 있다. 이는 위장에서 편하게 소화되고, 또 칼로리도 낮아 소화기 기능이 떨어진 사람들에게 좋은 음식임에 틀림없다. 특히 뿌리 부분에 포함되는 이눌린은 혈액의 당을 세포로 흡수시키는 인슐린 분비를 촉진해 혈당을 낮춰 주기에 당뇨병이나 비만, 고지혈증에도 좋다. 때문에 중년 남성이라면 누구나 그 식감을 이겨내고 한번 챙겨 먹어 볼 만한 음식이다.

'마'로 200% 채우기

① 마 알레르기가 있다?

마의 껍질에 있는 '옥살산칼슘'이라는 성분 때문에 손으로 만지면 가려움증을 느끼는 경우가 있다. 이때 가려움을 완화하는 방법이 있으니, 바로 소금을 문지르거나 식초 물을 활용하는 것이다. 하지만 애초에 장갑을 끼고 손질하는 것이 가장 좋겠다. 또한, 마도 알레르기를 일으킬 수 있기 때문에 일반적 알레르기 반응이 나타나면 즉시 섭취를 멈추고 접촉을 자제해야 한다.

② 마가 갱년기에 도움이 된다고?

마에는 '디오스게닌'이라는 스테로이드 물질이 풍부한데, 이 성분은 우리 몸속에서 성호르몬으로 변화되어 몸을 활성화시키는 작용을 한다. 풍부한 아미노산과 더불어 이 성분으로 인해 마는 남성 성기능 강화식품으로서도 소문이 많지만, 여성 갱년기에도 많은 도움이 되는 것은 분명하다.

② 마는 날것으로 먹어야 좋다?

마를 익히면 마 속 '뮤신' 등 좋은 영양소들이 파괴되기 쉽다. 그러므로 마는 생으로 먹는 것을 가장 추천한다. 생으로 섭취할 때는 소금이나 참기름 등에 찍어 먹으면 맛이 한층 좋다. 마 특유의 미끌거리는 식감이 부담스럽다면 우유나 요구르트 등과 함께 갈아 먹는 것도 좋다.

83

생리불순으로 걱정이 이만저만 아닌 날

꼬막

찬 바람이 불기 시작하는 11월이 되면 쫄깃 탱탱하고 달큼한 맛의 '꼬막' 철이 시작된다. 지금은 냉동 기술의 발달로 일 년 내내 꼬막을 맛볼 수 있지만, 제철 음식이 주는 신선함은 또 다를 것이다. 시중에서 쉽게 만날 수 있는 꼬막의 종류는 '참꼬막'과 '새꼬막', '피조개'로 나눌 수 있다. 피조개의 경우 피꼬막으로도 불리지만, 정확한 이름은 피조개다. 이 세 가지 종류 중 일반적으로 시중에서 가장 흔하게 볼 수 있는 것은 새꼬막으로서 갯벌이 아닌 바다 한가운데서 그물로 조업을 한다. 이와 달리 참꼬막은 널배를 타고 갯벌을 뒤지며 잡기 때문에 가장 비싼 편이다. 그렇다면 이러한 꼬막은 언제 먹는 것이 가장 좋을까? 요새 불규칙한 생리 주기로 인해 걱정이 많은 여성 분들이 많이 있다. 이런 분들에게 '꼬막' 요리를 딱 추천하고자 한다.

소문난 미식가 허균이 꼽은 조선시대 최고 인기 안주, '꼬막'

꼬막은 우리 민족과 오랫동안 함께한 식재료로, 그 이명만도 여러 개다. 강요주(江瑤珠), 괴륙(魁陸), 괴합(魁蛤), 복로(伏老), 와롱자(瓦壟子) 등의 한자 이명부터 고막, 참꼬막, 똥꼬막, 살조개, 안다미조개 등으로도 불린다. '안다미조개'는 그릇에 담은 것이 넘치도록 많다는 뜻을 지닌 순우리말 '안다미로'에서 따온 이름이다. 《홍길동전》의 저자 허균은 소문난 미식가였다. 요즘 표현을 빌면 '조선의 맛집 블로거'라고도 할 수 있었는데, 그는 술안주를 '음저(飮儲)'라 하여 바다에서 나는 것 중 꼬막으로 요리한 '조감(糟蚶)'이라는 안주를 대합조개, 게와 더불어 어패류 가운데 가장 좋은 안주인 청품(淸品)으로 꼽았다. 꼬막이 조선시대에도 인기 있는 식품이었음을 알 수 있다.

동의보감 속 꼬막, "속을 따뜻하게 하는 영양 만점 음식"

꼬막은 약재로서 '감(蚶)'이라 했는데, 《동의보감》에는 "성질이 따뜻하고 맛이 달며 독이 없다. 5장을 편안하게 하고 위를 든든하게 하며 속을 따뜻하게 하고 음식이 소화되게 하며 음경이 일어서게 한다(이것은 조갯살의 효과이다)."라고 기록했다. 《동의보감》에서 이런 종류의 서술은 약재보다는 음식으로 본 것으로, '영양이 풍부하고 소화가 잘 된다' 정도의 느낌으로 보면 되겠다. 그리고 뒤쪽의 남성의 성기에 대한 언급도 특별한 효능보다는 단백질을 잘 섭취하여 나타나는 현상으로 보면 좋겠다.

부인과 질환에 효과적인 꼬막 껍데기

오히려 한의학에서는 조개류의 껍데기를 약으로 쓰는 경우가 더 많다. 꼬막 껍데기의 경우도 《동의보감》 중 "껍데기는 불에 구워서 식초에 담갔다가 가루 내어 식초로 고약이나 알약을 만들어 먹는다. 일체 혈기병(血氣病), 냉기병(冷氣病), 징벽(癥癖) 등을 치료한다."라고 기록되었는데, 여기서 서술한 병들은 생리불순, 자궁근종과 같은 일종의 부인과 질환이다.

남녀노소 뼈 건강에 좋은 꼬막

현대적으로 볼 때도 꼬막의 효능은 무엇보다도 풍부한 단백질과 필수 아미노산, 각종 비타민, 칼슘, 철분, 아연과 같은 다양한 미네랄을 한 번에 섭취할 수 있다는 것에 있다. 그래서 성장기 어린이의 성장 발육과 골격 형성에 도움을 주고, 노령기 골다공증이나 골절 후처럼 뼈가 약해지는 상황에 섭취하면 매우 좋은 음식이다. 그 외에도 항산화 성분인 셀레늄, 타우린, 베타인 등 우리 몸의 신진대사에 좋은 영향을 주는 많은 성분을 가지고 있으니 사실 남녀노소 모두에게 좋은 음식이다.

'꼬막'으로 200% 채우기

① 생각보다 무서운 꼬막 알레르기?

꼬막에 알레르기 반응을 보이는 사람도 있다. 피부가 부풀어 오르는 팽진부터 설사, 구토, 복통, 현기증 및 호흡곤란을 유발하는 등 생각보다 심각한 알레르기 반응이 있을 수 있으니 꼬막을 먹고 증상이 나타나면 바로 음식을 피하고 진료를 받는 것이 좋다. 심한 경우 양념장을 살짝 찍어 먹거나 꼬막이 담겼던 그릇을 입에 갖다 대기만 해도 구토감을 느끼는 경우도 있다고 한다.

② 고막? 꼬막!

꼬막의 과거 표준어는 '고막'이었지만, 조정래 작가가 《태백산맥》에서 현지 주민들이 쓰는 '꼬막'이라는 표현을 고수했다. 이로 인해 이 조개 이름이 '꼬막'으로 널리 알려져 표준어마저 '꼬막'으로 변경된 것이다.

84

구충제를 먹을 때가 된 것 같은 날

마늘

단군신화에도 등장하는 '마늘'. 마늘은 분명 한국인의 '영혼의 파트너'지만, 의외로 원산지는 이집트로 알려져 있다. 우리나라에서 마늘은 요리의 종류를 가리지 않고 첨가하는, 단순 향신료 그 이상이다. 한국 요리의 '시작과 끝'을 마늘이라고 해도 과언이 아니며, 그만큼 마늘을 가장 많이 먹는 나라이기도 하다. 자주 먹고 또 그만큼 흔해 마늘의 효능을 간과하기 쉽지만, 그 효과는 예부터 지금까지 알려진 것만 해도 엄청나다. 특히나 마늘의 항균 효과는 따라올 자가 없을 정도다. 그렇기에 구충제를 먹어야 할 때가 왔다 싶으면, 이런 날 '마늘'을 활용한 요리가 딱이다.

동의보감 속 마늘, "감염병을 없애다"

한의학에서 마늘은 '대산(大蒜)'이라고 하는데, 《동의보감》에 "성질이 따뜻하고 맛이 매우며 독이 있다. 옹종(癰腫)을 헤치고 풍습(風濕)과 장기(瘴氣)를 없애며, 현벽(痃癖)을 깨뜨리고 냉과 풍을 없앤다."라고 기록되어 있다. 여기서 '장기, 온역'이라는 말들은 쉽게 설명하면 아열대 지방의 풍토병이나 감염 질환 등이라고 할 수 있다. 사극에서 마을에 감염병이 생기면 새끼줄에 마늘과 고추를 끼워 금줄로 출입을 막아 놓은 것은 이러한 효과에 대한 믿음 때문이었다.

강력한 항암 효과, 마늘 속 '알리신'!

마늘의 주성분은 '알리신'이라고 알려졌다. 알리신은 마늘 냄새의 주요 성분으로, 세균과 곰팡이에 대한 살균 및 항균 효과가 뛰어나며 이는 인체 내·외부에 다 적용된다. 식중독균은 물론, 한국인에게 많다고 알려진 헬리코박터균이나 기생충도 제거할 수 있다고 한다. 특히 이 알리신이 주목 받는 이유는 강력한 항암 효과 때문이다. 알리신은 세포의 돌연변이를 막고 종양의 크기를 줄여 주는 것으로 알려져 있는데, 특히 소화기계 암과 자궁암, 전립선암 등의 예방에 도움을 준다고 한다. 이는 《동의보감》의 기록과 일치하는데, '현벽(痃癖)'이라는 것은 배꼽 주변부터 늑골 아랫부분에 이르는 하복부에 덩어리가 생기는 질환으로 낭종, 내막증 등도 있지만 해당 부위에 발생하는 암도 포괄하는 개념이기 때문이다.

'마늘'로 200% 채우기

① 마늘을 멀리해야 할 때가 있다?

식물계에서 매운맛, 아린 맛, 강한 맛은 곧 식물이 스스로를 보호하기 위해 가지고 있는 독성이라고 생각하면 된다. 당연히 사람이 많이 섭취해서 독성분이 누적되면 부작용이 발생할 수 있다. 부작용은 가벼운 구토감일 수 있지만, 심하면 소화기 점막의 염증으로 진행될 수 있다. 물론 사람은 그 독성에 저항할 수 있으며 굽거나 찌면 매운맛도 가시고 부작용의 가능성도 줄어들기에 크게 걱정할 필요는 없지만, 생마늘은 너무 많이 먹지 않는 것이 좋겠다. 특히 혈액 응고를 방해하는 성분이 있으니 관련 질환이나 수술을 앞두고 있다면 멀리하는 것이 좋다.

② 마늘 냄새의 원인, 그 냄새를 없애려면?

마늘의 주성분인 알리신 등에는 황 성분이 들어가 있고, 이는 열에 잘 분해되기 때문에 굽거나 찌거나 요리에 넣으면 그 냄새가 줄어들게 된다. 하지만 이 성분들은 몸에 최장 24시간까지 남아 그 시간 동안 계속 마늘 냄새가 나게 된다. 우리는 마늘을 거의 매일 먹기 때문에 잘 느끼지 못하지만, 외국인들이 우리에게 마늘 냄새가 난다고 하는 것은 이 때문이다. 이 때 커피, 홍차, 사과 등 폴리페놀이 들어 있는 식품을 먹으면 마늘의 냄새가 줄어드는 효과가 있다.

85

내 몸에 좋은 기운 북돋아 주고 싶은 날

닭고기

복날이 오면 삼계탕집 앞에 길게 늘어선 사람들의 행렬을 볼 수 있다. 이렇듯 현대에 들어 복날 보양식을 대표하는 음식으로 자리잡은 '닭고기'다. 지금은 곡물 사료를 이용한 대량 생산이 가능해지면서 닭고기는 흔한 육류가 되어 버렸지만, 예전에는 '사위가 오면 씨암탉을 잡을' 정도로 귀한 음식이었다(심지어 달걀 역시 지금처럼 공장식으로 많이 생산하지 못했기에 비싼 음식 중 하나였다). 이토록 귀하디귀한 음식이었던 만큼, 내 몸에 좋은 기운을 북돋아 주고 싶은 날이 있다면 '닭고기'를 먹어 주는 것이 어떨까?

가장 효과적인 단백질 공급제

닭고기의 효능은 뭐니 뭐니 해도 '효과적인 단백질 공급'이다. 닭고기는 쇠고기보다 단백질이 풍부하다. 닭고기 100g 당 단백질은 20.7g, 지방질은 4.8g이며, 총 126kcal의 열량을 내는데, 지방이 많이 분포된 껍질을 제거하면 단백질 함량은 훨씬 높아진다. 더구나 닭고기의 단백질은 조류의 특성상 지방도 적고 섬유질이 가늘어 흡수가 잘되기 때문에 더욱 효과적이다.

동의보감 속 닭고기, "부족으로 생긴 질환에 효능"

《동의보감》 약재설명 금부(禽部, 조류 편)에 처음 등장하는 것도 닭인데, 색깔별(적색, 검은색, 하얀색), 암수별, 부위별(닭 벼슬부터 닭의 분뇨까지)로 나누어 약재로서의 닭의 효능을 적어 놓았다. 그 효능에는 닭이 가지는 문화적 특징상 주술적인 부분도 있으며 모든 것을 끌어 모아 놓은, 말 그대로 《동의보감》 특성상 말도 안 되는 효능을 적어 놓은 부분도 있다. 그러나 주로 허손(虛損, 부족해서 생긴 질환)으로 인해 생긴 질환에 효능이 있다고 기록되어 있다.

임신, 출산에 도움이 되는 단백질원

닭고기의 효능에서 주목할 점은 '안태(安胎)'라고 하여 임신 유지에 도움을 주는 부분과 산후조리에 허해진 몸을 보하는 부분들이 보인다는 것이다. 이를 통해 양질의 단백질 섭취가 중요한 시기였던 만큼 단백질 섭취가 많이 부족했던 과거에 닭고기가 훌륭한 단백질원이었음을 알 수 있다. 물론 현대에는 과거처럼 단백질이 부족하여 임신 유지가 어려울 정도의 산모는 별로 없지만, 입덧 등으로 임신 중 몸이 힘들면 삼계탕 한 그릇만으로도 큰 도움이 될 수 있다.

'닭고기'로 200% 채우기

① 닭고기가 안 맞는 체질이 있다?

보통 한의학의 체질론에서는 고기를 냉온의 성질로 나누어 각각에 적합한 체질이 있다고 본다. 보통은 '양고기가 가장 따뜻하고, 닭고기는 따뜻하고, 소고기는 평이하고, 돼지고기는 차갑다' 정도로 보는데, 실제 지방량이나 여러 가지 함유 성분으로 보면 완전히 틀린 이야기는 아니다. 그러나 일상의 식생활에서 이를 너무 신경 쓸 필요는 없다고 본다. 딱 한 가지 음식만 먹는 것도 아니고 이것저것 다른 음식을 섞어 먹기에 치우친 기운이라는 것은 중화되기 마련이기 때문이다. 게다가 약이 아니므로 심하게 치우친 기운도 아니다. 결정적으로 현대는 음식 가공법이 발달되면서 단순히 원재료만 가지고 성질을 나눌 수 없을 정도로 복잡해졌다는 것이다. 하나하나 찾아 가려 먹기가 어려운 이유도 있기 때문에 질환 등이 있지 않다면 너무 신경 쓰지 않는 것이 좋다.

② 치킨스톡은 고급 MSG?

사실 스톡이라는 것은 우리나라말로 치면 '건조 육수 분말'정도 되겠다. 각종 고기류, 버섯류, 야채류는 다 스톡 제품이 있다. 그중에서 방송에 많이 방영되어 나온 치킨스톡이 유명해져서 '맛을 내는 마법의 가루'처럼 느끼는 분들이 있는데, 한마디로 조금 더 고급진 MSG(monosodium glutamate)라고 생각하면 된다. 닭고기에도 글루탐산, 이노신산과 같은 감칠맛을 내는 성분이 많이 들어 있기에 여기에 소금만 첨가하면 MSG가 되는 것이다.

86

큰 병 피해 가며 장수하고 싶은 날

호박

툇마루에 몇 개씩 쌓여 있는 누런 빛의 큰 '호박'. 많은 이들의 상상 속 시골집에 자주 등장하는 장면이다. 호박은 그 달큼한 맛이 일품이지만, 요리 과정이 힘들어 과거에는 호박죽이나 산모의 조리용으로 몇 개 챙겨 놓는 정도였다. 하지만 요즘에는 호박찜, 호박구이, 호박떡, 호박죽 등 호박 요리를 판매하는 가게도 많고, 보다 쉽게 구할 수도 있어 어찌 보면 과거보다 호박에 대한 접근이 쉬워졌다고 할 수 있겠다. 이렇듯 우리 주변에 가까이 있는 호박은 언제 먹어야 가장 좋을까? 사실 누구나의 바람은 '큰 병 없이 오래도록 건강하게 사는 것'일 것이다. 그 바람을 이룰 수 있게 보조해 줄 식재료로 '호박'이 딱 떠오른다.

옛 문헌 속 호박, "호박은 사실 외래종이었다?"

호박은 한약재로는 '남과(南瓜)'라 하여 남쪽 지방에서 온 박과의 식물이라는 뜻을 담는다. 하지만 호박이라는 것은 '오랑캐(호, 胡)의 박'이라는 뜻으로서, 사실 외래종이라 할 수 있겠다. 도입된 시기도 임진왜란 이후로 상당히 늦은 편으로, 조선 중기까지 우리 민족은 호박을 먹지 않았다. 물론 중국에서는 그 이전에 도입되어 명나라 때 저술된 이시진의 《본초강목》에는 "속을 보하고 기운을 더해준다."라고 기록되었고, 남과라는 이름도 그 때 기록된 것이다. 그래서 《동의보감》에는 호박에 대한 설명이 없다. 《본초강목》을 참고했더라도 저자 본인도 잘 모르는 채소였기 때문이다.

동의보감 속 호박에 대한 오류?

가끔 인터넷에 떠도는 정보 글을 보면 《동의보감》에 기록된 호박의 효능이라며 '성질이 평(平)하고, 맛은 달며, 독이 없다. 오장을 편안하게 하고, 정신을 안정시켜며 산후의 하복부 통증을 치료한다. 또 소변을 나가게 하고, 눈을 밝아지게 하고, 눈병을 치료한다.'라고 알리고 있는데, 이는 보석 '호박(琥珀)'에 관련된 글로 채소 호박과는 관련이 없다. 다만 늙은 호박에 산후 부기를 빼는 데 워낙 자주 쓰이다 보니, 비슷한 글귀가 있어 별다른 의심 없이 퍼지게 되었던 것 같다.

다이어터라면 반드시 챙겨 먹어야 할 음식, 호박!

사실 호박은 다이어트에 아주 좋은 음식이다. 일단 칼로리가 100g당 29kcal밖에 되지 않을뿐더러 호박에는 식이섬유가 다량 함유되어 있어 포만감을 주면서도 변비까지 예방할 수 있기 때문이다. 더불어 호박 속 '펙틴'도 장 운동을 활발하게 하므로 다이어트 중 생길 수 있는 변비를 쉽게 예방할 수 있다. 또한, 식사량을 줄여 부족해지기 쉬운 미네랄, 비타민 A, C, E와 같은 면역력을 강화하는 영양소들이 많이 함유되어 있으므로 다이어트를 하면서 건강도 챙길 수 있게 해 주는 음식이다.

만성 염증, 암 예방에 도움 되는 호박 속 '베타카로틴'

그 외 호박의 가장 중요한 성분이라 하면 바로 '베타카로틴'을 들 수 있다. 호박의 주황색은 이 '베타카로틴'이라는 색소 때문인데, 이는 발암물질인 니트로소아민의 생성과 암 세포 증식을 억제하는 효능이 있어 암 예방에 도움을 줄 수 있다. 또한 베타카로틴은 항염증 효과가 있어 만성 염증 환자에게 좋다. 만성 염증은 당뇨병, 암, 신장 및 심장 질환 등으로 이어질 수 있기에 가볍게 봐서는 안 된다.

'호박'으로 200% 채우기

① 산후 부기를 빠지게 하는 호박즙?

출산 후 부기를 빨리 빼 준다는 이유로 산모들에게 호박즙을 많이 선물하기도 하고, 또 산모들이 많이들 찾아 먹기도 한다. 실제 늙은 호박의 '시트룰린'이라는 성분은 항이뇨호르몬이 분비되는 것을 방해하여 몸속의 이뇨 작용을 촉진한다. 그 때문에 몸속에 수분이 지나치게 많이 축적되어 나타나는 부기를 완화하는 효과가 있는 것이다. 그러나 출산 후의 부기는 콩팥의 기능에 문제가 있어서가 아닌, 임신 중에 피부와 피하 지방에 수분이 축적되어 나타나는 것이므로 콩팥에 도리어 좋지 않은 영향을 줄 수 있다. 따라서 출산 후의 부기는 활발한 신진대사에 의해 자연스럽게 땀으로서 빼는 것이 좋겠다. 산후 조리를 위해 호박을 섭취하고자 한다면 가벼운 음식으로 먹거나, 산후 1개월이 지났음에도 부기가 가라앉지 않거나 소변 배출에 어려움이 있을 경우 먹는 것을 추천한다.

② 스트레스로 밤에 잠이 안 온다면, 호박씨를?

호박씨를 까먹기는 귀찮지만, 이는 좋은 영양소를 많이 가지고 있는 견과류로 볼 수 있다. 호박씨는 견과류답게 지방이 많고 열량은 높지만 단백질이 풍부하다. 또 호박씨의 지방은 불포화지방산과 레시틴이 많이 함유되어 있어 뇌혈관질환에도 도움이 될 수 있다. 특히 호박씨는 '트립토판'이라는 성분을 함유하고 있는데, 이는 몸에 흡수되며 수면을 유도하는 '멜라토닌'으로의 전환이 용이하므로 스트레스성 불면이 있는 사람에게 좋은 견과류이다.

열둘.

‘특별한 당신’을 위하는 한 끼

87 눈이 침침하신 할아버지가 생각나는 날 <전복>

88 요새 들어 기억을 못 하시는 어머니가 걱정되는 날 <호두>

89 할머니 팔순 생신날 <도미>

90 또래보다 몸집 작고 약한 내 아이가 신경 쓰이는 날 <밤>

91 매일 반주 하시는 아버지를 말리고 싶은 날 <칡>

92 수술 마친 동생의 빠른 회복을 돕고 싶은 날 <아욱>

93 임신한 친구가 놀러 온 날 <시금치>

94 출산 후 온몸이 부은 아내가 눈에 밟히는 날 <가물치>

95 밤에 약해진 남편이 안쓰러운 날 <우엉>

96 당뇨인 어머니의 혈당이 높아진 날 <보리>

97 암에 걸리신 부모님께 바깥 음식 사 드리려는 날 <미꾸라지>

98 이리저리 뛰노는 조카를 봐 주기로 한 날 <가오리>

99 귀한 분께 대접하고 싶은 날 <송이버섯>

87

눈이 침침하신 할아버지가 생각나는 날

전복

양식의 성공으로 이제는 크게 대중화됐지만, 여전히 최고의 보양식 중 하나로 꼽히는 '전복'. 전복은 특유의 식감과 맛, 효능으로 그 가치를 인정받고 있다. 심지어 중국에서는 전복 말린 것을 '건화(乾貨, 화폐)'라고 부르며 화폐 취급을 할 정도로 귀하게 여겼으며, 현재도 전복은 건해삼, 건표고와 함께 최고의 식재료로 취급받고 있다. 귀한 전복은 어르신들께도 특히나 사랑받는데, 요새 들어 눈이 침침해지셨다는 할아버지께 '전복'을 선물해 드려 보면 어떨까?

동의보감 속 전복, "껍질조차 가치 있어, 간과 눈을 치료해"

전복은 살은 물론이고 그 껍질도 생각지 못한 곳에서 활용된다. 전복 껍데기의 아름다운 무지개색 빛을 본 적이 있을 것이다. 바로 탄산칼슘, 그리고 단백질이 겹겹이 치밀하게 쌓인 구조의 영향으로 빛이 반사되는 것이다. 이는 매우 단단하고 쉽게 변하지 않는다는 특성을 가지는데, 그런 면에서 훌륭한 장식 재료로 쓰일 수 있다. 게다가 한의학에서도 이 껍질을 약재로 사용하는데, '석결명(石決明)'이라 하여 주로 눈과 관련된 질환에 사용해 왔다. 《동의보감》에 "성질이 평(平)하고 맛이 짜며 독이 없다. 청맹과니와 내장, 간, 폐에 풍열이 있어 눈에 장예(障翳)가 생긴 것을 치료한다."라고 되어 있는데, 이는 간 기능을 안정시키고 눈에 이상이 생긴 부분을 치료한다는 뜻이다. 물론 전복의 살 부분도 눈에 좋다는 기록이 있다.

전복이 눈에 좋은 이유? '천연 칼슘영양제'이기 때문!

전복이 눈에 좋다는 기록을 현대적으로 해석하면, 이는 '칼슘' 섭취와 관련이 있다. '석결명'은 전복의 껍질을 고온에 굽고 소금물에 담아 찌는 과정을 거치는데, 이를 통해 전복 껍질의 대부분을 차지하는 칼슘 성분이 비교적 인체에 흡수되기 쉬운 형태(산화칼슘)로 추출된다. 칼슘은 흔히 알고 있듯이 뼈 건강에 도움이 될 뿐 아니라 우리 몸의 중요한 신경전달물질의 하나로서 부족하면 체액이 산성화돼 시력 저하, 두통, 어지럼증, 불면, 상열감 등에서 근육 통증, 체중 증가까지 다양한 증상이 나타난다. 결과적으로 전복 껍질은 '천연 칼슘영양제'인 셈이다.

보양식으로서의 가치가 월등한 전복

전복의 살은 껍질만큼은 아니지만 칼슘이 많고, 다양한 종류의 미네랄과 비타민을 함유하고 있다. 그렇기에 보양식으로 먹기에 더 적합하다. 특히 전복은 매우 고단백 식품으로 단백질의 함유량이 높을 뿐 아니라 아르기닌, 알라닌, 아스파르트산, 라이신, 메티오닌, 티로신, 트레오닌, 발린 등 다양한 종류의 아미노산을 함유하고 있으므로 피로 회복, 스태미나 증진, 혈압 관련 질환 개선 등 다양한 면에서 좋은 효과를 볼 수 있다.

'전복'으로 200% 채우기

① 자연산과 양식의 차이가 클까?

'무조건 자연산이 최고!'는 모든 해산물에 붙어 있는 인식이다. 물론 전복도 자연산이 훨씬 더 비싼 데다가 구하기도 어렵다. 하지만 실제 양식산과 자연산은 그 가격 차이만큼 맛의 차이가 크지는 않다. 양식 전복의 먹이도 자연에서 채취한 미역과 다시마로, 오히려 마구잡이로 이것저것 먹고 자란 자연산보다 양식산이 맛이 있다는 평가도 있다. 영양적으로도 큰 차이는 없고 말이다.

② 전복은 '양인'이 먹어야 하는 음식이다?

전복은 성질이 차다고 하여 사상 체질에서는 양인의 음식으로 분류하고 있다. 요즘 유행하는 팔체질에서는 금(金)체질의 음식으로 분류하고 있는데, 필자의 진료 경험상 이 부분에만 집중해서 너무 가려 먹을 필요는 없다. 소량으로 먹는 음식에서 성질이 찬 것은 크게 영향을 주지 못하며, 여러 가지 음식을 동시에 먹는 한국의 식습관 상 크게 문제 될 것은 없기 때문이다. 다만, 생각보다 딱딱한 전복의 살이 소화가 잘 안 될 수가 있기에 소화력이 떨어진 사람은 전복을 익혀 먹는 것이 좋다. 또한, 알레르기가 있다면 그런 사람들만 전복을 피하면 되겠다.

88

요새 들어 기억을 못 하시는 어머니가 걱정되는 날

호두

'호두'의 한자명은 '오랑캐 호(胡)', '복숭아 도(桃)'로, 오랑캐 땅에서 온 복숭아라는 뜻이다. 원래 아열대 기후인 페르시아 지방(이란, 터키 등)에서 온 나무인데, 고려 때 원나라에서 들여왔다고 하여 붙여진 이름이다. 호두 열매가 달려 있는 모양을 보면 실제 복숭아와 유사하기도 하다. 또, 호두는 어떻게 보면 우리의 '뇌' 모양과 비스무리하게 보이기도 한다. 게다가 호두는 실제 두뇌 활동에 도움을 준다. 그러니 예전에 비해 기억력이 많이 안 좋아지신 어머니가 생각난다면, '호두' 몇 알 정성스럽게 까서 입안에 넣어 드려도 참 좋겠다.

호두, 먹지 말아야 할 부분이 있다?

호두를 먹을 때 주의할 부분이 있으니, 바로 '겉 과육'이다. 호두의 겉 부분 과육에는 독성이 있을 수 있는 데다가 옷뿐 아니라 사람 피부도 까맣게 물들이는 작용이 있으므로 먹지 않는 게 좋다. 이렇듯 호두는 다른 견과류에 비해 수확량도 적고 겉 부분의 과육, 겉껍질, 속껍질 등을 모두 제거해야 하는 번거로움이 있어 고가이지만 그만큼 좋은 영양 성분이 많다.

동의보감 속 호두, "몸을 살찌게 하는 좋은 음식"

《동의보감》에 호두는 "성질은 평(平)하며 맛이 달고 독이 없다. 월경을 통하게 하며 혈맥을 윤활하게 한다. 수염을 검게 하며 살찌게 하고 몸을 튼튼하게 한다."라고 기록되어 있다. 그런데 일단 과거 한의서의 기록 중 '살찌게 하고'라는 언급이 들어가 있으면 지금과는 다르게 무조건 좋은 것으로 보았다. 호두는 100g 중 65% 이상이 지방으로, 고기와 비교해도 농후한 기름진 맛이 있어 이러한 식재료가 적었던 과거에는 얼마나 맛있는 음식이었을까 싶다. 다만, 그만큼 열량도 높기에 《동의보감》에도 "성질이 열하므로 많이 먹어서는 안 된다. 그것은 눈썹이 빠지고 풍을 동하게 하기 때문이다. 비록 살찌게는 하나 풍(중풍)을 생기게 한다."라고 주의 사항을 덧붙였다.

두뇌 활동 보조 및 치매 예방에 효과적

호두는 인체가 합성할 수 없는 불포화지방산인 오메가3, 오메가6, 올레인산 등을 많이 함유하고 있어 항산화 효과, 심혈관질환 개선이라든지 두뇌 활동 보조 및 치매 예방에 좋다. 과거에는 호두의 모양이 폐와 비슷하다고 하여 '잦은 기침에 좋다'라고 했는데, 이 부분도 불포화지방산과 관련돼 있다. 또한 우리 몸에서 필요로 하는 오메가3과 오메가6 지방산의 비율은 1:4 정도인데, 호두도 같은 비율로 함유하고 있어 불포화지방산이 풍부한 식품 중에서도 뛰어나다고 볼 수 있다.

'호두'로 200% 채우기

① 호두는 정말 남자에게 좋을까?

남자의 고환을 호두의 겉껍질을 제거하기 전의 모습과 닮았다고 하여 속된 말로 '호두알'이라고 부르는 경우가 있는데, 신기하게도 호두는 '정력'에 좋은 음식이 맞다. 호두에는 지방산 이외에도 아미노산 성분, 그리고 여러 가지 비타민들도 많이 함유되어 있다. 이 아미노산 중 '아르기닌'이라는 것은 헬스보충제로도 많이 이용하는 성분이다. 또한 호두에는 비타민 중에서도 비타민 E 성분(토코페롤)이 많아 세포 합성에도 관여해 실제 정자 생성, 자궁 기능 유지, 임신 유지 등에도 도움이 된다.

② 우리가 모르는 호두 활용 음식이 있다?

일반적으로 '호두' 하면 과자 혹은 빵에 들어가는 토핑이나 천안의 호두과자 정도가 떠오르지만, 우리나라 전통 음식에서 호두는 죽, 장아찌, 즙냉채, 엿, 튀김, 술 등 다양한 요리로 이용됐다. 이 중 '호도주(胡桃酒)'는 일반 곡주를 빚을 때 호도(胡桃)를 넣어 발효시킨 술을 가리킨다. 당시 호두가 귀했기에 관련 요리 기록이 많지는 않지만, 조선 전기 음식 백과사전인 《수운잡방》에는 "오로칠상을 치료하고, 기를 보한다."라는 효능이 기록되어 있는 약주이기도 하다.

89

할머니 팔순 생신날

도미

'도미'는 오래전부터 행운, 복을 불러오는 물고기라 했다. 그렇기에 언제나 어르신들의 생일 잔칫상 한 켠을 차지하고 있던 귀한 물고기였다. 옆나라 일본 아이치현의 토요하마에서는 해상의 안전과 만선을 기원하는 도미 축제가 열리기도 하고 말이다. 참고로 이 축제는 청년들이 대나무로 만든 거대한 도미를 어깨에 멘 채 마을을 쭉 돈 후 바닷속으로 들어가는 식으로 진행된다. 아무튼, 이런 행운의 생선 도미는 언제 어떻게 먹어야 더 좋을까? 무병장수와 같은 행운을 드리고 싶은 분이 있다면 그 분께 대접하는 것은 어떨까? 예로 할머니 팔순 생신날, 이런 날 '도미' 요리가 딱일 테다.

맛으로 따라갈 자 없던 그 생선, '도미'!

참돔, 황돔, 혹돔, 자리돔, 붉돔, 감성돔, 먹돔 등 도미는 그 종류가 아주 다양하다. 하지만 정확히 따지자면 참돔, 붉돔, 감성돔 이렇게 세 종류만 농어목 도밋과로 같은 과의 '도미'라고 볼 수 있다. 홍선표의 《조선요리학》에서는 "도미는 원래 사람이 길들이기 쉬운 물고기이며, 유연한 것이면 무엇이든 잘 먹는다. 물이 너무 차면 힘을 못 쓰고 먹는 것도 싫어하고 겨울잠에서 깨어나면 무엇이든 탐식해 가장 맛있는 시기는 봄부터 알을 낳는 여름철 사이다."라고 봄철 도미에 대해 긍정적으로 묘사하고 있다.

요리학에서는 환영, 한의학에서는 외면?

맛이 굉장히 좋아 요리학에서 사랑받은 도미였는데도 불구하고, 도미는 한의학자들의 눈에는 들지 않았던 듯하다. 우리나라 전역에서 잡히고, 또 여러 이명들이 있는 것으로 보아 분명 도미의 존재를 모르지는 않았을 것이다. 하지만 한의서에는 도미에 대한 별 기록이 없다. 《자산어보》에서 '강항어-목이 튼튼한 고기'라고 참돔을 기록하고 있을 뿐이다. 하지만 실제 도미는 맛은 물론 영양가도 뛰어난 생선임에 틀림없다.

기본 신체 활동력을 높이는 '비타민 B군 덩어리'

도미는 다른 생선에 비해 비타민 B군이 아주 풍부한 것이 특징이다. 참고로 비타민 B군은 세포 대사에서 중요한 역할을 하는 수용성 비타민으로, 몸속에 쌓이지 않고 바로 배출되곤 한다. 그렇기에 평소에 주기적으로 비타민 B군을 음식이나 영양제 등을 통해 섭취해 주어야 한다는 것이다. 주요 역할은 소화, 에너지 생산, 칼로리 대사, 근육 대사, 혈액 순환, 피부 건강, 면역력 등 우리 몸의 기본적인 신체 활동에 관여하는 것이다. 참고로 임산부들의 필수 섭취 영양소가 된 '엽산'도 비타민 B9이다.

맛과 보양 동시 충족! 비만 환자, 산모에게도 좋아

비타민 외에도 도미는 타우린, 글루탐산 등 여러 미네랄 뿐 아니라, 맛과 보양을 동시에 취할 수 있는 영양소를 많이 함유하고 있다. 이런 이유로 도미의 효능 하면 활력 충전, 기력 회복, 피부 건강 등이 먼저 떠오르고, 실제 그런 효과를 기대할 수 있다. 특히 도미의 껍질과 눈알에는 비타민 성분이 많으니 시각적 이유로 해당 부위를 안 먹는 분은 한번 도전해 보는 것도 좋겠다. 게다가 도미는 고단백 저지방인 생선이므로 비만과 같은 성인병에 걸리기 쉬운 이들에게도 매우 추천한다. 소화 흡수가 잘되므로, 회복식으로도 권할 만하고 말이다. 또 모유 수유를 하는 데 있어 어려움을 겪는 산모들도 도미로 맑은 국물을 내어 수시로 마시면 도움이 된다.

'도미'로 200% 채우기

'어두일미'의 주인공은 도미?

'어두일미(魚頭一味)'는 도미의 대가리 부위가 가장 맛있다는 데서 유래됐다. 안 그래도 살이 단단한 도미인데, 튼튼한 머리 골격에 붙어 있는 살은 더욱 쫄깃해 그 맛이 과연 일품이다. 게다가 맛뿐만이 아니다. 영양 면에서도 도미 머리 부분 연골과 살에 미네랄 성분 등이 더 몰려 있으며, 눈에는 비타민 B1이 많아 피로를 회복하는 데에도 좋다.

90

또래보다 몸집 작고 약한 내 아이가 신경 쓰이는 날

밤

그 옛날, 날씨가 쌀쌀해질 때의 으뜸 간식은 고구마와 더불어 '밤'이라 볼 수 있었다. 추석 전후로 수확을 하고 잘 보관해 두었다가 한 바구니 삶아 내어 엄마가 칼로 깎아 입에 넣어 주기도 하고, 이로 반으로 갈라 내용물만 쏙 빼 먹었던 기억, 길거리의 군밤 장수가 떠오르는 기억은 누구나 있을 것이다. 당도가 꽤 높고 풍부한 영양분을 가지고 있어 먹거리가 별로 없던 시절 밤은 아주 맛있고 훌륭한 영양 간식이었다. 물론, 지금도 마찬가지로 밤은 누구에게나 좋은 영양 간식이 되어 줄 수 있다. 특히나, 또래보다 몸집이 작고 약해 보이는 내 아이가 신경 쓰인다면, 아이에게 '밤'을 간식으로 주면 딱일 테다.

조선시대, 나라에서 밤나무를 심고 기르기를 장려했던 이유?

조선시대, 밤은 간식 이상의 의미를 가지고 있었다. 특별히 관리를 하지 않아도 잘 자랐고, 생산량도 비교적 많았기에 밤은 중요한 식량자원 중 하나였고, 게다가 조상 숭배라는 유교적 관념에서도 밤은 중요한 의미를 가졌기 때문이다. 밤을 땅에 심으면 싹이 나와 꽤 자랄 때까지 밤껍질이 어린나무 뿌리에 계속 붙어 있기 때문에 조상을 잊지 않는 상징으로 여겼다. 그래서 나라 자체에서 밤나무를 심고 기르기를 장려했는데, 심지어 밤나무 벌채를 금지하는 율목봉산(栗木封山)까지 두기도 했다.

동의보감 속 밤, "영양 불균형을 해결하는 맛있는 음식"

밤은 특별한 약초 등의 개념은 아니었기에 《동의보감》에도 "성질은 따뜻하고 맛은 시며 독이 없다. 기를 도와주고 장위를 든든하게 하며 신기(腎氣)를 보하고 배가 고프지 않게 한다."라고 기록되어 있다. 이런 종류의 서술은 '맛있고 영양가 있는 음식'으로 본 것에 해당되어 앞선 기록에 이어지는 서술도 밤을 보관하는 법, 굽는 법 등이었다. 다만, 시대적으로 당시는 영양 부족과 영양 불균형으로 인한 질환이 상당수 있었을 것이므로 의사들이 충분히 약재로서 응용할 만했을 것이다. 그 후 조선 후기 이제마는 체질을 분류하면서 소화 불량이나 부종 등의 증상이 나타나는 '태음인 위완한병'이라는 병증에 말린 밤(건율)을 약재로 많이 사용했다. 이는 현재에도 이어져 체질을 중심으로 진료하는 한의사는 건율을 약재로 사용하고 있다.

소화기 질환자, 허약 체질은 물론 다이어터와 성장기 어린이에게까지!

실제 밤은 100g에 약 160kcal로, 소화가 잘되는 양질의 탄수화물을 기본으로 단백질, 지방, 식이섬유와 철분, 마그네슘, 칼륨, 망간등의 미네랄 성분은 물론 비타민 B, C 까지 함유되어 있어 소화기에 문제가 있는 사람, 수술 환자나 허약 체질인 사람에게 매우 좋다. 전체적으로 영양 성분 배합이 좋아 다이어트를 할 때 간편식으로 먹어도 좋으며 성장 발육에도 도움이 된다. 또한, 당도가 비교적 높지만 단순당의 비율이 낮고 식이섬유도 많기에 급격한 혈당 상승이 없어 당뇨인도 적절히 섭취할 수 있다. 숙취 해소에 좋다는 이야기도 종종 있는데, 이는 비타민 C와 관련된 것으로, 당연히 생밤으로 먹어야 조금 효과가 있을 것이다.

'밤'으로 200% 채우기

① 여드름, 피부 주름에 좋은 밤 껍질?

밤을 '율자', 밤 속껍질을 '율피(栗皮)'라 한다. 《동의보감》에 밤에 대한 언급이 있는데, "부(扶)라고도 하는데 즉 밤알껍질이다. 이것을 꿀에 개어 바르면 피부가 수축된다. 늙은이의 얼굴에 생긴 주름살을 펴게 한다."라고 기록되어 있다. 이러한 효능은 현대에도 적용되어 각종 팩, 비누 등에 율피를 재료로 사용한다. 이는 생밤을 이빨로 깔 때 떫은맛을 내는 '탄닌'이라는 성분이 풍부하기 때문인데, 이 성분은 항균 작용이 뛰어나 여드름 등의 박테리아와 세포 손상에 대항하며, 모공에서 분출되는 과다한 기름을 줄이고 모공을 조여 주는 역할을 하기 때문에 실제로도 효과가 있다. 또한, 율피를 갈면 거칠거칠하면서 스폰지 같은 입자가 만들어지는데, 이로 인한 모공 청소 효과도 기대해 볼 수 있다.

② 밤꿀은 약으로 이용된다?

밤꽃에서 생산되는 꿀은 매우 색이 진하고 맛이 좀 쓴데, 주위에 다른 꽃이 있으면 꿀벌이 밤꽃 쪽으로 가지 않기 때문에 생산량이 적은 편이다. 약용으로 밤꿀이 많이 쓴다는 글들이 있는데 이에 대해 이야기하자면, 원래 꿀 자체가 동서양을 막론하고 약용으로 많이 사용되기도 했고, 밤꿀만 특별히 약용으로 이용되는 경우는 없다.

91

매일 반주 하시는 아버지를 말리고 싶은 날

칡

요즘에는 거의 안 보이지만, 예전에 등산하고 내려오는 길목에 '칡'을 바로 짜서 즙을 내려 주는 트럭들이 꽤 있었다. 마치 외국에서 사탕수수를 바로 짜서 주스를 만들어 주는 것과 같은 것이었다. 이처럼 옛 어른들은 칡을 꽤 좋아했기에 과거 시골에서는 겨울 농사를 쉴 때 야산에 올라가 동네 사람들이 합심하여 칡뿌리를 캐내어 먹기도 했지만, 쉬운 일이 아니었기에 노인층이 많은 요즘에는 보기 힘든 일이다. 대신 수입산이 대부분을 대체하게 되었고 말이다. 아주 씁쓸한 맛이지만 그 안에 당분도 있는 '칡'. 갈증을 풀어 주는 효능이 많이 알려지기도 한 좋은 식재료 중 하나다. 이러한 칡을 특히나 추천해 주고 싶은 대상이 있으니, 바로 '알코올 중독' 낌새가 보이는 분들이다. 만일 반주를 매일 하시는 아버지의 건강이 걱정되는 날이 있다면, 아버지께 '칡' 달인 물을 한번 건네어 보자.

기근을 넘기게 해 준 고마운 식재료, '칡'

과거에 사람들이 칡을 그렇게 캐 먹었던 것은 칡이 오래전부터 구황작물의 역할을 했기 때문이다. 채취는 힘들지만 칡에는 떡을 만들 수 있을 정도로 녹말이 많은 데다가 당분, 식이섬유까지도 풍부해 기근을 넘기기에 좋은 음식이었다. 칡을 식용하게 된 계기가 담긴 설도 있다. 바로 조선시대 세종대왕 시절이다. 일본어 역관들이 왕에게 '일본에서는 칡뿌리를 식용한다'고 보고하자, 세종이 곧 전국에 칡뿌리를 캐어 먹는 법을 널리 퍼지게 하면서 칡의 본격적인 식용이 시작됐다는 것이다. 현대에 칡은 식품보다는 약재로서 많이 이용되고 있다. 잘 알려지지 않은 사실이지만 대부분의 동물성 건강 식품 즙에는 칡(갈근)이 함유되어 있는데, 이는 칡이 비린 맛을 줄여 주고 고기국물 같은 건강식품 맛을 한약처럼 바꿔 주는 데 많은 역할을 해서다.

동의보감 속 칡, "신체 소통을 원활하게 하여 나쁜 기운을 배출"

한의학에서는 칡을 '갈근(葛根)'이라 하며, 현대에서도 칡은 다방면으로 사용 빈도가 높은 약재다. 《동의보감》에는 "성질은 평(平)하고 맛은 달며 독이 없다. 풍한으로 머리가 아픈 것을 낫게 하며 땀이 나게 하여 표(表)를 풀어 주고 땀구멍을 열어 주며 술독을 푼다. 번갈을 멈추며 음식 맛을 나게 하고 소화를 잘 되게 하며 가슴에 열을 없애고 소장을 잘 통하게 하며 쇠붙이에 다친 것을 낫게 한다."라고 하여 칡의 여러 가지 효능을 기록해 놓았다. 중요한 부분은 '표를 풀어 준다'는 부분이다. 이는 신체의 외부 관문 소통을 원활하게 하여 내부의 독성물질, 나쁜 기운을 잘 배출하게 해 주는 것이며, 거기에 '생진(生津)'이라 하여 몸의 진액을 잘 생성하게끔 도와주는 것이다. 이런 효능을 바탕으로 감기부터 만성 질환까지 아주 다양한 질환의 처방에 칡이 이용되고 있다.

건강이 걱정되는 중년이라면, 칡즙이나 칡차 한 잔씩?

칡의 유효 성분은 '이소플라보노이드'와 '트리테르페노이드'이다. 이소플라보노이드는 구조적으로 여성호르몬 에스트로겐과 유사하여 식물성 에스트로겐이라 불리는 물질이고, 트리테르페노이드는 사포닌이다. 이러한 칡은 당연히 갱년기 여성에게 좋을 수밖에 없는 약재인데, 그 이소플라보노이드에서 분리된 푸에라린은 주사, 캡슐 및 정제의 형태로 임상에서 사용되고 있다. 사용 범위는 아주 광범위해서 혈관 확장, 심장 보호, 신경 보호, 항산화, 항암, 항염증, 통증 감소, 골형성 촉진, 알코올 섭취 억제, 항당뇨 등의 심혈관질환부터 당뇨, 치매까지 다양한 질환에 이용되고 있어 한의학의 갈근 활용과 일맥상통한 점이 있다. 건강이 걱정되기 시작한 중년이라면, 칡즙이나 칡차를 한 잔씩 마셔 두는 것이 좋겠다.

'칡'으로 200% 채우기

① 이제는 구하기 어려워진 국산 칡?

칡은 엄청나게 질긴 식물로서, 땅속 깊이 뿌리를 내리고 살기에 채취도 쉽지 않다. 못해도 1m 가량은 파 내려가야 쓸 만한 칡을 구할 수 있을 정도니 말이다. 그렇다 보니 현재 노인층이 많은 농촌 상황으로는 칡을 채취하기가 어려워 국산 칡은 점점 구하기 어려워진 상태다. 대신 그만큼 가격이 오르다 보니 건강기능식품 사업자들이 다시 칡 채취에 뛰어들고 있는 실정이다. 한편, 약재시장에서는 중국산 칡이 점점 많이 유통되고 있다. 물론 중국산이라도 딱히 다른 품종의 칡은 아니기에 문제는 없지만, 유통과정이 훨씬 길고 변질의 위험이 커 주의해야 한다.

② 칡도 암수가 다르다고?

칡에도 암수 구분이 있다. 먼저 암칡은 수분과 녹말이 많아 고구마처럼 통통한 모습인데, 연하고 부드러운 식감에 씹으면 향긋한 단맛이 나는 데다가 즙도 많아 주로 생칡즙용으로 쓰이거나 칡국수, 칡수제비 또는 칡차의 재료로 많이 쓰인다. 반면 수칡은 섬유질이 많아 씹으면 질기고 쓴맛이 강해 주로 건조한 뒤 약재로 많이 활용한다. 하지만 유효성분은 수칡에 더 많기에 건강식이 아닌 효능을 위한 약재로 쓰고 싶다면 수칡을 쓰는 것이 좋겠다.

92

수술 마친 동생의 빠른 회복을 돕고 싶은 날

아욱

중국이나 우리나라처럼 음양오행 사상이 깊게 뿌리 내린 곳은 무엇이든 대표적인 5가지로 구분하고 오행에 배속하는 문화가 많다. 채소도 마찬가지로 부추(韭, 구), 아욱(葵, 규), 파(葱, 총), 해백(薤, 해), 콩잎(藿, 곽)의 '5채(五菜)'로 나누고, 이 중 '아욱'은 토(土)에 해당하는 채소로서, 채소의 종류가 다채롭지 못한 옛 시절에 흔히 먹었던 채소다. 이러한 아욱은 과연 언제 먹는 것이 가장 좋을까? 혹 주변에 수술을 마친 가족이나 지인이 있는가? 예로 수술을 마친 동생의 빠른 회복을 돕고 싶은 날, 이런 날에 '아욱'을 딱 추천한다.

소고기만큼 풍부한 철분? 성장기·수술·출산 후 추천

아욱은 풍부한 미네랄을 함유하고 있는데, 그 중 특히 칼슘은 100g당(데친 후) 267mg 정도로 이는 무려 1일 영양기준치의 40%에 달하는 양이다. 그 외에도 망간, 마그네슘, 칼륨, 아연, 인 등도 다량 함유하고 있으며 철분도 소고기와 비슷할 정도로 함량이 높다. 이런 미네랄은 혈액순환, 신진대사를 촉진하고 세포 생성을 도우며 인체에 활력과 스태미너를 제공하기 때문에 몸에 매우 유익하다. 특히 성장기나 수술 후처럼 빠른 세포 성장과 회복력이 필요할 때 더욱 좋은 음식이다. 신진대사를 원활히 해 부기를 내려 주고 모유 분비도 촉진하기 때문에 출산 후 모유 수유를 고려하는 산모라면 아욱을 자주 먹는 것이 좋다.

혈액을 응고시키는 아욱 속 '비타민 K'

아욱에는 비타민도 풍부하게 함유되어 있는데, 그중에서도 가장 주목할 만한 비타민은 비타민 K다. 무려 하루 영양섭취 기준의 648%에 해당하는 453.67㎍이 들어 있는 수준이다. 혈관에 손상이 일어났을 때, 이러한 비타민 K는 혈액 응고 물질을 생성하는 필수 요소로서 작용한다. 또한, 뼈 손실을 예방하는 등 건강 유지에 있어 큰 도움을 준다.

수분대사를 원활하게 하는 '아욱 씨'

한의학에서 우리가 먹는 아욱 잎 부분에 대한 언급은 '달고 맛있다' 정도로 그친다. 하지만 아욱의 씨 부분은 한약재로 자주 사용하는 편이다. 아욱은 두해살이 풀로, 씨를 겨울과 봄 사이에 얻음으로써 '동규자(冬葵

子)'라고 하는데, 소변불리, 모유 분비 장애, 부종 등 몸에서 수분 대사가 잘 일어나지 못할 때 많이 사용했다. 독성 없이 몸에서 대소변 배출을 원활하게 하므로 한때 다이어트차로 불티나게 판매되기도 했다.

'아욱'으로 200% 채우기

① 아욱은 채소의 왕이다?

많은 정보성 블로그 글을 보면, 아욱을 중국에서 '채소의 왕'이라고 불렀다는 이야기로 시작하곤 한다. 하지만 이는 아무 근거 없는 이야기다. 고대의 약초 백과사전 격인 《본초강목》에 '오채의 으뜸'이라는 단어가 나오기는 하지만, 실상 중국인들은 다른 채소(특히 청경채)를 더 많이 먹는다.

② 동규자차는 다이어트에 좋다?

동규자차(아욱 씨 차)는 다이어트에 좋다고 알려져 있다. 이는 동규자의 이뇨 및 배변 기능 활성화에 기인한 것인데, 실제 지방을 연소하는 등의 체지방 감소에는 특별한 효과가 없다. 단지 대소변만 더 빨리 많이 나가게 하여 일시적으로 체중이 감소한 것처럼 보일 뿐, 장기적으로 체중 변화는 없을뿐더러 원래 대소변에 문제가 없거나 반대로 잦은 설사 등을 하고 있는 사람이 장기 복용했을 경우는 오히려 증상이 악화되어 체력 소모를 가져올 수 있다.

② 심장약 복용자는 아욱을 주의해라?

아욱은 당연히 노년기에도 좋은 음식이지만, 심혈관 문제로 항응고제인 와파린을 복용 중일 때는 조심하는 것이 좋다. 이는 아욱에 있는 너무 많은 비타민 K가 항응고제의 반대 작용을 하기 때문이다.

93

임신한 친구가 놀러 온 날

시금치

지금의 장년층에게 '뽀빠이가 먹는 파워업 음식'으로 각인된 채소가 있으니, 바로 '시금치'다. 시금치는 굉장히 잘 자라기도 하고, 우리나라 서남부를 비롯해 전 세계 어디서나 쉽게 볼 수 있는 흔한 식재료라 그 효능만큼 대접받지 못하는 것도 사실이다. 게다가 흔한 만큼 가격도 저렴하다. 그러나 알고 보면 풍부한 비타민과 영양 성분으로 '2002년 《타임지》 선정 세계 10대 슈퍼 푸드'에 이름을 올린 훌륭한 식재료이기도 하다(참고로 시금치를 제외한 2002년 《타임지》 선정 10대 슈퍼 푸드는 귀리, 블루베리, 녹차, 마늘, 연어, 브로콜리, 아몬드, 적포도주, 토마토였다). 이런 슈퍼 푸드는 누구에게나 좋은 음식이지만, 특히나 추천하고 싶은 이들이 있으니 바로 '임산부'다. 임산부에게 음식을 챙겨 줄 기회가 있다면, '시금치' 요리를 꼭 포함하자.

시금치 성분에 대한 오해

시금치 영양소의 핵심은 비타민 A, 칼슘이라고 많이들 알고 있지만, 시금치가 냉이, 달래와 같은 다른 봄철 채소나 일반 채소에 비해 딱히 이 성분이 아주 많은 것은 아니다. 스위스의 생리학자 구스타브 본 분게(Gustav von Bunge)가 무게가 1/10 정도로 줄어든 건조 시금치의 성분을 측정해 나온 결과를 시금치 원래 무게로 환산하면 함유 성분을 10배를 해야 한다고 착각하는 바람에 다른 채소보다 철분이 10배 더 많다는 잘못된 정보가 퍼지게 됐다는 속설이 있다.

노인·가임기 여성·임산부에게도 좋은 완전식품!

시금치의 중요한 점은 탄수화물, 지방, 단백질의 3대 영양소뿐 아니라 다양한 비타민과 무기질, 그리고 풍부한 수분을 가지는 '완전 영양 식품'이라는 것이다. 특히 시금치는 노인과 임산부에게도 무척이나 좋은 음식으로 꼽힌다. 시금치 속 엽산이 뇌의 기능을 활발하게 하여 치매를 예방하는 것뿐 아니라, 세포 및 DNA 분열에도 영향력을 발휘해 기형아 출산 확률을 낮추어 주기 때문이다.

시금치의 차가운 성질로 '열독'을 풀다

한의학에서는 '파릉(菠蔆)'이라고 하여 차가운 성질로 열독을 풀어 주는 효능을 주로 이용했는데, 이를 이용하여 변혈(便血), 치창(痔瘡, 치질염증), 주독(酒毒), 설사 와 같은 열성 소화기 질환이나 코피, 목적(目赤), 야맹증(夜盲症), 열성 두통 과 같은 안면부의 열성 질환에 이용했다.

'시금치'로 200% 채우기

① 시금치는 전초를 먹는 것이 좋다?

시금치의 식감과 색감 때문에 붉은빛 뿌리를 자르고 다듬어 버릴 때가 있다. 하지만 시금치의 뿌리에는 인체에 해로운 요산을 분해하여 내보내는 구리, 망간 등이 다량 함유되어 있다. 그러므로 시금치의 뿌리와 잎을 함께 섭취하는 것이 좋겠다.

② 시금치를 많이 먹으면 신장에 무리가?

한의학 서적에서도 '시금치는 많이 먹지 말라'고 여러 번 언급되는데, 이는 시금치 속 풍부한 칼륨 성분이 신장에 무리를 줄 수 있기 때문이다. 사실 일반적으로 신장에 무리를 줄 만큼 시금치를 많이 먹기는 힘들기 때문에 큰 문제는 없지만, 신장질환자는 주의하는 것이 좋겠다.

③ 시금치는 데쳐 먹어라? 시금치와 최고·최악 궁합은?

품질이 아주 좋은 시금치는 날것으로 먹어도 그 단맛을 느낄 정도로 맛이 좋은데, 시금치에는 '옥살산'이 많이 함유되어 있어 날것으로 많이 먹을 경우 신장결석, 요로결석의 위험성이 높아진다. 다행히 시금치를 데치는 과정에서 옥살산 성분은 많이 제거되긴 한다. 그러므로 시금치는 데쳐 먹는 것이 좋고, 결석 생성 방지를 하는 '리진'이라는 성분이 많이 함유된 참깨를 같이 먹는 것이 좋다. 반면, 두부는 풍부한 칼슘 성분으로 결석 생성을 촉진할 수 있으므로 시금치와는 궁합이 맞지 않는 식재료이다.

94

출산 후 온몸이 부은 아내가 눈에 밟히는 날

가물치

원기 회복 보양식으로 알려져 있는 '가물치'. 이 가물치가 최근 미국의 자연생태계를 점령해 화제가 되고 있다. 육식 어류로 공격성과 식성이 좋은 가물치는 천적이 별로 없는데, 우리나라보다 생존 환경이 좋은 미국에서 급속도로 번식돼 골칫거리가 된 것이다. 가물치의 영어이름은 'snakehead(뱀대가리)'인데, 핼러윈 같은 호러 축제에 사람을 잡아먹는 괴물 물고기로 등장할 정도다. 하지만 이러한 가물치가 여전히 보양식임에는 변함없다. 특히나 부종에 좋다는 이 생선, '가물치'를 출산 후 온몸이 부은 아내를 위해 내 주어 보는 건 어떨까?

가물치는 어떤 물고기?

가물치는 우리나라뿐만 아니라 중국과 러시아는 물론 동남아시아와 인도, 아프리카 등지에도 서식한다. 영양이 풍부하기에 동아시아 지역에서는 식용으로 많이 이용한다. 물론 지역마다 가물치의 생김새가 약간씩 다르긴 하다. 참고로 우리나라 가물치는 토종 물고기로서, '가물치'라는 이름의 유래만 봐도 이를 알 수 있다. '검다'의 유의어인 '감다'에 물고기를 뜻하는 '-티'가 붙어서 탄생한 '가모티'라는 말이 17세기 이후 '가믈티'라고 불린 것에서 유래됐다는 것이다.

동의보감 속 가물치, "부종을 내리고 5가지 치질을 치료"

민물고기로는 덩치가 크고 맛과 영양도 풍부했던 가물치는 우리 조상들도 예전부터 많이 식용했다. 하지만 사실 음식보다는 영양을 공급하는 약재로서의 의미가 더 컸다. 《동의보감》에 기록되기를 가물치는 "성질이 차고 맛이 달며 독은 없다. 부은 것을 내리고 오줌이 잘 나가게 하며 5가지 치질을 치료한다."라고 했다. 그 외에도 눈의 부종이나 관절의 부종 등 부종질환과 여성의 대하, 치질 등의 비뇨생식기계 질환에 좋다는 기록들이 있다.

각종 수술, 산후 회복을 위한 단백질 보충제

부은 것을 내리고 오줌이 잘 나가게 하는 성질로, 산후 부종 개선을 위해 가물치를 달여 즙을 먹는 문화가 생겼다. 여기서 중요한 점은 가물치는 수분만 빨리 빼 주는 이뇨제가 아니라는 것이다. 우리 몸이 스스로 상처를 회복하고 부종 상태를 개선하기 위해서는 단백질이 필요한데, 가물치는 양질의 소화되기 쉬운 단백질을 가지고 있기 때문에 이에 부합한다. 과거에는 양질의 단백질 공급원이 부족했기에 영양 부족과 불균형에서 오는 부종과 관련 질환들로 고생했던 일반 서민들에게 가물치가 좋은 음식이었을 것이다. 지금은 수술 후 회복, 출산 후, 성장기, 노년기와 암·신장염처럼 지방과 단백질이 과도하게 분해되어 단백질 결핍이 일어나기 쉬운 환자군에게 매우 좋은 음식이라고 할 수 있겠다.

'가물치'로 200% 채우기

① 사람을 공격하는 가물치라고?

가물치는 마치 몸통이 굵고 짧은 뱀처럼 생겼다. 《동의보감》에서도 가물치를 좋은 식품과 약재로 기록한 반면, "이것은 뱀의 변종이므로 잘 죽지 않는다. 그것은 뱀의 성질이 아직 남아 있기 때문이다."라고 했으며, 《본초강목》에서는 아예 "가증스럽게 생겼고 냄새가 비리다."라고 할 정도로 그 외형에 대해 혹평을 했다. 문제는 이런 외형을 가진 물고기가 자신의 영역을 침범하면 사람도 공격할 수 있다는 것이다. 특히 관상어로 키우는 경우 몸집이 크기 때문에 이런 일이 종종 발생한다고 한다.

② 가물치를 먹을 때 조심해야 할 부분이 있다?

가물치의 부작용에 대한 부분은 "성질이 차서 많이 섭취하면 설사나 복통이 생길 수 있다."와 《동의보감》에서 언급한 "헌데가 생겼을 때에는 먹지 말아야 한다. 그것은 헌데 아문 자리가 허옇게 되기 때문이다" 정도인데, 이는 성질이 차기 때문보다는 고단백을 과하게 섭취했을 때 초래되는 문제로, 두 정보 모두 근거는 없다. 단지 가물치를 회로 먹는 경우 민물고기인 만큼 간흡충이 있을 수 있으므로, 자연산 회는 최대한 피하는 것이 좋겠다.

95

밤에 약해진 남편이 안쓰러운 날

우엉

김밥 속 재료나 조림 요리로 자주 등장하는 '우엉'. 우엉은 원산지인 유럽에서부터 중국을 거쳐 일본까지 흘러간 식재료인데, 의외로 유럽에서는 잡초 취급을 하며 식용되는 경우가 별로, 없고 오히려 일본에서 대중적인 집 반찬의 재료로 흔하게 볼 수 있다. 사실 우리나라에서도 'ㅇㅇ천국'처럼 사 먹는 김밥 브랜드가 대중화된 이후에나 우엉을 쉽게 접할 수 있게 됐다. 재배 자체는 어렵지 않지만, 재배 기간이 아주 길어 채취도 어려울뿐더러 갈변 현상도 쉽게 나타나 매력적이지 않게 느껴졌던 식재료였기 때문이다. 하지만 우엉은 여러모로 우리 몸에 좋은 영향을 끼치는 식재료이므로, 지금보다 더욱 친숙하게 대해 주어야 할 필요가 있다. 특히 우엉은 부부 사이에 있어 중요한 문제를 개선할 수 있는 요소를 가지고 있다. 밤에 약해져 버린 남편이 안쓰럽게 느껴지는 날이 있다면, '우엉' 요리를 먹게 하길 권해 본다.

우엉 뿌리는 부종·당뇨병에, 씨앗은 천연 항생제로!

우엉은 식재료서의 매력과는 별도로 약재로서 그 가치를 인정받고 많이 쓰였는데, 우리가 먹는 뿌리 부분은 '우방근(牛蒡根)'이라 하여 부종이나 당뇨병 증상에 사용했다. 그리고 우엉의 씨앗은 '우방자(牛蒡子)'라 했는데, 열을 내리고 독소를 배출하는 효능이 있어 천연 항생제, 이뇨제, 피부염 치료제 등으로 사용했다.

이뇨 작용, 변비 예방에 좋은 천연 인슐린 '이눌린'

실제 우엉의 뿌리에는 천연 인슐린이라 부르는 '이눌린'이라는 성분이 많이 함유되어 있는데, 이는 수분을 흡수하고 신장 기능을 높여 주는 이뇨 작용을 하는 성분이다. 냉증이 있어 소변을 자주 보거나 부종을 수반하는 경우, 또는 소변이 잘 배출되지 않아 요도에 세균이 번식하여 방광염이나 요도염, 심한 경우 신장염으로 진행될 위험이 있는 경우에도 우엉을 섭취하면 좋다. 더불어 이눌린 성분은 장내 유익균 활성화에 도움을 주어 변비 예방 등에도 좋은 효과를 볼 수 있다.

나무 씹는 식감의 주범 '리그닌', 암 예방에 효과적이라고?

우엉을 잘랐을 때 나오는 끈적거리는 성분인 '리그닌'은 불용성 식이섬유로, 장내 발암물질을 흡착해 체외로 배출시키는 작용을 가지기에 암 예방에도 도움을 줄 수 있다. 다만, 이 리그닌은 '불용성'이기에 차로 마시면 섭취율이 떨어지는 데다가 이는 우엉 특유의 나무 씹는 것과 같은 식감을 만들어 내는 주범이기도 하다.

우엉 속 '아르기닌'? 혈액순환, 면역조절부터 발기부전 개선까지!

우엉에는 '아르기닌'이라고 하는 아미노산 또한 함유되어 있는데, 이는 세포를 생성하는 데에도 관여하고 혈관 확장을 하는 작용까지 있어 혈액순환을 촉진하기에 생장, 면역조절, 상처치유, 발기부전 증상 개선 등에도 효능이 있다. 이 아르기닌은 따로 영양제로 시판되기도 한다. 효과가 즉각적이지 못한 단점이 있으나 부작용은 거의 없기 때문에 해당 부분에 관심이 있는 사람이라면 우엉을 자주 섭취해 볼만 하다.

우엉 추출물을 적용한 화장품?

최근에는 피부와 관련된 제품들이 우엉 추출물을 많이 적용하고 있다. 실제 우엉의 항균, 항염증 활성이라든지 아르기닌의 피부 작용은 그 효능을 주목해 볼 만하다. 무엇보다 화장품 안전성을 표시하는 EWG 등급에서 1등급을 받을 정도로 우엉에는 피부 유해성이 거의 없다는 장점이 있다. 다만, 이는 어디까지나 추출물일 뿐이지 그냥 우엉을 팩으로 얼굴에 올리면 끈적한 성분 때문에 뒤처리가 어려운 데다가 피부가 예민한 사람은 부작용이 있을 수 있으므로 주의하는 것이 좋겠다.

'우엉'으로 200% 채우기

우엉이 간 수치를 올린다?

우엉은 소변을 잘 나오게 하고 장을 활성화하는 효능이 뛰어나지만, 작용하는 방식이 우리 몸을 도와주고 조절해 주는 방식이 아니라 일방적으로 작용하는 것이라고 볼 수 있다. 따라서 우엉을 과용하거나 몸이 약한 사람이 먹게 되면 설사, 잦은 방귀 등을 유발할 수 있고, 더 나아가 간 기능에도 무리를 줄 수 있다. 하지만 우엉이 직접 간 수치를 올린다거나 하는 작용은 없고, 특정 질환자가 아닌 한 일상적인 식생활 정도에서 섭취하는 양 정도로는 큰 문제가 없다.

96

당뇨인 어머니의 혈당이 높아진 날

보리

'보리'는 우리나라에서 쌀 다음으로 많이 소비되는 곡식이다. 노년층에게는 보릿고개의 기억으로, 중장년층에게는 웰빙 음식으로 잘 알려져 있을 것이다. 요즘은 건강식으로 보리가 많이 활용되고 있는 만큼 보리밥, 보리수제비뿐 아니라 보리차, 보리막걸리 등 다양한 보리 식품이 인기를 끌고 있다. 게다가 맥주를 만드는 데 있어 대표적인 원료로도 활용되고 있으니, 보리는 그야말로 우리의 생활과 떼 놓으려야 떼 놓을 수 없는 음식이다. 이러한 보리는 과연 어떨 때 먹어야 더 좋을까? '당뇨'로 인해 유독 혈당 조절에 힘써야 하는 분들이 분명 있을 것이다. 이런 분들에게야말로 '보리'가 딱이다. 당뇨인 어머니의 혈당이 올라 걱정이라면, '보리' 음식을 준비해 드려 보는 건 어떨까?

'허함'을 보해 사람을 살찌우는 보리쌀

한의학에서 보리는 '대맥(大麥)'이라 한다. 참고로 소맥(小麥)은 껍질이 있는 통밀을 말하고, 대맥은 껍질을 벗긴 보리쌀을 말한다. 보리쌀은 소화기의 기능을 도와 양기를 더해 주어 설사를 멎게 하고, 허한 것을 보하고 오장(五臟)을 튼튼하게 하는 효능이 있어 오래 먹으면 살이 찌고 몸이 튼튼해지며 윤기가 흐르게 된다고 한다.

훌륭한 자연 강장제, 보리!

보리는 자연 강장제로도 훌륭한 곡식이다. 이는 말초 혈관의 기능을 원활하게 하고 신경 반응 기능 향상 등으로 정력 증강에도 도움이 되기 때문이다. 보리는 충분한 미네랄을 함유하고 있으며, 신장과 방광 기능을 향상시켜 수분 배출을 촉진해 신체 수분 조절에 도움을 주기도 한다. 게다가 보리차로 마실 경우 신체가 수분을 더 빨리 흡수할 수 있게 한다.

밥을 할 때 보리를 섞어 먹어야 하는 이유?

보리 속 식이섬유인 '베타글루칸'은 혈당 조절에 효과적이다. 이는 대장에서 담즙과 결합한 뒤 밖으로 배설되며 혈중지질 수치를 낮추어 준다. 참고로 밥을 할 때 보리쌀을 30%만 섞어도 영양학적 효과는 충분히 볼 수 있다. 그렇기에 보리의 영양학적 효능을 얻기 위해 먹기 힘든데도 억지로 100% 보리밥을 먹으려고 고집할 필요는 전혀 없다. 또한, 보리에 함유된 '토코트리에놀' 성분은 높은 콜레스테롤 수치를 조절해 준다. 그렇기에 혈당 조절에 어려움을 겪는 분들이 있다면 흰 쌀밥보다는 쌀과 보리를 섞어 먹는 것을 추천한다. 보리 속 섬유질을 충분히 섭취함으로써 장내 지방을 배설할 수 있게 되므로 혈당 수치를 일정하게 유지할 수 있게 된다는 것이다.

다이어터라면 쌀밥보다는 보리밥!

보리는 동일한 조건의 쌀밥과 비교했을 때 소화가 훨씬 잘 되는 음식이다. 게다가 칼로리는 낮고 풍부한 식이섬유를 담고 있어 배변 활동 등도 원활하게 해 주기 때문에 훌륭한 다이어트 음식이기도 하다. 그렇기에 앞서 말했듯 혼식만 해도 충분히 효과를 거둘 수 있다.

'보리'로 200% 채우기

① 보리의 성질은 따뜻하다? 차갑다?

한의학에서 보리는 대체로 따뜻하다고 하지만, 미한(微寒)하다고 하는 경우도 있다. 사실 이는 껍질의 유무 차이이다. 보리의 껍질을 벗기지 않으면 찬 기운으로 보고, 껍질을 벗겨 밥을 지으면 따뜻하다고 본 것이다. 그래서 일설에 '보리는 열을 낮추는 찬 성분이 있기에 속이 찬 사람은 보리를 많이 먹지 않는 것이 좋다'라고 하는데, 이는 껍질째 사용하는 맥주를 제외하고는 틀린 말이다.

② 모유가 잘 안 나오는 산모는 보리쌀을 먹지 말라?

'모유가 잘 나오지 않는 산모는 보리쌀을 먹지 않는 것이 좋다'라는 말이 있다. 이는 바로 겉보리를 발아시킨 맥아(엿기름) 때문이다. 실제 맥아에는 유즙의 분비를 막는 성분이 있기에, 모유를 끊을 때 쓰는 전통적인 방법이기도 하다. 하지만 이는 껍질 부분에 있기 때문에 역시 보리쌀과는 직접적인 관련이 없다.

97

암에 걸리신 부모님께 바깥 음식 사 드리려는 날

미꾸라지

요즘의 복날에는 삼계탕이 대세이지만, '추어탕'도 빼놓을 수는 없다. 옛날 시골에서는 동네 저수지나 논, 하천, 작은 도랑 등에 나가 미꾸라지를 잡아 추어탕을 끓여 여름철 농번기에 지친 몸을 추스르기도 했다. 점차 도시화되면서 이제는 이런 모습을 보기는 어렵게 되었지만, 지금도 물론 추어탕의 인기는 여전하다. 이런 미꾸라지는 어떨 때 먹어야 가장 효과적일까? 바로 '암'이라는 병에 걸렸을 때다. 암으로 몸이 약해지신 부모님께 바깥 음식을 사 드리려거든, 보글보글 따뜻하게 끓인 '추어탕'을 대접하길 바란다.

미꾸라지 한 마리가 온 웅덩이를 흐린다?

'미꾸라지 한 마리가 온 웅덩이를 흐려 놓는다'라는 속담을 들어 본 적이 있을 것이다. 하지만 이는 엄연히 틀린 사실이다. 미꾸라지가 물 웅덩이를 진흙탕으로 만든다기보다는 미꾸라지는 원래 진흙탕에서 더 잘 살기 때문이다. 미꾸라지는 아가미 호흡만을 하는 대부분의 어류와 다르게 보조호흡으로 '장호흡'을 하는 어류다. 따라서 산소가 녹기 힘든 탁한 물에서도 호흡이 가능하다. 또한 진흙을 먹고 토해 내는 과정에서 물에 산소를 공급해 오히려 진흙탕을 정화하는 역할도 한다.

추어탕은 천민들이 먹던 천한 음식?

조선시대 이규경이 편찬한 《오주연문장전산고》에는 19세기 당시 우리 조상들이 즐겨 먹던 추어탕에 관한 이야기가 나온다. 그 내용인즉슨 "두부에 미꾸라지를 넣어 끓인 추두부탕이 있는데, 부쳐 먹거나 탕으로 끓여 먹는다.", "맛이 매우 기름지며 한양에서는 천민인 반인(伴人) 사이에서나 성행한다."라는 것이다. 참고로 그 시대 '반인'은 천한 백정과 같은 취급을 받았다. 이처럼 과거 추어탕은 보신하는 용으로 애용하는 지금과는 달리 천민, 혹은 길거리 거지들이나 먹는 음식으로나 여겨졌다.

동의보감 속 미꾸라지, "탈이 났을 때의 좋은 영양 공급원"

천한 음식으로 여겨졌지만, 백성들이 그만큼 많이 먹는 음식이기도 했기에 미꾸라지는 《동의보감》에도 "성질이 따뜻하고 맛이 달며 독이 없다. 비위를 보하고 설사를 멈춘다."라고 언급되어 있다. 이전 글에서도 여러 차례 말했지만, 이런 종류의 언급은 특별한 효능을 말했다기보다 그냥 '좋은 음식이다'라는 뜻으로 해석하는 것이 맞다. 먹을 것이 없었던 서민들이 굶주림으로 소화기에 문제가 생기고 탈이 났을 때 미꾸라지는 그들에게 있어 좋은 영양 공급원이었을 것이고, 결국 이에 대해 기록한 것이라 추정할 수 있다.

일부 양반집에서 은밀하게 미꾸라지를 찾았던 이유?

일부 야사에서는 양반집에서도 추어를 먹었다고 전해진다. 이는 추어의 활동성이 남성의 성기능을 높인다는 믿음 때문이었다. 그렇기에 평소에는 천한 음식이라 무시하면서도 남들 몰래 추어탕을 먹었던 것으로 보인다. 그런데 현대적으로 미꾸라지의 성분을 분석해 보면 그런 믿음이 사실에 부합했음을 알 수 있다.

염증과 암의 증식을 막는 '콘드로이틴 황산'

미꾸라지의 진액에는 '콘드로이틴 황산'이라는 성분이 있는데, 이것은 세포 재생을 촉진하고 콜레스테롤을 제거해 성인병을 줄일 뿐 아니라 피부·혈관·관절의 윤활제가 되어 주며 염증과 암의 증식을 막는 작용을 한다. 또 풍부한 단백질을 공급하고 전체적인 신체 컨디션 상승에 도움이 되는 성분들이 있기 때문에, 충분히 남성들에게 좋은 효능을 줄 수 있을 뿐 아니라 남녀노소 모두에게 좋은 음식이라 할 수 있다.

'미꾸라지'로 200% 채우기

① 미꾸라지를 먹을 때 주의할 점?

미꾸라지는 서식지도 그렇고, 몸에 점액이 많기에 세균 번식이 쉽게 일어난다. 그래서 항상 신선하게 살아 있는 상태에서 해감하고 요리하는 것이 좋다. 또한, 미꾸라지에는 비타민 B1 분해효소가 있어 푹 익혀서 먹는 게 좋다.

② 각지마다 다르게 생긴 추어탕?

추어탕은 각 지역마다 그 모양과 형태가 조금씩 다르다. 가장 유명한 것은 남원식이지만 어죽에 가까운 원주식, 그리고 미꾸라지뿐 아니라 여러 민물고기를 같이 사용하는 청도식 등이 있다. 서울식은 미꾸라지를 통째로 넣는다. 이는 과거 서울 사람들의 성향이 몇 마리가 들어갔는지 확인해야 직성이 풀려서 통으로 넣는 게 굳어진 것이라고 한다.

98

이리저리 뛰노는 조카를 봐 주기로 한 날

가오리

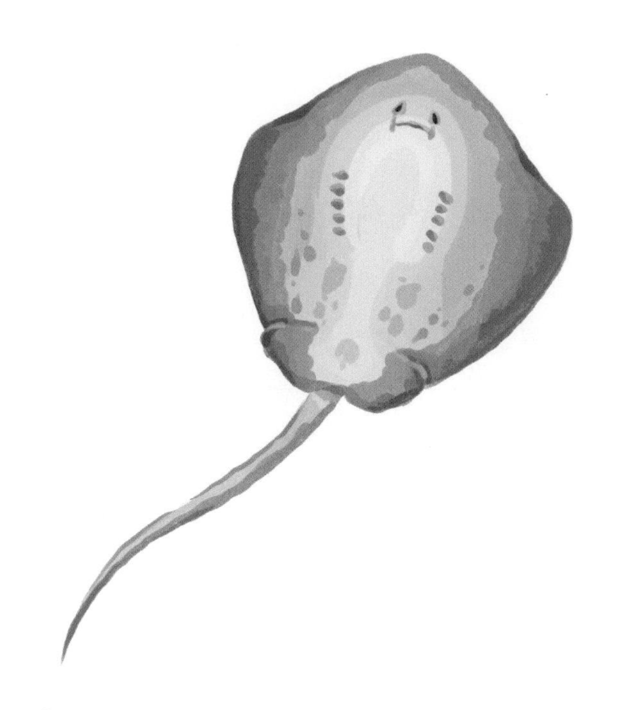

'가오리'는 서식지도 넓고 종류도 다양해 동서양을 막론하고 식재료로 사용해 왔다. 특히 동양에서는 회, 건조, 무침, 지짐, 볶음, 탕 등 다양한 방법으로 조리해 먹었다. 그 효능과 조리법을 연구한 서적도 많고 말이다. 이러한 오랜 기간 사랑받아온 가오리는 과연 어떨 때 먹어야 가장 좋을까? 바로 '성장기, 노년기' 때다. 특히 이리저리 뛰노는 조카들을 봐 주기로 한 날, 조카들에게 '가오리' 요리를 먹이면 딱일 테다.

자네는 가오리인가, 홍어인가

예부터 회나 초무침으로 많이들 먹었던 가오리. 특히 주로 경기도와 경남 지방에서 많이 식용해서인지, 경남 지방의 잔치나 제사상에서 가오리찜은 늘 빠지지 않고 등장한다. 가오리찜은 전라도의 홍어찜과 비슷해서 옛 문헌에서도 홍어와 가오리가 혼재되어 있는 경우가 많지만, 둘은 엄연히 다른 종이다. 특히 삭혔을 때 홍어처럼 강렬한 맛이 나지 않기에 가오리를 삭혀 먹는 경우는 보기 드물다.

옛 문헌 속 가오리, "몸을 보하는 좋은 식재료"

식재료로서 오랫동안 사랑받은 것에 비해 가오리를 약재로 사용한 예는 별로 없다. 《동의보감》에서도 가오리를 '먹으면 몸을 보한다'는 정도로 언급하며 좋은 식재료로 취급했을 뿐이다. 1908년 이규준이 엮은《의감중마》에서도 '가오리'를 '공어'라고 표기하고, "단맛이 나며 성질이 따뜻하다. 소변을 잘 나오게 한다."라는 정도로만 기록했다. 아마 살코기가 두툼하고 영양이 풍부하다고는 생각했지만, 수도권과 내륙지방에서는 말린 것 말고는 유통이 어려워 별다른 연구가 없었던 것 같다.

연골어류답게 연골에 좋은 가오리! 성장기·노년기에 특히 좋아

가오리는 연골어류인데, 가오리의 별미라고 할 수 있는 '콜라겐'은 피부를 좋아지게 한다. 또 가오리는 '콘드로이틴 황산'이라는 성분을 가지고 있는데, 이 성분은 가오리나 상어의 연골에서 추출해 관절 영양제로도 판매되며, 연골 형성을 촉진하고 연골을 더 탄력 있게 하는 효능이 있다. 이로 인해 류머티즘과 퇴행성관절염을 예방하고 진행을 억제해 관련된 통증을 감소시켜 육체적으로 과로한 사람이나 노년층에 특히 적합하다. 그 외에 가오리는 단백질도 풍부하고 불포화지방산인 EPA와 DHA가 풍부해서 성장 발육에도 좋다.

'가오리'로 200% 채우기

① '가오리'와 '홍어', 같은 듯 다른 둘

가오리와 홍어 두 종은 가격 차이가 많이 나고 외형적으로도 차이가 난다. 하지만 요리를 해 놓으면 잘 구분이 가지 않는다. 이 때문에 지역마다 두 생선의 이름을 혼용하여 사용하는 경우가 많다. 이에 국립수산과학원에서는 각 지역에 서식하는 가오리·간재미·홍어를 잡아 유전자를 식별하는 정보를 분류한 뒤 표준명을 제시했는데, 가오리는 가오릿과의 총칭이며 간재미는 상어가오리와 결과가 일치했다. 또한, 상어가오리는 전라도 지역의 홍어와 유전자 정보가 동일했다. 즉, 간재미와 홍어는 같은 어종이라는 것이었다. 결과적으로 국립수산과학원은 간재미와 상어가오리 명칭을 '홍어'로 통일했다. 한편 재미있는 사실이 하나 있으니, 막상 우리가 삭힌 홍어의 재료로 알고 있던 흑산도 홍어는 간재미(홍어)와 전혀 다른 생선이라는 것. 이는 홍어목 가오릿과로 같은 과에는 속하지만, 현재 흑산도 홍어의 경우 참홍어로 분류한다.

② 가오리에 치명적인 독이 있다고?

가오리는 온순한 생물이지만 유독 주의해야 할 부분이 있으니, 바로 '꼬리'다. 특히 색가오리류의 꼬리에는 생명에 치명적인 독이 있을 수 있어, 어업종사자들은 가오리를 잡자마자 꼬리부터 제거하곤 한다. 하지만 위험한 부위는 모두 제거한 상태로 판매되므로, 가오리를 구매하는 소비자들은 크게 걱정할 필요가 없다.

99

귀한 분께 대접하고 싶은 날

송이버섯

찬바람 부는 버섯 채취의 계절, 그중 '송이'는 양식 기술도 없고 채취도 쉽지 않아 가격이 비싼 게 흠이지만 맛과 향이 뛰어나 최고의 버섯 자리를 고수하고 있다. 귀한 버섯이기에 과거에도 주로 왕의 진상품, 사신에게 접대하는 음식으로 서술된 기록도 있고 말이다. 게다가 송이를 예찬하는 시나 문장도 적지 않다. 조선시대 영조도 최고의 별미 음식 중 하나로 '송이'를 꼽았을 정도이니 말이다. 물론 지금도 양식이 어렵기에 송이는 여전히 비싸고 귀한 음식이다(송이 채취 철에 해당 지역에 가면 비교적 저렴한 가격에 즐길 수도 있다). 이렇게 귀하디귀한 음식은 그만큼 귀한 손님께 대접하면 좋지 않을까? 평소 존경하거나 감사한 마음을 품었던 지인께 무언가 대접하고 싶은 날, '송이버섯'에 그 마음 담아 전해 드리길.

동의보감 속 송이, "허준도 예찬했던 제일가는 재료"

송이버섯의 취급이 귀했다 보니, 당연히 《동의보감》에도 이를 예찬하는 기록이 있다. "성질이 평(平)하고 맛이 달며 독이 없다. 맛이 매우 향기롭고 솔 냄새가 난다. 이것은 산에 있는 늙은 소나무 밑에서 솔 기운을 받으면서 돋은 것인데, 나무버섯 가운데서 제일이다[속방]." 여기서 '맛이 달고 독이 없다'는 것은 약보다는 음식으로서 서술한 것이지만, 그 다음에 적힌 문장들은 그냥 송이 자체에 대한 예찬이라고 볼 수 있다. 특히 《동의보감》 자체가 여러 서적을 통합해 모은 백과사전 격인데 '속방'이라는 것은 저자 허준이 직접 서술한 부분을 의미하는 것으로, 허준도 송이버섯을 좋아했음을 미뤄 짐작할 수 있다.

그야말로 영양분 덩어리, 송이버섯!

송이는 버섯 중 수분 함량이 적고 단단한 편으로 식감에도 영향을 주지만, 다른 버섯보다 영양소 함량이 전체적으로 조금 더 높은 편이다. 특징적으로는 비타민 D의 함량이 높은 편이고, 셀라제, 헤밀라제, 벤트라제 등 섬유분해효소가 많아 소화에도 좋다는 점이다. 특히 다른 버섯에 비해 더 많이 함유돼 있어 주목을 받는 '글루칸'은 불소화성 다당류다. 버섯에 들어 있는 베타 글루칸은 그 작용이 매우 우수해 항암 식품으로 인정받고 있기도 하다.

'송이버섯'으로 200% 채우기

① 이름을 자주 도용당하는 버섯이 있다?

송이는 특유의 예민한 성장환경으로 인해 양식이 되지 않아 가격이 비싸다. 그렇다 보니 기존 버섯들을 개량해 새로운 버섯이 나오면 송이의 이름을 자주 도용한다. 참고로 '새송이버섯'은 느타리버섯, '양송이버섯'은 주름버섯, '이슬송이버섯'은 표고버섯, '황금송이버섯'은 팽이버섯을 각각 개량한 것으로, 송이와는 관련이 없다.

② 송이가 국제 멸종위기종이 되었다고?

송이는 많은 이들의 꾸준한 노력에도 불구하고, 여전히 양식 자체가 되지 않는다. 주로 한국과 일본에서 생산, 소비된다. 송이를 재배하는 데에는 소나무 군락이 필요한데, 한국은 화재와 병균 등의 여러 가지 이유로 소나무 군락이 줄어들고 있으며, 일본도 비슷한 이유와 화산 활동 등으로 인해 그 생산량이 줄어들고 있다. 이러한 이유로 2020년 7월 9일, 국제자연보전연맹(IUCN)이 송이를 국제 멸종위기종으로 지정했다.

③ 송이를 허가 없이 채취한다면?

송이버섯의 경우 비싼 임산물로 허가권을 판매하기 때문에 공식 허가 없이 채취를 하게 되는 경우 5년 이하의 징역, 또는 5000만 원 이하의 벌금형을 받을 수 있다. 종종 산의 주인이나 채취허가권(보통 3년 최고가 입찰)을 가진 이들에게 민법 소송을 당할 수도 있기도 하고 말이다. 참고로 버섯 채취 철에 지역별 송이 축제가 개최되기도 하니, 채취 체험 행사를 통해 궁금증을 해결해 보는 것도 좋겠다.

번외.

'나의 머릿속'을 채우는 꼬마 상식

- 우리 모두 매운맛 중독?
- 고기가 안 익었나? 빨간색이 보이네!
- 앗싸! 노른자가 두 개?
- 냉면은 원래 겨울 별미?
- 케첩은 의외로 중국산
- 토마토케첩이 '건강식'이라고?
- 마블링의 슬픈 진실
- 새송이버섯≠송이버섯
- 된장의 친척, 춘장?
- 영국 요리는 왜 맛이 없을까?
- 우리는 원래 1인 1상?
- 회 밑에 까는 그것, '천사채' 먹어도 되나?
- 이렇게 단맛이 나는데 무가당이라고?
- 일본 사람들은 왜 덧니가 많을까?
- 수정과는 귀하디귀한 최고급 음료?
- '유청대두단백' 이게 도대체 무엇?
- 제주도 차례상에는 카스텔라가 올라간다?
- '위험한 열매' 빈랑?

우리 모두 매운맛 중독?

흔히들 스트레스 해소를 위해 매운맛을 찾는다. 그런데 과연, 실제 매운 것을 먹으면 스트레스가 풀릴까? 엄밀히 말하면 답은 'No!'다. 스트레스가 풀리는 것이 아닌, 도리어 스트레스가 신체에 쌓이게 되는 것이다. 우리 몸은 매운맛을 신체에 대한 공격으로 여기고, 그것을 이겨 내기 위해 뇌에서 행복 호르몬인 '도파민'을 배출한다. 그렇기에 매운맛은 '미각'이 아니라 '통각'인 것이다. 도파민이 배출되면 그 순간은 '행복'해지지만, 지나치게 반복적으로 노출되면 결국 몸은 그것에 '중독'된다. 스트레스의 원인이 없어지는 것은 아니며, 결국 우리는 더 큰 자극을 찾게 되는 것이다. 또한, 매운맛으로 인해 소화기의 상처를 입고 염증이 발생할 수 있기에 매운맛으로 스트레스를 푸는 것은 결코 좋은 방법은 아니다.

고기가 안 익었나? 빨간색이 보이네!

육회, 레어 스테이크 등 생고기 혹은 일부러 생고기에 가깝게 먹는 요리도 있지만, 우리 상식 선에서 '조리된 고기는 빨간색이 보이면 안 된다'라고들 많이 알고 있다. 하지만 고기에 빨간색이 보이는데 다 익은 것이라고 하는 경우가 가끔 있는데, 이를 '핑킹 현상'이라고 한다. 이는 고기 속 단백질인 '미오글로빈'의 영향인데, 이것의 적색 색소로 인해 고기가 검붉은색으로 보이는 것이다. 즉 육즙이 붉은 이유는 피가 아닌, 이 성분 때문인 것이다. 또한, 미오글로빈이 산소와 만나 시간이 흐르면 잘 익었던 고기가 다시 붉게 변하기도 한다. 갈비탕 속 불그스름한 갈비가 한 예다. 이는 바로 함께 조리한 '무'에 함유된 천연 질산염과 천연 아질산염이 미오글로빈과 결합하여 붉은색으로 유지되는 현상이 일어나기 때문이다. 냉면에서 고명으로 올린 고기가 더 붉게 보이는 이유이기도 하다.

앗싸! 노른자가 두 개?

가끔 달걀 요리를 하다 보면, 노른자가 두 개인 달걀이 있다. 보통은 운이 좋다고 여기는데, 쌍란은 알을 처음 낳기 시작한 닭에서 주로 나온다. 닭은 태어난 지 20주 정도가 된 때부터 알을 낳기 시작하는데, 처음에는 배란이 불규칙할 때가 있어 하루에 1개가

아닌 2개의 배란이 되는 경우 쌍란이 나오는 것이다. 이는 기형 등의 문제로 인한 것이 아니기에 품질, 안전에는 전혀 문제가 없다.

냉면은 원래 겨울 별미?

'한여름' 무더위에 우리는 시원한 국물, 그리고 국물에 담긴 쫄깃한 면발을 즐기기 위해 냉면을 찾곤 한다. 하지만 원래 냉면은 '겨울'에 먹는 음식이다. '냉면' 하면 평양, 함흥 등 이북 지방이 유명한데, 남쪽이 더 더우면 더웠지 이북에서 여름에 냉면을 먹을 정도로 덥지는 않았을 것이다. 그래도 북쪽이 유명해진 이유는 '온돌'과 관련이 있다. 현대는 온돌의 온도 조절이 자유롭지만, 옛 온돌은 그렇지 못했다. 냉면은 이러한 재래식 온돌의 한계 때문에 생겨난 겨울 별미였다. 추후 난방 기술의 발달로 원하는 온도에 맞춘 난방이 가능해지고, 냉장 기술 또한 발달해 여름에도 얼음이 널리 보급되면서 냉면이 여름철 별미로 재탄생하게 된 것이라 볼 수 있겠다.

케첩은 의외로 중국산

'케첩'의 어원은 어디일까? 미국? 영국? 프랑스? 놀랍게도 '케첩'의 어원은 사실 중국어다. '생선 소스'나 '조개 액젓'을 의미하는 푸젠성 방언이 '규즙(鮭汁)'인데, 이 단어의 발음이 '꿰짭(kôe-chiap)'이었다. 이것이 말레이어, 그리고 영어권으로 넘어가 'ketchup'이 된 것이다. 물론, 이는 우리가 알고 있는 케첩은 아니고, 중국에서 생선, 조개 등을 이용해 만든 소스류였다. 이것이 시간이 흘러 여러 재료를 사용한 다양한 소스로 바뀌며 동남아시아로 전파됐다. 그리고 영국의 한 탐험가가 이를 말라카 왕국에서 발견하게 되면서 유럽으로 흘러가게 된 것이다. 이러한 케첩은 초반에는 그 형태가 각양각색이었다. 하지만 극초기에 유행했던 것은 버섯을 주재료로 활용했다고 한다. 결국, 토마토소스가 케첩의 메인 재료로서 인식된 것은 19세기 초 미국에서부터였다. 그리고 20세기에 들어와서야 '케첩' 하면 빨간색의 토마토소스가 떠오르게 되기 시작한 것이다.

토마토케첩이 '건강식'이라고?

케첩으로 토마토주스를 만드는 장면을 본 적이 있는가? 참고로 토마토 속

항암 작용을 하는 '리코펜'은 케첩으로 가공되면서 일반적인 토마토보다 2배가량 높은 함유량을 가지게 되는데, 이를 튀김과 함께 먹으면 지용성이라는 특성 덕에 리코펜의 흡수율이 더 높아지게 된다. 그래서 건강식이라 부를 만한 것이다. 또한, 케첩 속 식초가 기름진 음식을 잘 삭게 해 소화를 돕는다. 다만, 우리가 길들여진 케첩은 당도가 높기에 당연 열량도 높다. 그런데 케첩과 함께 먹는 식품이 주로 감자튀김과 같은 패스트푸드가 아니겠는가? 그렇기에 과식에 주의해야 하겠다.

마블링의 슬픈 진실

지방이 꽃처럼 박혀 있는 소고기는 채식을 하는 분들을 제외하고 싫어하는 사람을 찾기가 어려울 것이다. 마블링이 섬세하게 박혀 있을수록 맛도 있지만 가격 또한 올라가게 되는데, 마블링이 있는 소고기는 과연 어떻게 기르는 것일까? 슬프게도 마블링이 형성된 소는 사람으로 치면 초고도비만인 소다. 좋은 마블링이 형성되도록 하려면, 소를 아주 좁은 공간에 가두어 최대한 움직임이 없게끔 만들어야 한다. 게다가 보통의 초록 풀이 아닌, 옥수수와 같은 고칼로리의 사료를 오래도록 먹게끔 해야 하고 말이다. 그래서 마블링이 잘 나온 소고기의 가격이 더 비싼 것이다. 가끔 TV에서 소에게 술을 먹이는 장면이 나오는 것도 더 많은 양의 사료를 먹이려고 쓰는 방법이다. 우리나라는 한정된 공간에서 사료를 먹일 수밖에 없는 사육 환경이기에 마블링이 있는 소고기를 생산하는 데 있어 유리한 편이다.

새송이버섯≠송이버섯

새송이버섯이 송이버섯의 한 종류라고 생각할 수 있다. 하지만 새송이버섯의 정식 이름은 '큰느타리버섯'이다. 다만, 애초에 송이버섯의 대체재로서 한국에 수입되었으므로 경상남도 농촌진흥원 등에서 '새송이버섯'이라는 이름을 붙였고, 이후 이 이름이 널리 퍼지게 된 것이다. 참고로 새송이버섯은 새로 연구해서 만들어 낸 품종이 아닌 중앙아시아, 중동, 지중해 지역에 서식하는 종으로서 동아시아 지역에 알려진 것은 고작 1990년대 초반에 불과했다. 도입 초기에는 애매한 맛으로 느껴져 좋아하는 사람이 별로 없었기에 실패한 농가도 많았으나, 지금은 고깃집의 기본 구이 재료로 많이

나올 만큼 무척이나 친숙해진 버섯이다.

된장의 친척, 춘장?

짜장면을 만들 때 쓰는 춘장은 의외로 된장과 같은 발효 음식이다. 만드는 방법도 불리고 삶은 콩에 밀, 소금을 섞어 발효시키므로 된장과 크게 다르지 않다. 그런데 맛은 왜 이렇게 차이가 날까? 춘장은 중국식 된장인 첨면장에 MSG, 캐러멜 색소 등을 추가하여 발효 기간을 줄이고 공장을 통해 대량생산화한 것이다. 1948년 '영화식품'의 사장 화교 왕송산이 처음 개발해 '사자표 면장'이라는 제품명으로 출시한 바 있다. 참고로 짜장면이 옷에 튀면 잘 지워지지 않는 이유도 저 색소 때문이며, 짜장면을 많이 먹으면 불편한 이유에는 밀가루의 영향도 있지만, 색소 탓도 있는 것이다.

영국 요리는 왜 맛이 없을까?

영국은 여러 가지 사회 현상이 겹쳐 전통 음식 문화가 잘 발전되지 못했다. 일단 섬나라라는 이유로 로마시대 변방국에 해당됐었고, 중세시대 유럽에 흘러들어 오기 시작한 아시아산 향신료도 늦게 접했기 때문이다. 소위 말해 '도선료' 때문에 가격이 더 증가했기에 마음껏 즐기지 못한 것은 물론이고 말이다. 이 시기가 지난 뒤 해가 지지 않는 대영제국이 되어 더 이상 식재료는 문제가 아니게 되었으나, 하필 관리, 상인, 군인 등 신흥 계급으로 떠오른 젠트리 계급(젠틀맨의 시작)의 청교도적 생활이 음식 문화의 발달을 막아 버렸다. 청교도 생활에 있어 가장 맛없는 음식을 먹는 것이 도덕적인 면에 있어 가장 깨끗하다고 여겨졌기에 요리법 자체에 관심을 두지 않았기 때문이다. 평민층 역시 산업혁명이 일어나며 살인적 노동 시간과 가난, 과로에 찌들어 요리에 관심을 둘 수 있는 처지가 아니었다. 이후 계속되는 세계대전으로 인한 배급제 실시도 한몫했고 말이다. 프랑스와 달리 영국은 본토가 점령당하지 않았지만, 그만큼 전 국민이 총력전으로 달려들어 맛있는 요리에 신경 쓸 겨를이 없었다. 이후 세계가 서로 가까워지면서 각국의 전통 요리를 찾다 보니, '피시 앤드 칩스'만 유명해지고, '영국 음식은 최악'이라는 인식이 생겨 버리고 말았다.

우리는 원래 1인 1상?

1인 가구가 많아지며 자연스럽게 혼밥이 대세가 됐지만, '온 가족이 한 상에 둘러앉아 오순도순 밥을 먹는' 장면을 추억하는 사람이 여전히 많다. 한때 찌개를 끓여 같이 먹는 것을 비위생적이라고 지적하는 경우도 많았는데, 우리나라는 사실 일제강점기 때까지만 해도 1인 1밥상이 원칙이었다. '양반들만 그랬던 거 아니야?' 싶기도 하지만, 웬만큼 사는 서민들도 다 개다리소반(작은 상) 등으로 따로 식사를 했다. 하지만 6.25 전쟁이 터진 후 먹고 살기가 힘들어져 1인 1밥상을 차리기가 어려워졌고, 여성들의 사회 참여가 늘면서 자연스레 가족들이 모여 함께 먹는 문화가 정착된 것이다.

회 밑에 까는 그것, '천사채' 먹어도 되나?

횟집에서는 보통 야채를 깔고 그 위에 당면같이 생긴 것을 올린 뒤 그 위에 회를 올린다. 그것을 '천사채'라고 하는데, 왠지 모르게 식용이 아닌 장난감 플라스틱 조각처럼 보이는 탓에 영 먹어 볼 생각조차 들지 않게 된다. 게다가 마치 고무를 씹는 듯한 요상한 식감까지! 하지만 천사채는 엄연히 건강 증진을 목적으로 개발된 식품이다. 게다가 다시마와 우뭇가사리를 증류 가공하여 만든, 곤약에 가까운 음식으로 칼로리도 100g당 고작 6kcal에 불과하다. 과거 시장에서 파는 저렴한 샐러드빵(사라다빵)을 만들 때 사각사각한 식감을 주기 위해 많이 쓰기도 했고, 마요네즈에 버무려 반찬으로 사용해도 될 정도로 식감이 괜찮기에 당면 대신 이용해 봐도 좋다. 다만, 회 밑에 깔린 천사채는 세균 번식의 이유로라도 먹지 않는 것이 좋겠다.

이렇게 단맛이 나는데 무가당이라고?

'무가당' 하면 당이 전혀 첨가되지 않은 느낌이다. 하지만 무가당은 말 그대로 '당분을 추가로 첨가하지만 않았다'는 의미다. 단지 제조 과정에서 일부러 더 넣지만 않으면 되는 것이다. 사람들의 착각을 일으키는 대표 단어로 볼 수 있겠다. 그러므로 무가당 음식을 섭취할 때도 무작정 안심하고 먹는 일은 없도록 하자. 게다가 가끔은 유가당 음식이 무가당 음식보다 덜 달고 칼로리도 적을 때도 있으니 주의 깊게 살피고 섭취하길 바란다.

일본 사람들은 왜 덧니가 많을까?

일본에서는 메이지유신(일본 근대화의 시작점) 이전까지만 해도 육식을 금했다. 여기서 육식은 육지 동물을 먹는 것을 의미한다. '일본인은 초식동물이다.'라며 부대를 전멸시켰던 무다구치 렌야라는 일본 장군도 있었을 정도였다. 이런 문화가 생긴 데에는 불교의 영향이 가장 컸지만, 이는 잦은 전쟁으로 인한 생산력 저하를 걱정하여 가축을 먹지 못하게 했던 지배층의 욕심 등 여러 사회 현상이 버무려져 일어난 일이었다. 이후 이런 문화가 대략 천 년 정도 이어지면서 부드러운 음식이 발전하게 됐다. 그렇게 육식을 금하면서 씹는 동작이 줄어들어 치아와 턱뼈의 발달이 지연됐는데, 그 결과 덧니가 많이 생기고 체구도 점차 왜소해진 것이다. 물론 근대 이후 영양 상태가 좋아져 체구는 점점 커지고 있지만, 일본 음식 문화의 특성상 덧니는 계속 잘 생길 수밖에 없다.

수정과는 귀하디귀한 최고급 음료?

우리 전통 음료라고 자랑하곤 하는 수정과. 이 수정과는 사실 과거 일부 상류층만 먹을 수 있었던, 굉장히 사치스러운 음료였다. 계피나 후추 같은 향신료는 한반도에서 생산되지 않았기에 모두 수입에 의존해야 했던 데다가, 가격도 엄청나게 비쌌기 때문이다. 게다가 수정과에는 아주 많은 설탕이 들어가야 하는데, 이 조차도 수입품으로 사용해야 해서 비용이 만만치 않았다. 국내에서 생산 가능한 천연 설탕인 꿀은커녕 조청조차 비싸 웬만한 재력 가문이 아니고는 만들 엄두도 내지 못했다. 일부 상류층에서 선물이나 왕의 하사품으로 수정과가 내려질 정도로 고급 음료였던 것이다. 아마 우리 선조들 중 수정과 맛을 본 이는 흔치 않았을 것이다.

'유청대두단백' 이게 도대체 무엇?

단백질 보충제의 성분표를 보면 '유청'과 '대두단백'이라는 것을 종종 볼 수 있다. 대두단백은 콩 단백질을 의미하는데, 유청은 과연 무엇일까? 유청은 우유로 치즈를 만든 후 남은 액체를 말한다. 우유에서 카제인(지방과 단백질의 일부)이 굳은 덩어리가 치즈이고, 남은 소량의 단백질이 포함된 부

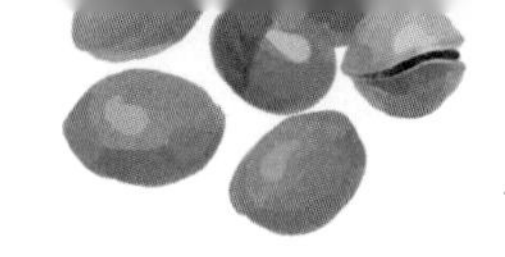

산물이 곧 유청인 것이다. 참고로 우유 1L에서 얻을 수 있는 유청 단백질은 고작 6g 정도밖에 되지 않아 그냥 버리기 일쑤였다. 하지만 대규모 낙농업 국가에서 치즈를 공산 생산해 내면서 유청이 포함된 하수가 하루가 다르게 쏟아져 내리자 하천 생태계의 심각한 수질 오염 문제가 대두되기 시작했다. 결국, 제도에 의해 유청을 하수로 버리게 되지 못하면서 유청은 식재료 및 단백질 보충제 등에 활용되게 된 것이다.

제주도 차례상에는 카스텔라가 올라간다?

제주는 원래부터 논이 부족해 쌀보다 비교적 물이 적고 척박한 환경에서 잘 자라는 밀이나 보리를 재배했다. 그렇기에 제사상에 쌀로 만드는 떡보다 빵이 올라가는 일이 많았다. 그런데 일제 강점기를 거치며 규제 때문에 전통 떡이나 빵을 올리기가 어려워지기도 했고, 더욱 고급으로 대우받는 카스텔라를 제사상에 올리는 경우가 많아졌다. 그것이 현대에까지 남아 제주에서는 소보로, 카스텔라 등의 현대 빵들을 제사상에 올리는 것이 관습이 된 것이다.

'위험한 열매' 빈랑?

얼마 전 '빈랑'이라는, 국내에서는 생소한 열매가 뉴스를 탔다. 빈랑에는 각성 효과가 있어 위험성이 큰 데다가 암 등 질병 유발 가능성까지 있는데, 우리나라에서 이것이 한약재로 많이 수입됐다는 것이다. 사실 빈랑은 사용 빈도가 높은 약재는 아니다. 약재의 구분이 '구충제'로 되어 있어 구충 효과나 정장 효과를 위해 사용하는데, 알다시피 현대인들은 구충제가 필요한 경우도 적을뿐더러 이미 이보다 더 좋은 구충제들이 시중에 나와 있기 때문이다. 대신 빈랑의 겉을 싸고 있는 껍질을 '대복피(大腹皮)'라고 하는데, 이 역시 전문 한약재로 흔히 쓰이고 있다. 대복피의 경우 구충 작용은 없지만, 정장 등 기타 약리학적 효능은 빈랑과 비슷하면서 부작용이 적다.